ВЛАДИМИР СОРОКИН
ТЕЛЛУРИЯ

Владимир Сорокин

Теллурия

роман

Издательство аст

Москва

УДК 821.161.1-31
ББК 84(2Рос=Рус)6-44
С65

Художественное оформление и макет Андрея Бондаренко

Сорокин, Владимир.

С65   Теллурия: роман / Владимир Сорокин. — Москва : АСТ : CORPUS, 2015. — 448 с.

ISBN 978-5-17-080466-5

Новый роман Владимира Сорокина — это взгляд на будущее Европы, которое, несмотря на разительные перемены в мире и устройстве человека, кажется очень понятным и реальным. Узнаваемое и неузнаваемое мирно соседствуют на ярком гобелене Нового средневековья, населенном псоглавцами и кентаврами, маленькими людьми и великанами, крестоносцами и православными коммунистами. У бесконечно разных больших и малых народов, заново перетасованных и разделенных на княжества, ханства, республики и королевства, есть, как и в Средние века прошлого тысячелетия, одно общее — поиск абсолюта, царства Божьего на земле. Только не к Царству пресвитера Иоанна обращены теперь взоры ищущих, а к Республике Теллурии, к ее залежам волшебного металла, который приносит счастье.

УДК 821.161.1-31
ББК 84(2Рос=Рус)6-44

ISBN 978-5-17-080466-5

· I ·

— Пора трясти стены кремлевские! — Зоран сосредоточенно бродил под столом, тюкая кулачком по ладошке. — По-ра! Пор-ра!

Горан подпрыгнул, вскарабкался на лавку, сел и стал привычно покачивать ножками в стареньких сапожках. Горбоносое, низколобое, окаймленное ровной бородой лицо его излучало спокойную уверенность.

— Не трясти, а сокрушать, — произнес он. — И не стены, а головы гнилые.

— Как тыквы, как тык-вы! — Зоран ударил кулачком по ножке стола.

— Сокрушим.

Горан доказательно вытянул руку, ткнув пальцем в дымный смрад пакгауза. А там, словно по команде этого крошечного перста, двое больших, громоподобно ухнув утробами, сняли с пылающей печи стоведерный тигель расплавленного свинца и понесли к опокам. Шаги их босых ножищ сотрясли пакгауз. На столе звякнул в подстаканнике пустой стакан человеческого размера.

Зоран стал неловко карабкаться на высокую лавку. Не прекращая болтать ногами, Горан помог ему. Зоран перелез с лавки на стол, выпрямился, подошел к краю и встал, вцепившись ручками в лацканы своего короткого пальто. Узкие глазки его вперились в тигель, рыжеватые космы колыхались от доходящего сюда жара печи.

Большие поднесли тигель к опокам, наклонили. Свинец, шипя и гудя, хлынул в широкий желоб, подняв клубы серого дыма, от желоба сразу разбежались пронзительно-белые свинцовые ручейки, десятки, десятки ручейков — и заструились, закапали в опоки. Полуголые, потные большие в своих брезентовых фартуках плавно клонили тигель.

Свинец тек и растекался, исчезая в земляного цвета опоках, тек и растекался. Зоран и Горан смотрели: один — напряженно стоя на краю стола, другой — побалтывая ножками на лавке. Чудовищные мышцы на руках больших взбугрились и блестели от пота. Клубы дыма поднимались к дыре в потолке пакгауза. "На великое дело…" — подумал Зоран. "Мать сыра земля…" — вспомнил Горан.

Тигель все клонился и клонился. Казалось, этому не будет конца. Глазки Зорана заслезились. Но он не моргал и не вытирал их.

Наконец свинцовая лава иссякла. Большие с грохотом опустили тигель на каменный пол.

Зоран вытер глаза ладошками, Горан достал трубку, стал раскуривать.

— Молодцы, товарищи! — изо всех сил выкрикнул Зоран, силясь перекричать шум печи.

Но большие не услышали. Раздвигая своими огромными телами смрад наспех обустроенной плавильной, они двинулись в угол, взяли по ведру и стали жадно пить. Выпив ведра по три, они сняли фартуки, натянули на себя свои хламиды и подошли к столу. Фигуры их загородили плавильню. Тени больших упали на Зорана и Горана.

— Мо-лод-цы! — повторил Зоран, блестя довольными глазками. Лицо его сияло даже в тени больших.

Горан, попыхивая трубкой, влез на стол, кривоного подошел, встал рядом.

Большие молча протянули к маленьким свои огромные ладони с коричневатыми наростами мозолей. Горан достал из кармана куртки две сторублевых купюры и неспешно положил на каждую ладонь. Один большой сразу сжал сторублевку в кулаке и сунул кулак в карман. Другой поднес купюру к лицу, сощурил и без того заплывшие глаза.

— Хорошая? — произнесли его губищи.

— Хорошая, — усмехнулся Горан, обнажая прокуренные зубы.

— Самая что ни на есть хорошая, большой товарищ! — приободрил его Зоран. — Спасибо тебе от трудовой Москвы!

— Мы вас еще позовем, — пыхнул дымом Горан.

Большой крякнул, убрал сторублевку. И снова протянул ладонь. Зоран и Горан уставились на нее. Большие смотрели на маленьких. Ладонь большого напомнила Зорану Россию, не так давно еще простиравшуюся от Смоленска до самых Уральских гор. Эту страну московит Зоран видел только на изображениях. Большой словно дразнил его.

"Россию в кармане носит?" — мелькнуло в голове Зорана. "Тролли залупить решили", — подумал Горан.

Прошло несколько мучительных секунд. Рыжие брови Зорана стали вызывающе изгибаться, рука Горана потянулась к карману. Но вдруг большие, озорно крякнув, размахнулись и хлопнули друг друга по ладоням.

Звук был оглушающ для маленьких.

Маленькие вздрогнули.

Большие рассмеялись. Смех их загрохотал в гофристой крыше пакгауза.

— Шутка? — вскинул брови Зоран.

— Шутка… — угрюмо кивнул Горан.

Большие развернулись и зашагали к двери. Подошли. Согнулись. На карачках по очереди пролезли в дверь. Дверь захлопнулась.

— Шутники, а? Хорошие ребята! — Зоран возбужденно заходил по столу, хватаясь за лацканы.

— Хорошие… — процедил Горан и вытянул из кармана куртки дорогой молниевый разрядник. — Я уж думал их подзарядить…

Он сплюнул. Рассмеялся, пройдясь своей кривоногой, словно готовящей к древнему танцу, походкой. И вдруг резко пнул одиноко стоящий стакан человеческого размера. Тот слетел со стола, теряя подстаканник, звякнул по лавке, рассыпался осколками.

— Пойдем, пойдем, глянем! — засуетился Зоран, полез вниз.

— Еще горячие. Путь остынут.

— Глянем, глянем, пока *люди* не пришли!

Они слезли на пол, подошли к опокам. Их было двадцать. Горану они напомнили старую капиталистическую фильму про инопланетных чудовищ, откладывающих такие вот землистые яйца-коконы. Из этих яиц потом вылуплялись какие-то неприятные твари.

Зоран подбежал к ящику с инструментом, схватился было за кувалду, но не смог ее даже сдвинуть с места. Нашел молоток, поднял над головой как знамя, побежал к опокам.

— Р-раз! — с разбега он ударил по опоке.

Отлетели кусочки.

— Р-раз! Два! Три! — Зоран бил яростно, настойчиво, как в последний раз.

"Вот так он и выступает…" — сумрачно подумал Горан, выбил трубку об опоку, стал ковырять в ней *пустым* теллуровым гвоздем, вычищая.

Зоран, быстро уставший, протянул ему молоток. Горан спрятал трубку и стал бить по опоке — неспешно и сильно.

С шестого удара опока треснула, посыпалась. Внутри сверкнуло литье. Маленькие принялись ногами крушить опоку. Новое, исходящее паром литье с лязгом вывалилось на пол: четыре десятка кастетов. Горан вытянул из ящика железный прут, подцепил горячий, дымящийся кастет, поднял.

— Прек-расно! — сощурился Зоран. — Народное оружие! Пра-виль-ное!

Он протянул свою ручку, растопырил пальцы, примеряясь. Кастет был предназначен для *среднего* класса, то есть для обыкновенных людей. Большому, отлившему эти кастеты, он стал бы перстнем на мизинце, маленькому, оплатившему эту отливку, кастет не пришелся бы впору даже на ногу.

— Восемьсот, — напомнил Горан.

— Это восемьсот сокрушителей! Это сила!

— Восемьсот героев, — серьезно кивнул Горан.

— Восемьсот мертвых упырей! — потрясал кулачками Зоран.

В кармане у Горана запищала умница. Отбросив прут с кастетом, он достал ее, растянул перед собой привычно резким движением, словно гармонь. В полупрозрачной умнице возникла голова средневекового витязя.

— Большие ушли, клопсов нет, — доложил рыцарь.

— Люди? — спросил Горан.

— Здесь.

— Пятерками.

— Понял.

Горан убрал умницу. Зоран, вцепившись в свое пальто, нетерпеливо заходил вокруг пустого тигля. Горан достал трубку, подпрыгнул, сел на опоку.

"И жопу погреет…" — подумал он и, набивая трубку, спросил:

— Вторую отливку… когда?

— Накануне! — Зоран шлепнул ладошкой по тиглю. — На-ка-нуне!

— Вождю виднее, — кивнул Горан.

Через двадцать три минуты в дверь без стука вошли пятеро людей пролетарского вида с сумками и рюкзаками.

My sweet, most venerable boy,

вот я и в Московии. Все произошло быстрее и проще обычного. Впрочем, говорят, въехать в это государство гораздо легче, чем выехать из него. В этом, так сказать, метафизика этого места. Но к черту! Мне надоело жить слухами и догадками. Мы, *радикальные* европейцы, предвзяты и насторожены к экзотическим странам лишь до момента проникновения. Проще говоря — до интимной близости. Которая у меня уже произошла. Поздравь старого тапира! Да. Прелестный шестнадцатилетний *moskovit* сегодня ночью стал теми самыми *узкими* вратами, через которые я вошел в местную метафизику. После этой ночи я многое узнал о московской этике и эстетике. Все вполне цивильно, хоть и не без дичи: парень, например, перед нашей близостью завесил полотенцами оба зеркала в моем номере, погасил свет и затеплил свечку. Которую принес с собой. Я же (не сердись) позволил подкрепить свои усилия теллуром. А утром услышал (и подсмотрел), как прелестный *Fedenka* продолжительно молился в ванной комнате, стоя на коленях перед маленькой раскладной иконкой, отлитой из меди (*skladen*), которую он водрузил в углу душевой кабины на полочку вместо шампуня. Это было трогательно до такой степени, что, наблюдая в щель этого коленопреклоненного Адониса, одетого в одни лишь клетчатые трусики, я неожиданно возжелал. Что случается со мной по утрам, как ты хорошо знаешь, крайне редко! Не дождавшись окончания молитвы, я вломился в ванную, обнажил престол моего наложника и проник в его глубины своим требовательным языком, вызвав удивленный возглас. Дальнейшее представимо... Скажу тебе вполне искренне, мой друг, это прекрасно, когда день начинается с молитвы. Такие дни почти всегда удаются и запечатлеваются в памяти. И мой первый день в Московском государстве не стал исключением. Расплатившись с кареглазым *Fedenka* (3 рубля за ночь + 1 рубль за утро = 42 фунта), я довольно сносно позавтракал в моем недорогом отеле *Slavyanka* (чай из *samovar*, *sirniki* со сметаной, *kisel*, булки, мед) и отправился на прогулку. Погода удалась — ясно, солнечно, свежо. В столице Московии стоит ядреный октябрь, на немногочисленных деревьях еще желтеют листья. Ты знаешь, я не любитель достопримечательностей как таковых и никогда не был туристом. Твой друг любит все пробовать на язык (не хмыкай, циник!), не доверяя вкусу толпы. На первый вкус Москва мне не очень понравилась: сочетание приторности, нечистоплотности, технологичности, идеологичности (коммунизм + православие) и провинциальной затхлости. Город кишит рекламой, машинами, лошадьми и нищими. Если говорить гастрономически, Москва — это *okroshka*. Особая тема — воздух. В Москве на газе и электричестве ездят только государственные мужи и богатеи. Простой народ и общественный транспорт обходится биологическим топливом. В основном это картофельная пульпа, благо картофелем со времен Екатерины II Московия не обеднела. Собственно, этот картофельный выхлоп и сообщает тамошнему воздуху приторно-затхлый привкус, распространяющийся на все вокруг. И когда пробуешь на язык главные московские блюда — Кремль, Большой театр, собор Василия Блаженного, Царь-пушку, — этот не очень, скажем, аппетитный соус портит картину и оставляет неаппетитное послевкусие. Но, повторяю, это только в первый день. На второй я уже привык, как привык к вони Каира, Мадраса, Венеции, Нью-Йорка, Бухареста. Увы, дело не в запахе. Просто Москва — странный город. Да, странный город со своей неповторимой странностью. И меньше всего его хочется назвать столицей. Это трудно объяснить тебе, никогда здесь не бывавшему и вполне равнодушному к местной истории.

Но я все-таки попытаюсь, благо сейчас у меня еще полтора часа до приезда картофельного такси, должного увезти меня в аэропорт Внуково. Итак, смысла нет рыться в дореволюционной истории Российской империи, являвшей миру азиатско-византийскую деспотию в сочетании с неприлично безразмерной колониальной географией, суровым климатом и покорным населением, большая часть которого вела рабский образ жизни. Гораздо интереснее век двадцатый, начавшийся с мировой войны, во время которой монархический колосс Россия зашатался, затем вполне естественно накатила буржуазная революция, после чего он стал валиться навзничь. Вернее — она. Россия — женского рода. Имперское сердце ее остановилось. Если бы она, эта прекрасно-беспощадная великанша в алмазной диадеме и снежной мантии, благополучно рухнула в феврале 1917-го и развалилась на несколько государств человеческого размера, все оказалось бы вполне в духе новейшей истории, а народы, удерживаемые царской властью, обрели бы наконец свою постимперскую национальную идентичность и зажили свободно. Но все пошло по-другому. Великанше не дала упасть партия большевиков, компенсирующая свою малочисленность звериной хваткой и неистощимой социальной активностью. Совершив ночной переворот в Санкт-Петербурге, они подхватили падающий труп империи у самой земли. Я так и вижу Ленина и Троцкого в виде маленьких кариатид, с яростным кряхтением поддерживающих мертвую красавицу. Несмотря на "лютую ненависть" к царскому режиму, большевики оказались стихийными неоимпериалистами: после выигранной ими гражданской войны труп переименовали в СССР — деспотическое государство с централизованным управлением и жесткой идеологией. Как и положено империи, оно стало расширяться, захватывая новые земли. Но чистым империалистом новой формации оказался Сталин. Он не стал кариатидой, а просто решил поднять имперский труп. Это называлось *kollektivizacia + industrializacia*. За десять лет он сделал это, поднимая великаншу по методу древних цивилизаций, когда под воздвигаемое изваяние последовательно подкладывались камни. Вместо камней Сталин подкладывал тела граждан СССР. В результате имперский труп занял вертикальное положение. Затем его подкрасили, подрумянили и подморозили. Холодильник сталинского режима работал исправно. Но, как известно, техника не вечно служит нам, вспомни твой прекрасный красный *BMW*. Со смертью Сталина началось размораживание трупа. С грехом пополам холодильник починили, но ненадолго. Наконец телеса нашей красавицы оттаяли окончательно, и она снова стала заваливаться. Уже поднимались новые руки и постсоветские империалисты были готовы превратиться в кариатид. Но здесь наконец к власти пришла мудрая команда во главе с невзрачным на первый взгляд человеком. Он оказался великим либералом и психотерапевтом. На протяжении полутора десятка лет, непрерывно говоря о возрождении империи, этот тихий труженик распада практически делал все, чтобы труп благополучно завалился. Так и произошло. После чего в распавшихся кусках красавицы затеплилась другая жизнь. Так вот я, my dear Todd, нахожусь сейчас в Москве — бывшей голове великанши. После постимперского распада Москва прошла через многое: голод, новая монархия + кровавая *oprichnina*, сословия, конституция, МКП, парламент. Если попытаться определить нынешний режим государства Московии, то я бы назвал его просвещенным теократокоммунофеодализмом. Каждому свое... Но я пустился в этот исторический экскурс лишь затем, чтобы попытаться объяснить тебе странную странность этого города. Вообрази, что ты, заброшенный провидением на остров великанов, застигнут непогодой и вынужден переночевать в черепе давно усопшего гиганта. Промокший и продрогший, ты забираешься в него через глазницу и засыпаешь под костяным куполом. Легко представить, что сон твой будет наполнен необычными сновидениями не без героического (или ипохондрического) гигантизма. Собственно, Москва — это и есть череп империи русских, а странная странность ее заключена в тех самых призраках прошлого, кои мы именуем "имперскими снами". Вдобавок они еще пропитаны картофельным выхлопом. Сны, сны… Россия во все времена вела спящий образ жизни, пробуждаясь ненадолго по воле заговорщиков, бунтарей или революционеров. Войны тоже долго не мучили ее бессонницей. Почесавшись со сна в беспокойных местах своего тела, великанша заворачивалась в снега и засыпала снова. Храп ее сотрясал дальние губернии, и тамошние чиновники тоже тряслись, ожидая грозного столичного ревизора. Она любила и умела видеть цветные сны. А вот реальность ее была сероватой: хмурое небо, снега, дым отечества вперемешку с метелью, песня ямщика, везущего осетров или декабристов… Похоже, просыпалась Россия всегда в скверном настроениии с головной московской болью. Москва болела и требовала немецкого аспирина. И все-таки в этом городе при всей его пафосно-государственной неказистости есть своя прелесть. Это прелесть сна давно умершего великого государства, который вдруг приснился тебе. И вот она-то как раз трудноописуема, так как русский государственный сон имеет свой неповторимый… и т.д. Поэтому я не буду более тратить твое внимание и энергию своих подагрических пальцев, а по приезде постараюсь рассказать и *показать* тебе если и не всю Москву, то хотя бы *Tsar-pushka*. В нашей заслуженной постели. В общем, я доволен поездкой. В мой старый фамильный глобус можно воткнуть очередную булавку. Зимой слетаем с тобой к сладеньким вьетнамским пупсикам.

А по весне навестим послевоенную Европу. Перед приездом такси я еще успею выкурить *papirosa* и выпить немного русской клюквенной водки.

До встречи в *родном* неоимперском черепе, полном мозгового тумана и англосаксонской трезвости.

Yours,
Leo

· III ·

Аще взыщет Государев топ-менеджер во славу КПСС и всех святых для счастья народа и токмо по воле Божьей, по велению мирового империализма, по хотению просвещенного сатанизма, по горению православного патриотизма, имея прочный консенсус и упокоение душевное с финансовой экспертизой по капиталистическим понятиям для истории государства российского, имеющего полное высокотехнологическое право сокрушать и воссоединять, воззывать и направлять, собраться всем миром и замастырить шмась по святым местам великого холдинга всенародного собора и советской лженауки, по постановлению домкома, по стахановским починам всенародных нанотехнологий Святаго Духа, в связи с дальнейшим развертыванием демократических мероприятий в скитах и трудовых коллективах, в домах терпимости и детских учреждениях, в съемных хазах и упакованных хави-

рах, в стрелецких слободах и строительных коопе-
ративах, в редакциях многотиражных газет, в ка-
такомбных церквах, в ратных единоборствах, в ко-
ридорах власти, в генных инкубаторах, на шконках
в кичманах, на нарах и парашах в лагерях нашей
необъятной Родины по умолчанию к буферу обме-
на, знающего, как произвести некоммерческое ис-
пользование и недружественное поглощение, как
эффективно наехать, прогнуть, отжать, отметелить,
опустить и замочить в сортире победоносную славу русского воинства в свете тайных инсталляций
ЦК и ВЦСПС, сокрушивших лютых ворогов и черных вранов всего прогрессивного человечества
комсомольским бесогоном аффилированной компании через правильных пацанов православного
банка, сохраняющего и приумножающего империа-
листические традиции богатырского хайтека в особых зонах народного доверия на берегах великой
русской реки, в монашьих кельях и в монарших пе-
редовицах, в коммунистических малявах и в бого-
словских объявах, в сексуальных постановлениях
и в черных бюджетах, в отроцех невинноубиенных
за валютные интервенции, за хлеб и за соль, за шепот и за крик, за семо и овамо, за президентский
кортеж, за зоологический антисоветизм, за белую
березу под моим окном, за пролетарский интерна-
ционализм, за хер и за яйца, за доллары и за евро,
за смартфоны седьмого поколения, за вертикаль
власти и за надлежащее хранение общака, напе-

рекор земле и воле, назло черному переделу и белому братству для неустанного духовного подвига андроидов, пенсионеров, национал-большевиков, хлеборобов, ткачей, полярников, телохранителей, гомосексуалистов, политтехнологов, врачей, антропогенетиков, боевиков, серийных убийц, работников культуры и сферы обслуживания, стольничих и окольничих, стриптизеров и стриптизерш, оглашенных и глухонемых, тягловых и дворовых, старых и молодых, всех честных людей, гордо носящих имена Василия Буслаева, Сергия Радонежского и Юрия Гагарина, ненавидящих врагов фальсификаторов русской истории, неутомимо борющихся с коммунизмом, православным фундаментализмом, фашизмом, атеизмом, глобализмом, агностицизмом, неофеодализмом, бесовским обморачиванием, виртуальным колдовством, вербальным терроризмом, компьютерной наркоманией, либеральной бесхребетностью, аристократическим национал-патриотизмом, геополитикой, манихейством, монофизитством и монофелитством, евгеникой, ботаникой, прикладной математикой, теорией больших и малых чисел за мир и процветание во всем мире, за Царство Божие внутри нас, за того парня, за Господа Иисуса Христа, за молодоженов, за свет в конце тоннеля, за День опричника, за подвиг матерей-героинь, за тех, кто в море, за академиков Сахарова и Лысенко, за Древо Жизни, за БАМ, КАМаз и ГУЛАГ, за Перуна, за гвоздь теллуровый, за дым отечества, за молодечество, за творчество, за иконоборчество, за ТБЦ, за РПЦ, за честное имя, за коровье вымя, за теплую печку, за сальную свечку, за полный стакан, за синий туман, за темное окно, за батьку Махно во имя идеалов гуманизма, неоглобализма, национализма, антиамериканизма, клерикализма и волюнтаризма ныне и присно и во веки веков. Аминь.

В четверть седьмого она вышла из подъезда своего дома, и сердце мое сжалось: впервые увидев ее издали, я был потрясен, я не мог предположить, что она столь хрупка и миниатюрна, даже уже и не школьница, а почти Дюймовочка, девочка из давно написанной сказки, чудесный эльф в серенькой шапочке и коротеньком черном плаще, идущий ко мне по Гороховскому переулку.

— Здравствуйте! — Ее голосок, мальчишеский, грубовато-очаровательный, который я не спутаю ни с каким другим, который звучал в телефонной трубке всю эту нелепую, проклятую, резиново тянущуюся неделю, чуть не сведшую меня с ума, неделю нашей мучительной, идиотской невстречи.

Мои руки тянутся к ней, прикасаются, трогают, держат. Я хочу убедиться, что она не призрак, не голограмма в громко мнущемся плаще.

— Здравствуйте, — повторяет она, наклоняя голову и исподлобья глядя на меня чудесными зелено-серыми глазами. — Что же вы молчите?

А я молчу. И улыбаюсь как идиот.

— Долго ждать изволили?

Я радостно-отрицательно мотаю головой.

— А я невозможно зашиваюсь с хуманиорой. — Скосив глаза в заваленный мусором переулок, она поправляет шарфик. — Ума не приложу, что делать. Токмо третьего дня раздать пособия соизволили наши храпаидолы. Представляете?

Прелесть моя, ничего и никого я не представляю, кроме тебя.

— Правда долго ожидали? — Она строго морщит тончайшие брови.

— Вовсе нет, — произношу, словно учусь говорить.

— Пойдемте, подышим кислородом. — Она вцепляется в мой рукав своей маленькой рукой, тащит за собой. — Ваша ответчица — полная байчи, не знаю, я звоню ей, говорю определенно: прошу передать ему, что я не в завязи, наша с мамой умница намедни опять скисла, вроде простая просьба ведь, правда? А она мне: милочка, мне некому это передать. Господи, твоя воля, а красную занозу воткнуть зело трудно?! Юйван! Вот вредина! Накажите ее!

— Накажу непременно.

Иду рядом с моей прелестью как зомби.

Она держится за мою руку, полусапожки цокают по асфальту, крошат подмороженные с ночи лужицы. Жаль, что на ней сейчас не форма, а цивильное. В форме она еще очаровательней. В форме на школьной площадке я ее и увидел впервые. Стоя в мелом очерченном круге, девочки играли в свою любимую игру. Полетел вверх красный мяч, выкрикнули ее имя. Она бросилась, но не поймала сразу, мяч ударился об асфальт, отскочил, она схватила его, прижав к коричневой форменной груди со значком "ВЗ", выкрикнула: "Штандер!" И разбежавшиеся школьницы замерли, парализованные строгим немецким словом. Она метнула мяч в долговязую подругу, попала ей в голову, заставив громко-недовольно ойкнуть, и прыснула, зажав рот ладошкой, и полуприсела на прелестных ногах, и закачала очаровательной, оплетенной косою головкой, бормоча что-то извинительное, борясь со своим дивным смехом…

Губы ее, прелестные, слегка вывернутые, увенчанные сверху золотистым пушком, роняют чудесные слова:

— Все с ума посходили, честное слово. Стою вчера в очереди за говядом в Аптекарском, вдруг сзади кто-то — толк, толк в спину. Что еще такое? Рука с запиской: я немой, прошу покорно Христа ради купить мне три фунта говяжьих мослов. И главное — его самого разглядеть нет никакой возможности. Ни лица, ни тела? Вижу токмо руку! А сам индивидуум где?!

На этой фразе она останавливается и топает каблучком.

— Он, вероятно, был ослеплен вашей красотой, поэтому скрывался за спинами других стояльцев, — неуклюже шучу я.

— Какая там красота! Это же просто фокус, вы не поняли?! Какой-то жулик из ворованной умницы руку слепил!

— Ах вот оно что...

— В том и дело! И рука сия преспокойно гуляет себе по очереди. Может милостыню попросить, а может и в карман заглянуть. Вот и все!

— Дайте мне вашу руку, — говорю я вдруг и сам забираю ее ручку в перчатке.

— Отчего? — смотрит она исподлобья.

Я отвожу рукав плаща и припадаю губами к детскому запястью, к тоненьким венам, к дурманящей теплоте и нежности. Не противясь, она глядит молча.

— Я без ума от вас, — шепчу я в эти вены. — Я от вас без ума... без ума... без ума...

Ее сказочное эльфийское запястье не шире двух моих пальцев. Я целую его, припадаю, как вампир. Вторая детская ручка дотягивается до моей головы.

— Вы решительно рано поседели, — произносит она тихо. — В сорок семь лет и уже почти седой? На войне?

Нет, я не был на войне. Я обнимаю ее, поднимаю к своим губам. Вдруг она проворно, словно ящерка, выскальзывает из объятий, бежит по переулку. Я пускаюсь вслед за ней. Она сворачивает за угол. Отстаю. Бегает она превосходно.

— Куда же вы? — Я тоже сворачиваю за угол.

Ее черный плащик с серой шапкой мелькает впереди. Она бежит по Старой Басманной к серой громадине кольцевой стены, отделяющей Москву, где проживаю я, от Замоскворечья, где живет она. Подбегает, встает к стене спиной, разводит руки.

Спешу к моему проворному эльфу.

Ее фигурка столь мала на фоне двенадцатиметровой стены, нависшей серой, мутной волной. Мне становится страшно: вдруг это бетонное цунами накроет мою радость? И мне никогда не придется держать ее в своих объятьях?

Срываюсь, подбегаю.

Она стоит, закрыв глаза, прижав разведенные руки к стене.

— Люблю стоять здесь, — произносит она, не открывая глаз. — И слушать, как за стеною Москва гудит.

Поднимаю ее как пушинку, шепчу в большое детское ухо:

— Смилуйтесь надо мной, мой ангел.

— И чего же вы хотите? — Ее руки обвивают мою шею.

— Чтобы вы стали моей.

— Содержанкой?

Чувствую, как смешок торкается в ее животике.

— Возлюбленной.

— Вы желаете тайного свидания?

— Да.

— В нумерах?

— Да.

— Сколько это будет стоить?

— Десять рублей.

— Большие деньги, — рассудительно, но с какой-то недетской грустью произносит она в мою щеку. — А можно мне… на землю?

Я опускаю ее. Она поправляет свой беретик. Ее лицо сейчас как раз возле моего солнечного сплетения, где происходят спорадические атомные взрывы желания.

— Пойдем? — Она берет меня за руку, словно я ее однокашница.

Мы идем вдоль стены, распихивая ногами мусор. Она раскачивает мою руку. В Замоскоречье по-прежнему грязно и неприбрано. Но мне нет дела до мусора, до Замоскворечья, до Москвы, до Америки, до китайцев на Марсе. Я любуюсь сосредоточенным личиком моей вожделенной. Она думает и решает.

— Знаете что, — медленно произносит она и останавливается. — Я согласна.

Я сгребаю ее в охапку, начинаю целовать теплое бледное личико.

— Подождите, ну… — упирается она мне в грудь. — Я смогу токмо на следующей неделе.

— Бессердечная! — опускаюсь я перед ней на колено. — Я не доживу до следующей недели! Умоляю — завтра, в "Славянском базаре", в любое время.

— Хуманиора, — вздыхает она. — К послезавтраму надобно написать и сдать. Иначе — сделают мне плохо. С первой четверти я в черном списке. Надобно исправляться.

— Я умоляю вас, умоляю! — целую я ее старенькие перчатки.

— Поверьте, я бы плюнула на хуманиору, но мамаша так страдает, когда меня наказывают. Она зело сердобольна. А кроме мамаши у меня никого нет. Папаша на войне остался. И братец старший. Чертова хуманиора…

— Когда же я смогу насладиться вами? — сжимаю я ее ручки.

Серо-зеленые глаза задумчиво косятся на стену.

— Пожалуй… в субботу.

— В пятницу, ангел мой, в пятницу!

— Нет, в субботу, — серьезно ставит она точку.

Внутренне она гораздо старше своих детских лет. Раннее взросление у этих детей войны. Отец ее погиб под Пермью. В этом возрасте мы были другими…

— Хорошо, в субботу. В шесть вас устроит?

— Угу… — гукает она совсем по-мальчишьи.

— Там превосходный ресторан, у них фантастические десерты, лимонады, торты, невозможные шоколадные башни…

— Я люблю писташковое мороженое, какао со сливками и белый шоколад. — Она поправляет мое выбившееся кашне. — Встаньте, тут грязно, а вы в хорошем.

Приподнимаясь с колена, вдруг замечаю возле себя в мусоре *пустой*, почерневший теллуровый гвоздь. Поднимаю, показываю ей:

— Хорошо живут у вас в Замоскворечье!

— Ух ты! — восклицает она, забирает у меня гвоздь и вертит перед глазами.

Я держу ее за плечи.

— Стало быть, в субботу в шесть?

— В шесть, — повторяет она, разглядывая гвоздь. — Да... везет же кому-то. Вырасту — пробирую непременно.

— Зачем вам теллур?

— Хочу с папашей и с братцем встретиться.

Другая бы ответила, что хочет встретиться с прекрасным принцем. Вот что война делает с детьми...

Мимо проезжают три грузовика с подмосквичами в желтых робах. В последнем грузовике что-то распевают.

Со вздохом зависти она швыряет гвоздь в стену, вздыхает, трогает мою пуговицу:

— Пойду я.

— Я провожу вас.

— Нет-нет, — решительно останавливает она. — Сама. Прощайте уже!

Она взмахивает ручкой, поворачивается и убегает. Провожаю ее взглядом голодного льва. Лань моя убегает. И каждый промельк ее коленок и полусапожек, каждое покачивание плаща, каждое вздрагивание серого берета приближает миг, когда в полумраке нумера я, насосавшись до головокружения ее телесных леденцов, плавно усажу этого замоскворецкого эльфа на вертикаль моей страсти и стану баюкать-покачивать на волнах нежного забвения, заставляя школьные губы повторять волшебное слово "хуманиора".

· V ·

— Рихард, готовность 7! — Голос Замиры поет в правом ухе у Рихарда.

Двигаясь в оглушительной карнавальной толпе, он слышит в правом ухе пиканье цифр, каждая из которых вспыхивает красным у него в правом глазу, и начинает репортаж:

— Итак, дорогие телезрители, с вами Рихард Шольц, РВТВ, мы снова в Кельне, где продолжается долгожданный кельнский карнавал. Три года мы все ждали этого Розового Понедельника, чтобы выйти на улицы родного города. Три года кельнцы не могли этого себе позволить по злобной воле оккупантов, считавших наш карнавал "дыханием шайтана". И вот сейчас, когда мы победили, у некоторых членов нашего молодого правительства уже появился опасный синдром — короткая память. Они не хотят вспоминать, отмахиваются, говорят, что хватит ворошить прошлое, надо жить настоящим и двигаться в будущее, подобно этой радостной карнавальной толпе. Но это опасная тенденция, и надо повторять это до тех пор, пока синдром "короткой памяти" не покинет министерские и парламентские головы. Карнавал — это прекрасно! Но я хочу напомнить вам именно сейчас, именно в этот радостный день, напомню, чтобы вы и ваши дети никогда не забыли, как три года назад девятнадцать транспортных "геркулесов", вылетевших из Бухары, в тихое майское утро, на рассвете, высадили в пригороде Кельна Леверкюзене десантную дивизию "Талибан". И начались три года мрачной талибской оккупации Северного Рейна — Вестфалии. Началась другая жизнь. Талибы хорошо подготовились к захвату власти, они провели масштабную подпольную работу, используя радикально настроенных исламистов из местного населения, а потом...

— Рихард, короче! — поет в ухе голос Замиры.

— А что было потом — все мы помним: казни, пытки, телесные наказания, запрет алкоголя, кино, театра, унижение женщин, депрессия, гнетущая атмосфера, инфляция, коллапс, война. Давайте же сделаем так, чтобы в нашем молодом государстве, в Рейнско-Вестфальской республике, это бы никогда не повторилось, чтобы ваххабитско-талибанский молот больше никогда не навис над Рейном, чтобы мы и наши дети жили в свободном государстве, с оптимизмом глядя в будущее, но вспомним, вспомним слова поэта, написанные о войне...

В его правом глазу возникают на выбор четыре цитаты из Целана, Брехта, Хайма и Грюнбайна.

— "Черное млеко рассвета пьем мы вечером, ночью и в полдень". Три года наш народ пил это черное молоко оккупации, многие вестфальцы вырыли себе те самые "могилы в небе, где тесно не будет лежать", так поклонимся же этим могилам, этим героям Сопротивления, чтобы без страха и упрека двигаться вперед, к лучшему будущему...

— Рихард, внимание, слева: президент и канцлер! — осой звенит в ухе Замира.

— Друзья, я вижу впереди слева нашего президента генерала Казимира фон Лютцова и канцлера Шафака Баштюрка. Как я уже говорил в прошлых репортажах, они присоединились к карнавальной толпе на Аппельхофплац, прошли по Брюкенштрассе сюда, к Старому рынку. До этого они двигались пешком, пробиться к ним было крайне проблематично даже мне, экс-чемпиону Кельна по ушу, но вот теперь они сели на лошадей, на прекрасных рыцарских боевых коней, президент — на белого коня с белой попоной с крестами, а канцлер — на вороного, с зеленой попоной с полумесяцем, это символично, друзья мои, это прекрасно и актуально, так как символизирует не только политику нашего государства, но и единение двух культур, двух цивилизаций, двух религий, католической и мусульманской, единение, которое помогло нашей стране одолеть коварного и сильного врага, помогло выстоять в жестокой войне. Президент и канцлер бодры, радостны, полны сил, они одаривают толпу конфетами из вот этих огромных золотистых рогов изобилия, они выглядят как настоящие рыцари, которыми, собственно, и являются. Все мы помним знаменитый зимний поход генерала фон Лютцова на Кельн от нидерландской границы, мы не забыли сводки военного времени: освобождение Оберхаузена, кровопролитные бои под Дуйсбургом, блистательная дюссельдорфская операция и уже вошедший в современную военную историю бохумский "котел", устроенный армией генерала фон Лютцова талибам, "котел", сломавший хребет Талибану, после которого отступление врага, а точнее сказать — бегство, стало уже необратимым, когда талибанские головорезы побежали в панике к восточной границе, а их идейный вдохновитель, так называемый Горящий имам, обрел свою...

— Рихард, достаточно о президенте. Переходи к канцлеру.

— ...заслуженную смерть на улицах разрушенного талибами Тройсдорфа. А в это время Шафак Баштюрк, будущий канцлер нашего государства, вел героическую и кропотливую работу в кельнском подполье, создавая свою армию Сопротивления, куя Экскалибур победы в городских подвалах, приближая крах талибов. Этот героический человек, патриот Рура, в прошлом инженер-теплотехник, в годы оккупации стал живой легендой, героем подполья, сплотившим вокруг себя мусульман-единомышленников, горящих ненавистью к варварскому талибанскому режиму. Награда за его голову, обещанная талибами, росла не то что с каждым месяцем, а с каждым днем! Армия сопротивления "Сербест Эль" лишила оккупантов спокойной жизни, благодаря мудрости и героизму бойцов "Сербест Эль" земля буквально горела под сандалиями талибов, а их…

— Рихард, достаточно о прошлом. Настоящее, настоящее!

— …а их дни были сочтены. Зато теперь мы все можем насладиться не только победой в войне, но и этим карнавалом, первым за три года, чудесным, радостным, красивым, громким, этим Розовым Понедельником, смотрите, сколько оттенков розового в праздничной толпе, сколько детей, наряженных цветами, с головами в виде розовых бутонов! Это дети нашего будущего, дети, которым предстоит стать гражданами нашего молодого государства и хранить мир, завоеванный отцами в полях под Дуйсбургом, в пригородах Бохума, на улицах Кельна. Пусть же они будут счастливы! Президент и канцлер бросают в толпу конфеты из золотых рогов изобилия — это ли не надежда на мир, достаток и благополучие?

— Рихард, публика, общение.

— Друзья, теперь самое время пообщаться с участниками карнавала, — обращается к паре среднего возраста, наряженной средневековыми шутами. — Здравствуйте! Откуда вы?

— Из Пульхайма! Привет всем! Привет, Кельн!

— Ясно и без слов, что вы рады и счастливы быть здесь сегодня!

— Конечно! Карнавал вернулся! Круто!

— Карнавал вернулся! И вместе с ним в ваш Пульхайм вернулась мирная жизнь.

— О да! Это символ! Мы победили! Наш сын ушел добровольцем к фон Лютцову.

— Он жив?

— Да, слава богу! К сожалению, он сейчас в Осло по служебным делам, он очень хотел присоединиться к нам. Но он с нами! — Парочка растягивает умницу, вызывает голограмму молодого человека. — Привет, Мартин!

— Привет, предки! Я с вами! Привет из Осло!

— Мартин, Рихард Шольц, РВТВ, о, как вы будете жалеть, что не взяли отпуск на работе, чтобы быть здесь и вдохнуть этот воздух свободы!

— Буду, буду жалеть, черт возьми, точно! Уже жалею! Я дурак, без сомнения! Вау! Я чувствую этот воздух!

— Сынок, здесь просто супер как хорошо! Такое чувство, что все породнились навсегда!

— Круто! Я слышу родной кёльш и просто балдею от него здесь, в тихом Осло.

— Мартин, ваши родители сообщили нам, что вы были в армии генерала фон Лютцова. Какие города вы освобождали?

— Я успел повоевать только в Дуйсбурге и Дюссельдорфе, а перед бохумским "котлом" получил контузию и выпал, так сказать, из процесса.

— Вы были на первом Дне Победы в Дюссельдорфе?

— Конечно! Это было круто! Фон Лютцов — великий человек. Я счастлив, что у нас такой президент!

— Вон он едет на белом коне!

— Вау! Круто! Черт, какой же я дурак, что не остался!

— Сынок, ты с нами, ты здесь!

— Мама, это же Шафак Баштюрк! Герой подполья! О, я бы пожал ему руку! Вау! Сейчас пойду в паб и напьюсь!

— Сынок, только не пей норвежского аквавита! Он вызывает депрессию!

— Мартин, только пиво!

— Сынок, нашего райсдорфа там, конечно, не нальют!

— Местного, местного!

— Заметано, папа!

— Мартин, скажите, в Осло по-прежнему все тихо и спокойно?

— Да, норвежцам повезло, здесь все обошлось без резни. Война не дошла, здания целы, всего-то парочка ракет упала. Не то что у нас. Вау! Я вижу троллей и гномов! Круто!

— Мы сейчас подойдем к троллям! Мартин, удачи вам!

Трое больших, наряженных троллями, несут на плечах гномов, бросающих в толпу конфеты. Рихард пробивается к ним.

— Рихард, стоп! Тролли подождут. Сзади Сабина Гргич, — звенит в ухе Замира.

Рихард оборачивается, движется по толпе назад. Высокая, мускулистая Гргич идет в окружении своих подруг-амазонок, таких же рослых и мускулистых. Они одеты в костюмы эльфийских воинов из "Властелина колец".

— Здравствуйте, Сабина! Рихард Шольц, РВТВ. Я и наши телезрители рады видеть вас, героиню бохумского "котла", здесь, в этой праздничной толпе!

— Приветствую всех достойных, — гордо, с чувством собственного достоинства поднимает руку Сабина.

Ее подруги тоже поднимают руки.

— Как ваша новая рука?

— Она еще не моя, но уже вполне повинуется, — улыбается Сабина.

— Дорогие телезрители, если кто не помнит историю Сабины Гргич, а я уверен, что таких единицы, так вот, для них я напоминаю: бохумский "котел", здание университета, где был последний очаг сопротивления талибов, гуманитарный корпус, джип командующего третьим полком Георга Мария Хюттена, граната, брошенная талибами, Сабина Гргич, схватившая рукой гранату, спасшая командира и потерявшая руку. А до этого был бой на Хуштадтринге, где Сабина из своей "осы" подбила талибский бронетранспортер. Она герой! Честь карнавалу, что в нем участвуют такие герои, как Сабина

Гргич и ее боевые подруги! Вы счастливы сегодня, Сабина?

— Я счастлива, что зло было повержено, что черная башня с Всевидящим Оком рухнула. Мы завалили ее!

Подруги-амазонки издают боевой клич.

— Прекрасно! Талибанский Саурон повержен, народ ликует! Сабина, что бы вы пожелали нашим телезрителям в этот день?

— Я желаю всем жителям нашего Рейнского королевства Золотого Ветра, Чистого Берега и Новой Зари. За Новую Зарю!

— За Новую Зарю! — кричат амазонки.

— Прекрасный клич бохумских валькирий! Мы не забыли его! Сабина, вы уже вернулись в родной Бохум?

— Мой дом на Аспае разрушили орки, возлюбленная Бруст сожжена в крематории гоблинов, крылатая Сильвия встретилась с Вечностью, золотоволосая Маша бежала в Америку. Но я держу Жезл, я сняла Белый Покров с Нефритовых Врат, я верю в Преодоление Серого Тумана. Как и прежде, мы плывем по Реке Чистой Любви.

Подруги Сабины издают Зов Валькирий.

— Прекрасно! Уверен, что ваша Река Чистой Любви сегодня впадает исключительно в Рейн! Сабина, прекрасные амазонки, будьте счастливы! От имени всех телезрителей я целую вашу прекрасную обновленную руку, руку новой, мирной жизни!

Опускается на колено перед Сабиной, целует ей руку.

— Рихард, справа, справа, справа! — зудит Замира. — Цветан Мордкович!

— Друзья, смотрите, кто оказался совсем рядом! Цветан Мордкович, прославленный ас, воздушный гусар, защищавший небо нашей страны, наносящий жалящие удары с воздуха! Привет, Цветан!

— Привет!

— Вы с семьей, она у вас такая большая!

— Да, мы сегодня здесь всей командой!

— Что вы, герой неба, можете сказать нашим телезрителям?

— Я очень рад, что сегодня здесь, вместе со всеми…

— Наконец на земле, да?

— Да, на земле, с моими родными, со всеми, кого я защищал.

— Благодаря вам мы сегодня можем спокойно ходить по этой земле, не опасаясь бомбовых ударов, не боясь взрывов и свиста пуль. Над Кельном больше не воет сирена воздушной тревоги. Цветан, это благодаря вашим воздушным подвигам! Вы лично сбили четыре талибских самолета, четырех стервятников, терзающих наше мирное небо.

— Да, что-то получилось. Главное, что меня не сбили. Небо помогало.

— А небо-то какое сегодня, Цветан! Как по заказу — ни облачка!

— Небо прекрасное, мы все очень рады…

— Что темные тучи рассеялись, да?

— Да, что теперь все хорошо…

— Что в небе только солнце, да? И никаких черных силуэтов!

— Да, мирное небо — это хорошо.

— Здорово сказано, Цветан. Вы хотите передать привет однополчанам эскадрильи "Вестфальский сокол"?

— Да, парни, да, гусары Воздуха, я вас всех помню и люблю! Мы победили! Да здравствует карнавал!

— Да здравствует карнавал! Спасибо, Цветан! Друзья, а сейчас мы идем к троллям!

— Рихард, стоп, продолжает Фатима, ты свободен.

Рихард снимает со своего плеча кусок умного пластика, сминает, убирает в карман. С трудом выбирается из толпы, выходит на Фильценграбен-штрассе, находит свой самокат, отстегивает, встает на него и катит по набережной до самого дома. Входит в подъезд, поднимается на третий этаж, открывает ключом дверь, входит в прихожую, снимает пиджак.

Голос Сильке, его жены *(усиленный динамиком)*.
    Это ты?
Рихард *(вешая пиджак)*. Это я.
Голос Сильке. Есть хочешь?
Рихард. Очень.

Голос Сильке. Без меня.

Рихард. Ты уже?

Голос Сильке. Я еще.

Рихард проходит в небольшую кухню со старой обстановкой, открывает старомодный холодильник, достает бутылку пива, открывает, пьет из горлышка. Смотрит в холодильник, достает рисовую чашку, наполненную не очень свежим куриным салатом, пару сосисок. Кипятит чайник, кладет сосиски в кастрюльку, заливает кипятком. Стоя ест салат, откусывая от рисовой чашки, глядя в окно. За окном — узкий двор со старым каштаном, ржавыми велосипедами и переполненными мусорными контейнерами. Покончив с чашкой и салатом, достает из кастрюльки сосиски и быстро поедает их, запивая пивом. Опорожнив бутылку, ставит ее в пластиковый ящик для пустых пивных бутылок. Берет яблоко, откусывает, выходит из кухни, проходит по узкому коридору, заходит в туалет, мочится, держа яблоко в зубах. Потом замирает, словно оцепенев. Выплевывает недоеденное яблоко, злобно стонет, резко выходит из туалета, хлопнув дверью, застегиваясь на ходу, бормоча: "Дерьмо, дерьмо, дерьмо!", почти бежит по коридору и попадает в единственную комнату его квартиры. Комната заставлена антикварной мебелью, которую, судя по всему, часто перевозили с места на место. Некоторые вещи запакованы в пластик. На овальном обеденном столе стоит стеклянный домик. Это дом Сильке, *маленькой симпатичной блондинки со стройной фигурой*. Ее рост не превышает трехсотмиллилитровую пивную бутылку. Сильке качается на миниатюрном лыжном тренажере, стоящем в мансарде ее домика. На ней спортивная одежда. Слышно, что в домике звучит ритмичная музыка. Рихард почти подбегает к столу, опирается руками о столешню, нависая над домиком.

Рихард. Сильке, мне нужен гвоздь!
Сильке (*продолжая двигаться*). Хорошая новость.
Рихард. Мне нужен гвоздь!
Сильке. Дорогой, это скучно.
Рихард (*кричит*). Мне нужен гвоздь!
Сильке. Ты сотрясаешь мою крышу. Она может поехать.

С трудом сдерживаясь, Рихард садится на стул, кладет на стол сжатые кулаки.

Сильке (*продолжая двигаться*). У тебя крайне агрессивный вид. Ты устал, я понимаю. Я смотрела твой репортаж.
Рихард. Дай мне гвоздь.
Сильке. Дорогой, успокойся.
Рихард. Дай гвоздь!
Сильке. Еще три минуты, я закончу, приду к тебе, и мы вместе успокоимся.

Рихард (*хлопает ладонью по столу*). Мне нужен гвоздь!

Сильке (*продолжает двигаться*). Рихард, тебе не нужен гвоздь.

Рихард. Дай мне гвоздь!

Сильке. Рихард, ты принял лекарство?

Рихард. Сильке, открой дверь!

Сильке. Не открою.

Рихард (*теряя самообладание*). Я сейчас разнесу к черту твою избушку!!

Сильке. Не разнесешь.

Рихард (*истерично*). Открывай, гадина!!

Сильке. Дорогой, прими лекарство. Ты принимал только утром.

Рихард (*хватает стул, замахивается*). Ну держись, стерва...

Сильке (*спокойно и размеренно двигаясь*). Держусь, держусь.

Рихард с воплем швыряет стул на кровать. Опускается на пол.

Сильке. Ты просто устал. Я никогда не любила этот карнавал. Он изматывает.

Рихард (*бессильно опустив голову*). Дай гвоздь...

Сильке. Прими лекарство. Тебе сразу полегчает.

Рихард (*кричит*). Выключи эту чертову музыку!!

Сильке выключает музыку, сходит с тренажера, вешает на шею полотенце.

Сильке. Я понимаю, дорогой, как тебе противно нести всю эту патриотическую чушь. Но зачем ты срываешь свое раздражение на мне, твоем самом близком человеке?

Рихард молчит.

Сильке. Ты сделал все суперпрофессионально. Уверена, они утвердят тебя.

Рихард (*опустив голову*). Это решение не зависит от качества репортажа.

Сильке. Испытательный срок зависит от всего.

Рихард. В моем случае это зависит только от этой дуры.

Сильке. Их интересует только твоя психосома. Всем давно известен твой профессиональный уровень.

Рихард (*качает головой*). Да пошли они…

Сильке. Пошли и ушли. А потом вернулись. Надо их учитывать, дорогой.

Сильке спускается на второй этаж, входит в прозрачную душевую, раздевается, встает под душ.

Рихард. У нас не будет денег еще целый месяц.

Сильке. Тебя это пугает? Мы с голоду не помрем.

Рихард. Мне нужна доза.

Сильке. С этого бы и начинал. А то — "у нас нет денег"!

———

РИХАРД. Всего одна. И я приду в себя.

СИЛЬКЕ. Ты сорвешься. И они тебя не возьмут.

РИХАРД. Одна доза! Я не могу сорваться с одной дозы!

СИЛЬКЕ. Одной тебе не хватит. А на пять у нас, как ты только что озвучил, нет денег.

РИХАРД. Если продать один гвоздь, у нас будет пятьсот марок.

СИЛЬКЕ. Чтобы купить тебе дозу за двадцать? Занимательная арифметика, дорогой.

РИХАРД. У нас нет даже двух марок! Такого не было никогда! И я еще должен!

СИЛЬКЕ. Дорогой, все наладится, когда тебя утвердят. Прими лекарство.

РИХАРД. Дай мне гвоздь.

СИЛЬКЕ. Ты же знаешь, что гвозди — наш неприкосновенный запас. Если я дам тебе гвоздь, ты сразу купишь сто доз. И опять начнется все знакомое до боли.

РИХАРД. Куплю одну, одну-единственную дозу, клянусь!

СИЛЬКЕ. О, не клянись, мой славный рыцарь.

РИХАРД. У нас нет денег! Критическая ситуация! Нет ни пфеннига!

СИЛЬКЕ. Сейчас ни у кого нет денег. Послевоенная реформа, как говорит наш президент, медленно, но неуклонно набирает обороты. А цена на гвозди ползет вверх. Восемь процентов за три дня. Через пару месяцев мы удвоим мое теллуровое наследство.

РИХАРД. Один гвоздь, Сильке! А у нас их восемь! Всего один! И мы почувствуем себя нормально!

Сильке *(выходит из душа, вытирается полотенцем)*. Я вполне нормально себя чувствую. Не проси.

РИХАРД. Ты... такая стерва?!

Сильке. Уж какую выбрал.

РИХАРД. Ты видишь, что мне плохо?

Сильке. Прими лекарство.

РИХАРД *(кричит)*. Я в гробу видал это сраное лекарство!! Мне плохо! Реально!

Сильке *(надевает халат)*. Рихард, ты сильный или слабый? Когда ты нес меня в кармане через горящий Бохум, я знала, что ты сильный. И когда мы сидели в подвале. И когда ты жарил собачье мясо. И когда бежал по тому тоннелю, и когда дрался с тремя инвалидами. Ты был сильный. Я гордилась тобой. Ужасно гордилась. Тогда ты забыл про наркотики. Но стоило войне окончиться, и ты в одночасье стал слабаком. Что с тобой?

РИХАРД. Мне нужен всего один гвоздь. Один! Чтобы прийти в себя.

Сильке *(кричит)*. Я не дам тебе гвоздь!

Рихард сидит молча. Сильке спускается на первый этаж, проходит в кухню, выпивает воды, садится к столу, кладет на него ноги. Сидит, пьет воду.

Сильке. Через месяц они возьмут тебя в штат, выплатят зарплату. И у нас будут деньги.

———

РИХАРД. Мне… нужно…

СИЛЬКЕ. Тебе нужна доза. Хорошо. У меня есть заначка.

РИХАРД. Какая? Что, кольцо с брильянтом твоей бабушки? Брильянты сейчас на хрен никому не нужны!

СИЛЬКЕ. Правильно. Не до них. Нет, не кольцо.

Силькe встает, идет наверх в свою спальню, садится на кровать, наклоняется, достает из-под кровати футляр, открывает. В футляре лежит вибратор.

РИХАРД. "Лиловый лотос"?

СИЛЬКЕ. "Лиловый лотос".

РИХАРД. Он что… тебе больше не нужен?

СИЛЬКЕ. У меня есть три других вибратора.

РИХАРД. Но ты же говорила, что…

СИЛЬКЕ. Этот самый лучший? Да, говорила полгода назад. Но — все меняется, дорогой мой, время проходит, старые желания тоже. Появляются новые.

РИХАРД. А ты думаешь, что его…

СИЛЬКЕ. Оторвут с руками.

РИХАРД. Вообще-то по логике вибраторы востребованы во время войны, а не после.

СИЛЬКЕ. Для людей. А для маленьких — наоборот.

РИХАРД. Не понимаю что-то пока…

СИЛЬКЕ. Ты явно устал от этого послепобедного карнавала. Ну, сам посуди, мужчины возвращаются с войны к своим женам и любовницам. Они герои. У них мощная эрекция победителей. А маленькие? Они же не воевали, а сидели в крысиных норах, трясясь от страха. Гром победы грянул, они вылезли на свет. А их потенция осталась в этих норах. Что может такой любовник? Только пьянствовать, да рассказывать своей подруге про подвиги больших, да делать ей массаж ступней.

Рихард. Пожалуй… ты права. *(Облегченно смеется.)* Сильке, ты умная!

Сильке. Умная стерва, да?

Рихард. Ты… *(Вздыхает.)* Ты же знаешь, что у меня никого нет, кроме тебя.

Сильке. Знаю.

Сильке берет футляр с вибратором, спускается вниз, выходит из домика, идет по столу.

Сильке *(протягивает ему футляр)*. На блошином рынке маленькие за него дадут минимум восемьдесят марок.

Рихард протягивает руку, но Сильке прячет футляр за спину. Рихард замирает.

Сильке. А совсем недавно кто-то называл меня гадиной.

Рихард. Прости дурака.

Сильке *(подходит к краю стола)*. На колени!

Рихард опускается на колени. Его голова оказывается вровень со столешней.

Силькe (*высовывает из халата колено*). Целуй!

Рихард тянется губами и целует колено. Силькe отдает ему футляр.

Рихард (*шепотом*). Милая, хочешь, я тебя покатаю на языке?

Силькe. О нет, дорогой. Всему свое время. Вечером, вечером устроим скачки с препятствиями… (*Оглядывается.*) Фу, опять у нас все в крошках. Ненавижу этот твой срач!

Рихард. Я все уберу. (*Снимает стул с кровати, ставит к столу.*)

Силькe берет у себя в прихожей метлу, начинает мести на столе. Рихард прячет футляр с вибратором в карман.

Силькe. Купи себе еды. А мне — йогуртов, нато, протоплазмы и сока. И прошу — не покупай две торпеды. Во всяком случае — сегодня.

Рихард. Хорошо, родная. Я куплю одну. Клянусь! (*Поднимает вверх два пальца.*)

Направляется к коридору, но вдруг останавливается, поворачивается к Силькe.

Сильке *(метет)*. Что еще?
Рихард. Покажи мне.
Сильке. Сейчас?
Рихард. Сейчас.

Сильке с недовольным вздохом бросает метлу, идет в дом, поднимается на второй этаж к себе в спальню, подходит к ружейному шкафу, прикладывает ладонь к замку. Шкаф открывается. Внутри вместо ружей стоят восемь теллуровых гвоздей. Сильке достает из шкафа гвоздь, сбрасывает с себя халат, приставляет гвоздь шляпкой к своей обнаженной груди, целится в Рихарда. По размеру гвоздь в ее руках как винтовка.

Сильке. Паф!

Рихард смотрит, затем поворачивается и уходит.

· VI ·

Слава партизанского отряда имени героя Первой Уральской войны Мигуэля Элиазара гремит по всему Уралу. Созданный подпольным обкомом КПУ всего шесть месяцев тому назад, отряд сразу стал серьезным боевым соединением в борьбе против барабинских белогвардейских оккупантов. Костяк отряда составляют подлинные патриоты своей коварно порабощенной Родины, профессиональные военные, прошедшие не только Вторую, но, как правило, и Первую войну. Они бились в осажденном Нижнем Тагиле, ходили в атаку под Карабашем, испытали всю полноту окопной войны под Магнитогорском. Родное Приуралье обильно полито кровью таких заслуженных бойцов отряда, как Федор Лоза, Виктор Кац, Волиша Моурэ, Гарри Квиллер. Возглавляет отряд коммунист, орденоносец капитан Алишер Исанбаев. Под его командованием партизаны совершили 213 боевых операций не только против барабинских оккупантов, но также против режима бешеной собаки Кароп, против ваххабитских сепаратистов и даже против монгольских империалистов, дотянувших свои кровавые щупальца и до земли уральской.

Мы сидим с капитаном Исанбаевым в тесной землянке, вырытой только сегодня утром. Теперь ночь, отряд отдыхает после трехдневного перехода. Командир сдержан, немногословен. Суровое лицо его скупо освещено умной лампочкой. Испещренное шрамами, с диролоновой скулой, с пристальным красным бинокулярным глазом, лицо капитана Исанбаева — это лицо уральского народа, восставшего против оккупантов, лицо освободительной войны, с быстротой лесного пожара охватывающей не только предгорья Южного Урала, но уже и Северный Урал. Прихлебывая любимый улун из видавшей виды походной кружки, командир спокойно рассказывает про смелые рейды в тыл к белогвардейцам, про подрывы блокпостов и железных дорог, про недавний рукопашный бой с ваххабитами, про захваченный врасплох монгольский десант. Лаконичные ответы капитана я записываю дедовским способом — карандашом на бумаге. Умницы в отряде строжайше запрещены.

— Бойцы покрыли себя неувядаемой славой, — говорит капитан, вспоминая дерзкую сентябрьскую вылазку против кароповского блокпоста. — Впятером не только перерезали восьмерых кароповцев, но и взяли умную голову. Эта голова, пока жива была, сослужила нам хорошую службу: четверо суток по ее наводке ебашили сверху по каропкам.

Командир озорно подмигивает мне единственным глазом. Этот немногословный, опаленный войною человек прошел через многое. Его отряд живет своей суровой боевой жизнью, совершая ежедневные подвиги во имя будущей республики, во имя торжества социализма и справедливости.

Спрашиваю про снабжение, про отношения с мирным населением, про руководящую роль подпольного обкома. Командир обстоятельно отвечает, не жалуясь на перебои с боеприпасами и медикаментами, на стычки с местным кулаками, на подрыв на минах двух обкомовских связных. Капитан Исанбаев и его бойцы готовы к трудностям.

— Все преодолимо, если есть цель. Мы бьемся за СШУ, это знают все, — говорит он. — Местная беднота на нашей стороне, это главное. Крестьяне сыты по горло барабинским "экономическим чудом", на своей шкуре испытывают все тяготы земельной реформы.

За Соединеные Штаты Урала бьется насмерть отряд капитана Исанбаева. Эти три буквы, СШУ, значат много не только для бойцов, но и для уральских крестьян, для рабочих-горняков, для всех честных тружеников Урала, истосковавшихся по справедливой жизни. Ради них совершаются подвиги, ради их грядущего счастья льется партизанская кровь. СШУ — это будущее свободного Урала…

Подробно распрашиваю командира о партийном руководстве. С подпольным обкомом у отряда крепкая, нерушимая связь.

— Секретарь обкома Бо Цзофэй делает для нас все возможное, — рассказывает капитан. — Умный это человек, внимательный, по-партийному честный и принципиальный. С ним у нас не бывает никаких недомолвок, никакие "жабы у колодца" нам не мешают. Теллуровые гвозди поступают вовремя. А все обкомовские директивы у меня вот здесь.

Командир щелкает по своему бинокулярному глазу.

Задаю командиру давно заготовленный "неудобный" вопрос:

— А что с кубинцами?

Лицо партизана суровеет, он отводит взгляд в сторону, туда, где на грубой бревенчатой стене светятся голограммы Че Гевары, Лю Шаоци и Элиазара.

— Мы готовы принять в отряд всех, кто хочет драться за свободу, — отвечает командир. — Но только не тех, кто запятнал себя двурушничеством в Первой войне. Я и мои бойцы не признаем амнистию кубинцев.

— Товарищ капитан, но ваша позиция расходится с июльской директивой обкома, — замечаю я.

— По этому вопросу — да, — сурово парирует Исанбаев. — Я и мои бойцы остаемся верными присяге. Когда мы победим, пусть съезд КПУ рассудит нас.

Разговор окончен. Командир должен хоть немного выспаться после трудного дня. А легких дней в партизанском отряде № 19 не бывает...

Прощаюсь, выхожу из землянки. Вокруг — непроглядная лесная темень. Только часовые на соснах перекликаются в темноте птичьими голосами. На ощупь нахожу свою нору. Трудно будет заснуть после этих напряженных суток, кажущихся такими невероятно длинными, после полуночного разговора с командиром...

Идет по тропам Урала освободительная война своим трудным, но победоносным шагом.

Нет здесь покоя врагам трудового народа ни днем ни ночью. Везде достанет их партизанская пуля, ничто не спасет барабинских оккупантов и их кароповских прихвостней от справедливой кары.

Зреют гроздья гнева народного.

Шумит сурово уральский лес.

· VII ·

— Россию царскую, граф, батенька вы мой, немецкими руками завалили англичане, а выпотрошили сталинские жидовские комиссары. Потроха они продали капиталистам за валюту, а нутро набили марксизмом-ленинизмом.

Князь подошел первым к убитому лосю, глянул, передал ружье с патронташем егерям и махнул перчаткой: конец охоте. Усатый красавец-трубач поднес рожок к губам, затрубил. Ободряюще-прощальные звуки разнеслись по осеннему лесу. Егерь вытянул из кожаных ножен тесак, ловко всадил сохатому в горло. Темная кровь животного, дымясь, хлынула на ковер из опавшей листвы. Гончие уже не полаивали, а скулили и повизгивали на сворах. Трое выжлятников повели их прочь.

— Князь, Россия завалилась сама. — Граф отдал свой карабин совсем юному егерю, стал доставать портсигар, но вместо него вытянул из кармана теллуровую обойму, чертыхнулся, убрал, нашарил портсигар, вынул, раскрыл, закурил маленькую сигару. — Нутро ее за девятнадцатый век так прогнить изволило, что и пули не понадобилось. Рухнул колосс от одной немецкой дробины.

— Завалила немчура, жиды-подпольщики и англичане. — Не слушая графа, князь стал оглядываться по сторонам. — Тришка! Ты где?

— Здесь мы, ваше сиятельство! — подбежал седой Трифон в своей смешной венгерке.

— Сооруди бивуак во-о-он там. — Князь указал бородкой на одинокий дуб.

— Слушаюсь!

Граф вытащил из кармана куртки небольшую плоскую фляжку с коньяком, отвинтил, протянул князю:

— В четырнадцатом году Россия не выдержала удара немецкой военной машины. Ну при чем здесь ваши жиды?

Князь отхлебнул из фляжки:

— С полем… А при том, что вот вам, батенька, народная загадка из совдеповской эры: за столом сидят шесть комиссаров. Спрашивается: кто под столом? Ответ: двенадцать колен Израилевых. Видали списки комиссаров? Девяносто процентов — жиды. Руководители ЧК, ОГПУ, НКВД — кто?

— Жиды, — кивнул граф, отхлебывая из фляжки. — Ну и что? Да, взялись за грязную работу. Нервы были, стало быть, покрепче, чем у русских. И предрассудков поменьше.

— Грязна работа, сиречь душегубство!

— Да, душегубство… — Граф задумчиво глянул в высокое осеннее небо. — А как без него? Гекатомбы необходимы. Перенаселение. Всем хорошей жизни хочется.

— Большевики изнасиловали упавшую навзничь Россию индустриализацией. — Князь потянулся за фляжкой. — И она умерла. Сталинские троглодиты семьдесят лет плясали свои буги-вуги на ее прекрасном трупе.

— Они хотя бы нищих накормили. Сколько их при царях побиралось по России-матушке? — усмехнулся граф.

— Вы все ерничаете… — махнул князь рукой. — Накормили! А сперва расстреляли.

— Нет, князь, сперва все-таки накормили.

Они вдруг замолчали, глядя, как два егеря принялись проворно свежевать лося. Запахло потрохом. Подбежал Тришка с шампурами.

— Только не печень! — распоряжался князь.

— Сердечко, ваше сиятельство?

— И филейчика.

— Слушаюсь.

Над поляной пролетели утка и селезень.

Граф отхлебнул из фляжки, посмотрел на полуприкрывшийся глаз лося, задумчиво произнес:

— В каждом глазе — бег оленя, в каждом взоре — лёт копья…

— Что? — переспросил князь.

— Так, вспомнилось… Ежели говорить серьезно,

у меня претензий больше не к немцам и жидам, а к русским. Нет на свете народа, более равнодушного к своей жизни. Ежели это национальная черта — такой народ сочувствия не заслуживает.

— Как говорил Сталин: другого народа у меня нет.

— Надо, надо было вовремя подзаселить Россию немчурой. Большевики не догадались. Екатерина начала это, да некому закончить было…

— Россия существовала для того…

— …чтобы преподать миру великий урок. Читали. Преподала. Такой, что волосы встанут дыбом.

— Вечная ей память, — отхлебнул коньяку князь. — Зато сейчас все хорошо.

— С чем?

— С образом России. Да и вообще — хорошо! Во всяком случае, *нашим* государством я доволен.

— Ну… — Граф с улыбкой огляделся по сторонам. — Рязанское царство, конечно, поприличней Уральской Республики.

— Эва, с кем сравнить изволили! С "Дуркой"! Мы, граф досточтимый, после воцарения нашего Андрюшеньки будем поприличнее в плане экономики и культуры не токмо тверских-калужских, но и вашей Московии.

— Мою Московию, князь, нынче только мертвый не пинает. А раньше-то как к нам за ярлыками приползали…

— Ненавидел всегда! С детства! — взмахнул руками князь. — Уж не обессудьте. Когда Постсовдепия рухнула, я был подростком. Мало чего понимал. Но люто не-на-видел Москву! И дед мой ненавидел ее, когда ездил "фонды утрясать"! И прадед, когда с шабашниками тащился туда на заработки! Наследственная ненависть-с! Даже потом, когда Московия по миру пошла, когда голодала, когда проспекты распахивали под картошку, когда каннибализмом запахло. А когда коммуноцарствие возникло — еще больше возненавидел. Тоже мне, новый НЭП: отдать Подмосковье китайцам! И стеною отгородиться! Умно-с! Не-на-вижу!

— Смотрите, как бы наши на ваших не напали.

— Батенька, у нас есть шесть прелестных водородных бомбочек! Такие красивые, расписаны умельцами, как матрешки. Если что — метнем московитам такую матрешечку! В подарочек-с!

— Вольному воля, князь… однако есть хочется.

— Еть, вы сказали?

— Вы ослышались. Есть, есть…

— Конечно, непременно! Пойдемте на бивуак.

Князь взял графа под руку, повел к дубу. Массивная фигура графа нависала над маленьким, подвижным князем. Глуховатый на одно ухо князь говорил громче и быстрее обычного:

— Вы, граф, моложе меня вдвое, многого не помните. Задумайтесь, батенька, на каком языке мы с вами говорим?

— Мне кажется, на русском.

— Вот именно-с! На русском! А не на постсоветском суржике! Тридцать лет понадобилось, дабы вернуться к чистому ручью. Ordo ab chao. Государство — это язык. Каков язык — таков и порядок. Кто впервые поднял вопрос сей? Мы, рязанцы. Кто первым провел реформу языка? Кто запретил суржик? Дурацкие иностранные слова? Все эти ребрендинги, холдинги, маркетинги? Кто подал пример всем? И вашей Московии в том числе? Мы!

— Папаша покойный рассказывал, как у них в школе ставили на горох за слово "интернет".

— Да, ставили на горох, пороли! Зато нынче — каков результат? Живая, правильная русская речь, заслушаешься! Государственный порядок! У нас, во всяком случае… Не согласны?

— Насчет порядка… не знаю. Речь правильная, кто спорит. Вот носители ее…

— Вызывают у вас вопросы?

— Собственно, даже не сами они, а образ их. Слишком много морд.

— А это, граф, батенька вы мой, еще советское наследие.

— Да сколько уж можно на совок валить…

— Тотальный геноцид народа русского за шестьдесят лет не восполнишь. Большевики истребляли цвет нации, расчищая поле для жидовских репьев да быдляцкой лебеды. Вот она и дала потомство, лебеда-матушка! Ее с корнем трудненько выдернуть!

— М-да… мурло, мурло по всей земле, во все пределы…

— Что?

— Так, вспомнилось…

— А архитектура? А внимание к жилищу своему? Когда, в какие времена оно было у русского народа?

— Никогда. Народ жил в хлеву, а элита строила себе черт знает что.

— Не имея при этом понятия о том, что она, собственно, хочет — Версаль, Дворец Советов или…

— Эмпайр-стейт-билдинг.

— Спрашиваю вас, граф: а когда же это понятие впервые у нас возникло?

— Когда распались.

— Да-с, батенька! Когда распались! Вот тогда и обратили внимание на собственные жилища! На города! В моем городе нынче — ни одного случайного дома! Городской архитектор — бог! Ему у нас все кланяются! Особые полномочия-с! Лицо города! Мо-е-го го-ро-да! Я в нем живу, я за него и отвечаю перед историей, перед мировой культурой, простите за пафос!

— Не прощу… — усмехнулся граф, отпивая из фляжки.

— Как у нас теперь строят? Вни-ма-тельно! Ответственно! Вкус! Наследие! Осторожность! Осмотрительность!

— Осмотрительность… — повторил граф, глянув в сторону темнеющего леса. — Теперь она — вечный спутник русского человека.

— Русью, батенька, на Среднерусской возвышенности запахло токмо после распада.

— Согласен. До этого были другие запахи…

— Святая правда! Располагайтесь, выпьем, а я вам случай один расскажу.

Они уселись на ковер, расстеленный под старым, уже потерявшим свою листву дубом. На ковре стоял походный столик князя с традиционной бивуачной закуской и перцовкой в круглой зеленой бутылке, оплетенной медной проволокой. Слугам на охоте быть не полагалось, князь сам наполнил серебряные стопки.

— С полем, граф! — поднял стопку князь своей чуть дрожащей тонкопалой рукой.

— С полем, князь. — Стопка исчезла в широкой длани графа.

Выпили, стали закусывать. Проворный Тришка тем временем, насадив на шампуры кусочки лосиного сердца и филея, стал обжаривать их на пламени костра.

— Когда развалилась постсоветская Россия и стали образовываться так называемые государства постпостсоветского пространства, наш первый правитель, Иван Владимирович, однажды пригласил нас, новых рязанских дворян, к себе. Обмен мнениями, банкет, гусляры, как обычно. А потом, за полночь, когда остался токмо избранный круг, он повел нас… куда бы вы думали?

— В девичью?

— Плосковато, голубчик… Он повел нас в бильярдную.

— Он же, по-моему, предпочитал всем играм городки?

— Святая правда! Так вот, подвел он нас к бильярдному столу, взял шар и говорит: сейчас, господа новые дворяне, я продемонстрирую вам наглядно феномен истории XXI века. Взял один шар и пустил его в лузу. Шар туда благополучно свалился. Берет он другой шар, спрашивает: сейчас я пущу его по тому же пути. Что будет с шаром? Мы хором отвечаем: упадет в лузу. Он пускает его, а сам нажимает кнопочку на пультике. Шар перед лузой взрывается, разваливается на куски. И куски слоновой кости, драгоценнейший вы мой, лежат перед нами на столе.

— Красиво.

— Красиво, граф! А Иван Владимирович спрашивает нас: что было бы, если бы этот шар не развалился на куски? Ответ: свалился в лузу. То есть исчез бы со стола? Да, Государь, исчез бы со стола. Правильно, дорогие мои верноподданные. Так вот, говорит он, этот стол — мировая история. А этот шар — Россия. Которая начиная с 1917 года неумолимо катилась в лузу. То есть к небытию мировой истории. И если бы она шесть лет назад не развалилась на части, то исчезла бы навсегда. Ее падение со стола — не геополитический распад, а внутренняя деградация и неумолимое вырождение населения в безликую, этически невменяемую биомассу, умеющую токмо подворовывать да пресмыкаться, забывшую свою историю, живущую токмо убогим настоящим, говорящую на деградирующем языке. Русский человек как этнос исчез бы навсегда…

— Растворившись в других этносах, — увесисто кивнул граф. — Полностью согласен. Но, князь, послушайте…

— Это вы послушайте! Постсоветские правители, чувствуя, так сказать, близкий кирдык, кинули всенародный клич: поищем национальную идею! Объявили конкурс, собирали ученых, политологов, писателей — родите нам, дорогие, национальную идею! Чуть ли не с мелкоскопом шарили по идеологическим сусекам: где, где наша национальная идея?! Глупцы, они не понимали, что национальная идея — не клад за семью печатями, не формула, не вакцина, которую можно привить больному населению в одночасье! Национальная идея, ежели она есть, живет в каждом человеке государства, от дворника до банкира. А ежели ее нет, но ее пытаются отыскать — значит, такое государство уже обречено! Национальная идея! Когда же она проросла в каждом русском человеке? Когда постсоветская Россия развалилась на куски! Вот тогда каждый русский вспомнил, что он русский! Вот тогда мы вспомнили не только веру, историю, царя, дворян, князей да графьев, обычаи предков, но и культуру, но и язык! Правильный, благородный, великий наш русский язык!

В глазах князя блеснули слезы. Тришка поднес шампуры с дымящимся мясом.

— Насчет своевременного распада — это очевидно, тут и спорить нечего. — Граф взял шампур, понюхал дымящийся кусок лосиного сердца. — Постсовдепия была оккупационной зоной, разумно управлять ею было невозможно... Но, князь, насчет национальной идеи... вот, скажи-ка мне, брат Трифон, какая у тебя национальная идея?

Тришка, выложивший шампуры на блюдо, с удивленной улыбкой уставился на графа, словно тот сказал что-то на птичьем языке.

— Какая у тебя в жизни главная идея? — спросил граф, раздельно выговаривая слова.

— Идея? — переспросил Трифон и глянул на князя.

Тот молчал, наполняя стопки.

— Наша идея, ваше сиятельство, барину своему служить, — произнес Тришка.

Своим тяжелым взглядом граф внимательно посмотрел на широкое, обветренное, улыбающееся лицо Тришки. Потом перевел взгляд на князя. Тот, закончив разливать водку, протянул стопку графу с таким выражением лица, словно ничего не расслышал. Граф медленно и молча принял своей дланью стопку с водкой.

Тришка, ничего не услышав от графа в ответ, побежал к костру и стал насаживать на шампуры новую порцию мяса.

Князь откусил от горячего куска, пожевал, проглотил:

— М-м-м... превосходно. Дымком-то, дымком-то!

Молодец Триша! Профаны токмо жарят убоинку на углях. Настоящий охотник должен дружить с открытым пламенем... Нуте-с, граф, голубчик, за что выпьем?

— Выпьем? М-м-м... за что же... — Граф тяжело уставился на князя.

Взгляды их встретились.

"Господи, как же невыносимы эти московиты, — подумал князь. — Как чураются они всего искреннего, честного, непосредственного. В головах у них один теллур..."

"Как замшело все здесь, на Рязанщине, — подумал граф. — Покрылись мозги старым мхом. Даже теллуром не прошибить..."

Пауза затягивалась. Князь ждал.

— Выпьем, князь, за... — неопределенно начал граф.

Но тут во внутреннем кармане его замшевой, подбитой гагачьим пухом охотничьей куртки брегет зазвенел романсом из "Тангейзера".

— За музыку, — произнес граф, внутренне радуясь подсказке старого отцовского брегета. — Ибо она выше политики.

— Прекрасно! — улыбнулся князь, светлея лицом.

Стопки их сошлись.

Романс Вольфрама фон Эшенбаха еле слышно плыл в бодрящем лесном воздухе.

К дымку костра примешивался запах жареного мяса.

Где-то неподалеку послышался нарастающий стрекот, и вскоре маленький серебристый беспилотник пролетел над голыми макушками деревьев и растаял в осеннем небе.

· VIII ·

Ветер священной войны завывает над Европой.

Айя!

О древние камни Парижа и Базеля, Кельна и Будапешта, Вены и Дубровника. Страх и трепет да наполнит ваши гранитные сердца.

Айя!

О мостовые Лиона и Праги, Мюнхена и Антверпена, Женевы и Рима. Да коснутся вас истоптанные сандалии гордых воинов Аллаха.

Айя!

О старая Европа, колыбель лукавого человечества, оплот грешников и прелюбодеев, пристанище отступников и расхитителей, приют безбожников и содомитов. Гром джихада да сотрясет твои стены.

Айя!

О трусливые и лукавые мужи Европы, променявшие веру на рутину жизни, правду на ложь, а звезды небесные — на жалкие монеты. Да разбежитесь вы в страхе по улицам вашим, когда тень священного меча падет на вас.

Айя!

О красивые и слабые женщины Европы, стыдящиеся рожать, но не стыдящиеся грубой мужской работы. Да опрокинетесь вы навзничь, да возопите протяжно, когда горячее семя доблестных моджахедов лавой хлынет в ваши лона.

Айя!

О смуглолицые европейцы, называющие себя мусульманами, отступившиеся от старой веры в угоду соблазнам и грехам нового века, позволившие неверным искусить себя коварным теллуром. Да вскрикнете вы, когда рука имама вырвет из ваших голов поганые гвозди, несущие вашим душам сомнения и иллюзии. И да осыплются эти гвозди с ваших свободных голов на мостовые Европы подобно сухим листьям.

Айя!

· IX ·

Секретарь горкома Соловьева нетерпеливо поправила свою сложную прическу. Сидя за своим большим рабочим столом, она нервничала все заметнее, поигрывая *пустым* теллуровым клином.

— Виктор Михайлович, — заговорила Соловьева, — вы понимаете, что люди не могут больше ждать? Им надо не только работать, но и отдыхать, растить детей, стирать белье, готовить еду!

— Я прекрасно понимаю, Софья Сергеевна! — Ким прижал свои холеные руки к груди, сверкнул его фамильный брильянтовый перстень. — Но невозможно перепрыгнуть через собственную голову, как говорили древние. Государевых фондов не будет до января! Это объективная реальность.

— Фонды у вас были в июле. — Малахов встал, заходил вдоль окон. — И какие фонды! Блоки, живород, крепления, фундаменты! Шестнадцать вагонов!

— Ну, Сергей Львович, опять сказка про белого

бычка... — развел руками Ким и устало выдохнул. —
Давайте я опять сяду писать докладную!

— А... ваша докладная... — теряя терпение, махнул рукой Малахов. — Вон, идите, доложите им!

Он кивнул на пуленепробиваемое окно, за которым на площади у памятника Ивану III пестрела
толпа демонстрантов. Черные фигуры опоновцев
ограждали ее.

— Нет, у меня в голове не укладывается до сих
пор. — Соловьева откинулась в кресле, нервно разминая в левой руке свернутую валиком умницу,
а правой играя теллуровым клином. — Как это —
отозвать по скользящему договору? Наталья Сергеевна! Вы наш юрист уже третий год! И вы проморга-
ли отзыв договора с нижегородцами!

Усталая после этих бесконечных трех часов Ле-
вит затушила тонкую сигарету:

— Виновата я одна.

— Ни в чем она не виновата! — стоя у окна, почти
выкрикнул Малахов, резко ткнув большим пальцем через плечо в сторону Кима. — Вот кто виноват!
Во всем!

— Конечно я, конечно я-я-я! — почти пропел Ким,
складывая крест-накрест руки на груди и придавая
своему широкому загорелому лицу плаксивое выражение. — И договор с нижегородцами заключал я,
и в Тулу ездил я, и пожар запалил я, и квартальный
план без угла утверждал я!

— Квартальный план утверждался здесь! — Соловьева сильно шлепнула ладонью по столу, отчего мормолоновые жуки в ее прическе зашевелились. — Вы тоже поднимали руку! Где был ваш дар, ваше яс-но-ви-дение?!

— Он все ясновидел, — угрюмо хохотнул грузный Гобзев. — Все, что ему надо для перхушковской стройки, он прясновидел прекрасно. Теперь там небоскреб. Никаких демонстраций, никакого ОПО-На. Результат, так сказать, ясновидения!

— Товарищи, мне подать в отставку? — зло-удивленно спросил Ким. — Или продолжать строить бараки для рабочих? Что мне делать, я не по-ни-маю!

— Тебе надо честно рассказать, как ты позволил тульским спиздить нижегородский состав из шестнадцати вагонов, — произнес Гобзев.

— Софья Сергеевна… — Ким встал, застегивая свой серебристо-оливковый пиджак.

— Сядь! — приказала Соловьева.

Ким остался напряженно стоять. Она сощурила на него свои и без того узкие, подведенные иранской охрой глаза:

— Скажи нам, товарищ Ким, кто ты?

— Я православный комммунист, — серьезно ответил Ким и перевел взгляд поверх головы Соловьевой на стену, где висел живой портрет непрерывно пишущего Ленина, а в правом углу темнел массивный киот и теплилась лампадка.

— Я не верю, — произнесла Соловьева.

Возникла напряженная пауза.

— Я не верю, что ты в июле не знал про брейк-ини-
циативу тульской городской управы.

С непроницаемым лицом Ким молча размашисто перекрестился на киот и громко, на весь кабинет произнес:

— Видит Бог, не знал!

По сидящим за столом прошло усталое движение, кто-то облегченно выдохнул, а кто и негодующе вздохнул. Соловьева встала, подошла к Киму совсем близко, в упор глядя ему в лицо. Он не отвел
взгляда.

— Виктор Михайлович, через полгода съезд партии, — произнесла Соловьева.

Ким молчал.

Соловьева молча расстегнула жакет, обнажила
правое плечо, повернула к Киму. На плече алела живая татуировка: сердце в окружении двух скрещен-
ных костей. Сердце ритмично содрогалось.

Ким уставился на сердце.

— Когда Государь объявил Третий партийный
призыв, мне было двадцать лет. Муж воевал, ребен-
ку — три года. Работала номинатором. Денег — двадцать пять рублей. Даже на еду не хватало. Копала
огород в Ясенево, сажала картошку. На ночь брала
подработку, месила для китайцев умное тесто. Утром встану — глаза после ночного замеса ничего
не видят. Хлопну бифомольчика, ребенка накорм-
лю, отведу в садик, потом на службу. А после служ-
бы — в райком. И до десяти. Зайду в садик, а Гарик

уже спит. Возьму на руки и несу домой. И так каждый день, выходных в военное время не полагалось. А потом в один прекрасный день получаю искру: ваш муж Николай Соловьев героически погиб при освобождении города-героя Подольска от ваххабитских захватчиков. Вот тогда, Виктор Михайлович, я сделала себе эту памятку. И перешла из технологического отдела в отдел соцстроительства. Потому что дала себе клятву: сделать нашу послевоенную жизнь счастливой. Чтобы мой сын вырос счастливым человеком. Чтобы его ровесники тоже стали счастливыми. Чтобы у всех трудящихся подмосквичей были дешевые квартиры. Чтобы наше молодое московское государство стало сильным. Чтобы больше никогда никто не дерзнул напасть на него. Чтобы никто и никогда не получал похоронки.

Она замолчала, отошла от Кима, застегнулась, села за стол.

— Что я должен делать? — глухо спросил Ким.

Соловьева не спеша закурила, постучала красным ногтем по столу:

— Вот сюда. Завтра. Девять тысяч. Золотом. Первой чеканки.

— Я не соберу до завтра, — быстро ответил Ким.

— Послезавтра.

Он неуютно повел плечом:

— Тоже нереально, но…

— Но ты сделаешь это, — перебила его Соловьева.

Он замолчал, отводя от нее злой взгляд.

— И никаких рекламаций, никаких затирок. — Она откинулась в кресле.

Сцепив над пахом свои руки, Ким зло закивал головой.

— Девять тысяч, — повторила Соловьева.

— Я могу идти? — спросил Ким.

— Иди, Виктор Михалыч. — Соловьева холодно и устало посмотрела на него.

Он резко повернулся и вышел, хлопнув дверью.

— Гнать эту гниду надо из партии, — угрюмо заговорил долго молчавший Муртазов.

— Гнать к чертовой матери! — тряхнул массивной головой Гобзев.

— На первом же собрании! — хлопнул умницей по столу Малахов.

Умница пискнула и посветлела.

— Не надо, — серьезно произнесла Соловьева, глядя в окно на толпу демонстрантов. — Пока не надо.

По-деловому загасив окурок, она встала, одернула жакет, тронула прическу, успокаивая все еще шевелящихся мормолоновых жуков, и произнесла громко, на весь кабинет:

— Ну что, товарищи, пойдемте говорить с народом.

· X ·

Дверь осторожно приотворилась.

— Есть, есть, — едва шевеля губами, произнес Богданка.

Дверь захлопнулась. Богданка не услышал, а скорее почувствовал, с каким трудом руки Владимира справляются с дверной цепочкой.

"Да есть же, все в порядке!" — хотелось выкрикнуть ему в эту проклятую старую, убогую дверь, обитую черт знает каким дерьмовым материалом еще с доимперских, а может, и с постсоветских или даже с советских времен.

Но он сдержался из последних сил.

Владимир распахнул дверь так, словно пришел его старший брат, безвозвратно пропавший без вести на Второй войне. Богданка почти впрыгнул в теплую полутьму прихожей, и едва Владимир захлопнул и запер за ним дверь, не раздеваясь, бессильно сполз по стене на пол.

— Что? — непонимающе склонился над ним Владимир.

— Н-ничего… — прошептал Богданка, улыбаясь сам себе. — Просто устал.

— Бежал?

— Нет, — честно признался Богданка, вынул из кармана спичечную коробку, протянул Владимиру.

Тот быстро взял и ушел из прихожей.

Посидев, Богданка скинул с себя на пол куртку, размотал и бросил шарф, стянул заляпанные подмосковной грязью сапоги, встал, зашел в ванную, открыл кран и жадно напился тепловатой невкусной воды. Сдерживая себя, глянул в зеркало. На него ответно глянуло серое осунувшееся лицо с темными кругами вокруг глаз.

— Спокойный вечер, — произнесли обветренные губы лица и попытались улыбнуться.

Богданка оттолкнулся от пожелтевшей раковины, пошел в комнаты.

В гостиной на ковре кругом сидели молча двенадцать человек. В центре на сильно потрепанном томе "Троецарствия" лежала открытая спичечная коробка. В коробке серебристо поблескивал теллуровый клин.

Богданка сел в круг, бесцеремонно потеснив подмосквича Валеного и замоскворецкую *вторую* подругу Владимира Регину. Они не обратили внимания на грубость Богданки. Взгляды их не отрывались от кусочка теллура.

— Ну что, сбылась мечта идиотов? — попробовал нервно пошутить Валеный.

Все промолчали.

Владимир нетерпеливо выдохнул:

— Ну давайте тогда... чего глазеть-то, честное слово...

— Господа, надобно бросить жребий так, чтобы все были удовлетворены и не было даже тени обиды, даже малейшего намека на какую-то нечестность, на передергивание, на что-то нечистое, мелкое, гнилое, на чью-то обделенность, — с жаром заговорил щуплый, субтильный Снежок.

— Никаких обид, никакого жульничества... — замотал бульдожьей головой вечно сердитый Маврин-Паврин.

— Послушайте, какие же могут быть обиды? — забормотала полноватая, плохо и неряшливо одетая Ли Гуарен.

— Меня обидеть легко... — еле слышно пробормотал сутулый Клоп.

— Не о том говорим! Решительно не о том! — ударил себя по колену Бондик-Дэи.

— Нет уж, давайте оговорим, давайте, давайте, давайте, — зловеще закивал Самой.

— Послушайте! Черт возьми, мы собрались не для жульничества! — повысил голос Владимир, и все почувствовали, что он на пределе. — Вы у меня в доме, господа, какое, на хуй, жульничество?!

— Владимир Яковлевич, речь идет не о жульничестве, оно, безусловно, невозможно среди нас, людей вменяемых, особенных, умных, ответственных, но я хотел бы просто предостеречь от... — затараторил Снежок, но его перебили.

— Жребий! Жребий! Жребий!! — яростно, с остервенением захлопал в ладоши Владимир.

На него покосились.

Сидящая рядом пухлявая Авдотья обняла, прижалась:

— Володенька... все хорошо, все славно...

Он стал отталкивать ее, но Амман протянул свою большую руку, взял Владимира за плечо:

— Владимир Яковлевич, прошу вас. Прошу вас.

Его глубокий властный голос подействовал на Владимира. Он смолк и лишь вяло шевелился в объятиях Авдотьи.

— Господа, — продолжил Амман, обводя сидящих взглядом своих умных, глубоко посаженых глаз, — мы собрались здесь сегодня, чтобы пробировать новое. Это новое перед нами.

Все, словно по команде, уставились на коробку.

— Оно стоило нам больших денег. Это самый дорогой, самый редкий и самый наказуемый продукт в мире. Никто из нас не пробировал его раньше. Посему давайте не омрачать день сей. Я предлагаю кинуть жребий.

— На спичках! Коли уж есть спичечный коробок... — горько усмехнулся всегда печальный Родя Шварц.

— Тринадцать бумажек, одна счастливая. — Амман не обратил внимания на реплику Роди.

— У меня дома нет бумаги, — пробормотал Владимир.

Амман приподнял коробочку, выдрал из "Троецарствия" страницу, поставил коробочку на место:

— Ножницы.

Ему подали ножницы. Он стал аккуратно разрезать пожелтевшую страницу на одинаковые полосы.

— Принеси пакет для мусора, — приказал Владимир Авдотье.

Она неловко вскочила, тряся телесами, выбежала на кухню, повозилась, вернулась с черным пластиковым пакетом.

— Владимир Яковлевич, надеюсь, стилос имеется у вас? — спросила Регина.

— Есть где-то, — пробормотал Владимир и добавил со злостью: — Но предупреждаю: писать им я не обучен.

Он встал, долго рылся в ящиках, нашел изъеденный временем карандаш, кинул Регине. Регина поймала, понюхала и лизнула карандаш с нервной улыбкой:

— Знаете, господа, я тоже… не очень-то умею…

— Я напишу. — Амман забрал у нее карандаш, зажал его в кулак и крупно, коряво написал на одной из полосок: TELLUR. Бросил карандаш и стал аккуратно складывать полоски пополам и засовывать их в черный пакет. Большие сильные руки его не суетились даже теперь. Когда последняя полоска исчезла в пакете, Амман закрыл его, долго тряс, потом слегка приоткрыл:

— По кругу, против часовой. Хозяин дома — первый.

С трудом подавляя волнение, Владимир сунул руку в черный зев пакета, пошарил, вытащил, глянул. Скомкал и яростно швырнул вверх:

— Блядский род!

Амман невозмутимо поднес пакет Авдотье. Та вытянула пустую бумажку и облегченно улыбнулась, прижалась к Владимиру.

— Пошла ты… — оттолкнул тот ее, вскочил, пошел на кухню пить воду.

Пакет двигался по кругу. Но не дошел и до середины: сутулый Клоп вытащил счастливый билет.

— Теллур, — произнес он с болезненной улыбкой и показал всем полоску.

— Теллур, — согласился Амман и с явным неудовольствием выдернул бумажку из тонких пальцев Клопа. — Клоп пробирует, господа. Ну что ж… зовите мастера.

Никто не двинулся с места. Выигрыш Клопа одних возбудил, других ввел в оцепенение.

Снежок бросился к Клопу:

— Клоп, дорогой вы мой, Клоп, вы сегодня на вершине, вы чжуанши, демиург, Архитектон, вы будете стоять, понимаете ли, подпирая головою облака, а мир ляжет у ваших ног, мир будет как ящерица, как земноводное, как собака лизать вам руки и ноги…

Клоп, сутулясь еще сильнее, беззвучно смеялся, раскачиваясь и прикладывая мосластый кулак к неширокому, угреватому лбу.

— Клоп, сука, респект плюс завидково, — состаромодничал Валеный. — Эт самое, господа, а я был совершенно уверен, что вытянут Клоп или Родька.

— Не смеши, друг. — Родя Шварц печально похлопал Валеного по бритой голове с мормолоновой пластиной.

— Клоп так Клоп, чего там… — угрюмо полез за маской Маврин-Паврин.

— На хуя было разводить на чертову дюжину, я до сих пор решительно не понимаю! — зло чесал исколотые руки Самой.

— У тебя есть шестьдесят? — кривляясь, как *мягкий клоун*, спросила его Ли Гуарен. — Или хотя бы двадцать?

— Нет. И четырех рублей шестидесяти двух копеек тоже нет.

— Уже! — подсказала она.

Все рассмеялись. Этот взрыв смеха как-то успокоил. Кое-кто принял свое по-легкому, Маврин-Паврин, надышавшись, подобрел и кинул Регине *теплую* таблетку. Регина *состроила* ему.

— Господа, порадуемся за Клопа, — произнес Амман. — Где мастер?

Вернувшийся из кухни Владимир достал ключ,

отпер спальню. Из двери вышел низкорослый человек с широким узкоглазым лицом и сумкой на плече.

— Алиша, — представился он с полупоклоном.

Амман молча указал ему на Клопа. Алиша деловито поставил сумку на стол, вынул из нее машинку, подошел к Клопу, опустился на колени и стал стричь ему голову наголо.

— Вот почему я так давно не посещал цирульню, — произнес Клоп, перебирая свои худые пальцы.

— Держите голову повыше, — попросил Алиша.

— И все-таки я не понимаю, почему клин невозможно использовать дважды? — заговорила довольная Авдотья, обнимая Владимира.

Владимир, презрительно фыркнув, потюкал Авдотью пальцем по лбу.

— Теллур от взаимодействия с жирными кислотами теряет чистоту, становясь солью, — ответил, работая, Алиша. — Процесс столь активен, что солевой слой довольно широк. И не только в этом дело. Есть необъяснимые вещи. Например, кристаллическая решетка меняет свою полярность. В общем, почистить и забить гвоздик второй раз ни у кого не получалось.

— И не получится, — вздохнул Родя.

— Летальный исход, — добавил раскрасневшийся Маврин-Паврин.

— Диафрагма нейрона и атомы теллура взаимодействуют стремительно, — продолжал Алиша. —

Но — если гвоздь забит в нужное место. Теллур окисляется, диафрагма теряет жирные кислоты.

— Да, да, да! — горячо подхватил Снежок. — Это потрясающий, невероятный процесс, друзья мои, липидные диафрагмы нейронов буквально слизывают атомы теллура с металла своими жирными кислотами, как языками, слизывают, слизывают, окисляют их, при этом сами стремительно размягчаются, начинается процесс в нейронах, в мозгу, и человече попадает в желаемое пространство! И это прекрасно, господа!

— Ничего прекрасного, — сворачивал себе папироску Валеный. — Шесть червонцев за гвоздь… мир сходит с ума.

— Это не только за гвоздь, — вставила Регина.

— Надобно уметь его вставлять? — глупо и вопросительно-понимающе закивала Авдотья.

— Некоторые и сами себе вколачивают, — буркнул Валеный. — Без *плотника*. И ничего.

— Без *плотника* можно так забить, что со святыми упокой, — усмехнулся Родя.

— Криво пойдет — и пиздец, — сплюнул на ковер Самой. — Гвоздодер не поможет.

— Так это и прекрасно, родные мои! — затараторил Снежок. — Сей продукт как японская рыба фугу — опасен и прекрасен, двенадцать процентов летальщины — это вам не баран чихал, это знак божественного, а как иначе? Божество возносит и карает, воскресает и стирает в пыль придорожную! Узки

врата в рай вводяща и токмо избранные туда про-
никоша!

— Любезный, вы горноалтаец? — спросил Алишу
Амман.

— Я якут, — спокойно ответил тот, заканчивая
стрижку.

— А где же вы... — начал было Бондик-Деи.

— Там, — опередил ответом Алиша. — Жил и обу-
чался.

— И который раз плотничаете? — зло прищурился
на Алишу Самой.

— Сто пятьдесят четвертый, — ответил Алиша
и стал протирать голову Клопа спиртом.

— Еб твою... — завистливо выругался Владимир.

— Вот, Володенька, как Москва-матушка на теллур
подсела! — захихикала, тиская его, Авдотья.

— Это вам не кубики-шарики... — закурил Валеный. — Шестьдесят за дозу... тридцать кубиков при-
обрести можно, двадцать шаров, восемь пирамид.
Полгода непрерывного полета.

— Куб — прекрасный продукт, — возразила Ли Гуарен. — И я его ни на какой клин не променяю.

— А вам, сударыня, никто и не предлагает! — съяз-
вил Самой.

Многие рассмеялись.

— Поеду-ка я домой, — встала, делано потягиваясь,
Ли Гуарен.

— Да, да. Клин клином вышибать... — не унимался Самой.

———

— Мы тоже пойдем, счастливо оставаться, — поднялся Валеный, беря за руку Бондика-Деи.

— Брат Клоп, хорошего тебе. — Бондик-Деи *метнул* в Клопа.

— И я, и я, господа, поеду, хотя, признаться честно, сгораю от жутчайшего, испепеляющего любопытства, — вскочил Снежок. — Все нутро мое, вся бессмертная сущность содрогается от желания влезть в череп Клопа, испытать сие божественное преображение, равного которому не знает ни одно *сияние*, я уж не говорю о полетах и приходах, да, да, влезть, а ежели и не влезать, то хотя бы после всего расспросить досточтимого Клопа о пережитом, насладиться его радостью причастия небесному, раствориться хоть на миг в его сверхчувственной исповеди, а растворившись — сгореть от черной зависти и тут же подобно Фениксу восстать из черного пепла зависти в белых одеждах радости и веселья!

— Сеанс может длиться до пяти дней, — предупредил Алиша, натягивая резиновые перчатки.

— Знаю, досточтимый, знаю, драгоценный Алиша! — подхватил Снежок. — Именно это знание и заставляет меня покинуть сие место силы, ибо не выдержит мое сердце *испытателя* этих пяти! Лопнет от зависти подобно палестинской смокве! Так что прощайте, дорогие мои! Прощайте, Владимир Яковлевич!

Он низко поклонился и вышел.

Молча ушли Маврин-Паврин и Самой. С печальной улыбкой покинул квартиру Родя. На ковре остались сидеть Богданка, Владимир с Авдотьей, Амман и Регина.

— Нужна кровать, — выпрямился Алиша.

— В спальне, — с усталым равнодушием кивнул Владимир.

Клоп, как лунатик, побрел в спальню. Алиша, Регина и Амман двинулись следом. Богданка, Владимир и Авдотья остались сидеть.

— Пошли посмотрим, Володенька. — Авдотья гладила впалую щеку Владимира.

— Не хочу, — буркнул он.

— А я хочу, — встала Регина и прошла в спальню.

Богданка ушел за ней. Посидев немного, Владимир встал и вошел в спальню. Клоп уже лежал на кровати на правом боку. Глаза его были полуприкрыты. Алиша, растянув умницу, налепил ее на гладкую голову Клопа. На умнице возникло изображение мозга Клопа с плывущей *картой*. Алиша простер руки над головой Клопа и замер на долгие минуты. Когда они истекли, Алиша быстро стянул умницу с черепа Клопа и отметил зеленой точкой место на черепе. Затем он взял из спичечной коробки клин, протер его спиртом, приставил к точке, вынул из сумки молоток и быстрым сильным ударом вогнал клин в голову Клопа.

· XI ·

О, Совершенное Государство!

Видимым и невидимым солнцем сияешь ты над нами, согревая и опаляя. Лучи твои пронизывают нас. Они мощны и вездесущи. От них не спрятаться никому — ни правым, ни виноватым.

Да и нужно ли?

Только лукавые избегают сияния твоего, прячась по темным углам своего самолюбия. Они не могут любить тебя, ибо способны любить только себя и себе подобных. Они боятся тебе отдаться: а вдруг ты навсегда лишишь их самолюбия? Вдруг разрушишь пыльные мирки их лукавства? Зубы их сжаты от жадности и эгоизма. Жизнь для них — скрежет зубовный. Самомнение их престол. Зависть и страх — их вечные спутники. Лица их погружены в себя. Они сложны и полны страхов. Они непрозрачны. Сложным скарбом жилищ своих заслоняются они от твоего света. Свет твой жжет их. Мысли их — тени вечных сомнений.

Увы вам, сложные и непрозрачные.

Горите же, приговоренные и обреченные. Дымитесь, темные мысли старых сомнений человечества! Свет Совершенного Государства да испепелит вас! Плачьте и кричите, лукавые и самолюбивые, корчитесь от ожогов, прячьтесь в пыльных жилищах своих. Вы обречены на испепеление. Вы — прошлое.

Мы — настоящее и будущее.

Только мы — простые и прозрачные — способны любить Совершенное Государство. Только для нас, прозрачных, сияет его солнце. Жизнь наша — радость, ибо тела наши пропускают лучи света государственного.

Мы не препятствуем лучам твоим, Совершенное Государство! Мы поглощаем их с жадной радостью. Ты — Великая Надежда. Ты — Великий Порядок. Ты — счастье нашей жизни. В каждом атоме тел наших поет радость сопричастности Великому Порядку. Лица наши радостны и открыты. Мы веруем в Совершенство Государства. И оно верит нам, опираясь на нашу веру.

Высшее счастье человека — жизнь ради Совершенного Государства. Великое здание его состоит из нас. Мы — сияющие кирпичики его величия. Мы — соты, наполненные медом государственности. Мы — опора Государства. В каждом из нас поет энергия его мощи. В каждом живет идея Великого Совершенства. Каждый из нас готов на жертву во имя Государства. Плоть наша — основа его здания. Любовь наша — колонны его. В сияющую высь устремлено великое здание. Вершина его — из чистейшего теллура. Сияет она и слепит.

О, как величественно и совершенно это строение! Нет подобного ему. Оно создано и построено для нашего счастья. А наше счастье — в величии нашего Государства.

Его совершенство — наша радость.

Его мощь — наша сила.

Его богатство — наш покой.

Его желания — наш труд.

Его безопасность — наша забота.

Слава тебе, Совершенное Государство!

Слава в веках!

· XII ·

Застава фабричная у нас. Сразу на Сходне, где монорельс кончается, там и застава наша. Фабрика через три остановки, хорошая, большая. Там делают живороды разные: и клей, и войлок, и резину, и пластик, и прокладки разных калиберов, и даже игрушки живородныя. На фабрике полторы тыщи рыл работают. Приезжих ровно 500 рыл, как по лимиту Государеву положено, все китайцы завторостенные. Они за стеной в своих общагах проживают, приезжают на работу токмо. Работают китайцы, и наши работают с заставы. На заставе живут замоскворецкие да застенные. Лимит 1:3. Нас, замоскворецких, в три раза меньше будет. Застенных поболе, в три раза. На заставе двенадцать домов. Дома хорошие, капитальныя. Фатеры в них не шибко большие, но теплыя, уютныя. И вот в фатере нумер двадцать семь, что в третьем доме, живет-проживает со своим семейством подлец Николай Абрамович Аникеев. Он на фабрику год назад к нам пришел, оформился. Сам-то он из ярославских, приезжай. Когда приехал, он бессемейным оформился, чтоб токмо угол снять, а за фатеру не плотить пока. Так и говорил всем: холост, холост. И мне так сказал, когда на танцах пригласил. Танцевала с ним, понравился. Кудрявый он, широк в плечах, бойкий, танцевать умеет, да и плясать мастак. Как перепляс заиграют, он сразу вперед павлином идет, подковки на сапогах звенят, сам чубом тряхнет, крикнет: гляди, Подмосква, как ярославские хреновья из-под земли огонь высекают! Познакомились, задружились, стали в цеху разговоры разговаривать. Он на войлоке работал, а я на игрушках, это рядом, всего через резиновый пройти. Как на перекур пойдет, сразу мне искру: пошли покурим, Маруся. Не то чтоб влюбилась сразу, а просто интересный парень был он, заметнай. В цеху-то у нас одни девки да бабы, о чем с ними говорить-то, и так живем вместе. А тут он мне свою жизнь стал рассказывать, как в армию призвали, как воевал за Уралом, как ранило разрывной пулей, как в гошпитале лежал с ногою раздробленной, уже гангрена началась, бредил, ногу отрезали, хотели выписать, а он уперся, вены резал, мол, не уйду одноногим, и все, а ног новых в гошпитале, как всегда, не было. Доктор подошел к нему, шепнул: купишь мне гвоздик теллуровый — будет тебе нога. Написал родителям, те двух телят забили, радио продали, заняли у соседей, прислали денег, купил гвоздь, док-

тор пришил, выписали — и в строй опять, и опять
он за Урал попал и как следует опять воевал, получил медаль, а потом дезертировал со всеми, когда
Мишутку Кровавого скинули. Мастак Николай Аб-
рамыч на разные истории, так расскажет, будто
прямо перед глазами все стоит. И про родных своих рассказывал, что папаша у него иудей креще-
ный, зело верующий, обошел все святые места, был
на Афоне даже и все молился за него, и что молитва
папашина его спасала дважды, один раз когда шли
в атаку и пуля трижды в автомат била, а второй —
когда с двумя зауральцами сцепился в окопе, один
и поскользнись, он их обоих и зарезал. И про брата своего рассказывал, что тот женился на китаян-
ке и уехал в Красноярск жить, что там корни пустил,
укрепился, вместе с женой они сяошитан содержат,
два самохода купили, трое детей уже и ждут четвертого, что в гости на Рождество поедет к ним. Так вот
мы с ним и разговаривали разговоры. А потом пригласил меня в харчевню нашу. Угощал вином, кормил и мясным и сладким. А как провожать пошел,
так в соснах схватил и стал зацеловывать. Я противиться не стала, так как нравился он мне. Зацеловал,
отпустил. А на следующий день подарил мне колеч-
ко с бирюзой. Потом в кино с ним ходили, он и в кино меня натискивал, миловал. А на следующий день,
когда девки наши уехали на рынок, отдалась я ему.
И стали мы с Николаем с тех пор полюбовниками.
Любились в разных местах, где придется. На Успе-

ние ездили с ним на ярмарку, на Воробьевы горы, катал меня на каруселях, на звездолете слетали мы с ним на Альдебаран, гуляли по лугам голубым, пивом поил баварским, кормил сладостями, подарил два платочка живых. И влюбилася я в него до беспамятства. Стал он не просто полюбовником, а другом сердешным. Ждала, что предложение мне сделает, а он все отмалчивался, говорил — не время еще, надобно, дескать, укорениться, денег поднакопить. Я уж и мамаше светила про него, кажный день с нею говорили, как и что. Она меня успокаивала все, что, мол, парень на новом месте, не огляделся еще, не уверен, мол, не тереби его попусту. Шло времечко, осень миновала. У нас в цеху трое девок замуж повыходили. И тут мне как снег на голову — жена Николая приехала. Да и не одна, а с дочкой шестилетней. Вот оно как вышло. Сразу они на фатеру семейную переехали. И как токмо я это услыхала — словно в голове у меня молонья вспыхнула да и осталась сверкать. Не смогла ни есть, ни спать после. Словно и не вижу никого от этой молоньи. Одно на уме — пойти к нему и все решить. Стала весточки запускать: Коля, дорогой, хочу тебя видеть. А он их гасит все, молчит, как в колодец. Дождалась перекура — нет его. Как работа началась — в цех сама было пошла к нему, мастер отогнал — мешаешь работать. В столовой подошла к нему, он шти наворачивает. Здравствуй, говорю, Николай Абрамович. Смотрит на меня, словно увидал впервые. Здравствуй, говорит, Маруся. Пошто же ты меня обманул, спрашиваю. "А нипошто", — отвернулся и продолжает шти свои наворачивать. Тут на меня молонья опять нашла — схватила я тарелку с биточками да ему на голову. И пошла прочь из столовой. А потом в цех наш игрушек вошла, взяла с конвейера коробку для детишек "Дедушкина грибница", там крошечные грибки из пластика, их выращивать нужно, схватила горсть, проглотила, пузырек с водою живородной открыла да и выпила. Совсем вода живая безвкусная. Пошла на улицу к часовне нашей, перекрестилась, поклонилась: прости мне, Господи, грех мой. И тут у меня как попер пластик в животе, я и сознание потеряла. Очнулася в больнице. Лежу на столе, а доктор мне показывает подосиновик с голову человечью, весь в кровище моей перепачканный, и такой же боровик: ну что, дура, вырастила ты себе в животе дедушкину грибницу? Приглашай на грибной супец! И говорит: лечение за счет страховки фабричной, а за новый желудок удержат у тебя из зарплаты сорок шесть целковых. Через неделю на работу выйдешь. Я зареветь хотела, да сил не осталось. Говорю только: зачем вы меня, доктор, оживили?

· XIII ·

Голая Доротея Шарлоттенбугская, тридцатисеми-
летняя вдовствующая королева своего беспокой-
ного королевства, урожденная принцесса Шлезвиг-
Гольштейнская, герцогиня Груневальдская, ланд-
графиня Фельдафингская и Дармштадская, княгиня
Млетская, гонится за мною по залитой луною двор-
цовой анфиладе.

Выкатившись из королевской спальни, я рассе-
каю ночной воздух, пахнущий паркетной мастикой,
каминами, коноплей и гнилой мебелью. Мелькают:
туалетная комната, кабинет аудиенций, зеленый
кабинет с низенькими кушетками, на лимонном
шелке которых мы так любим играть в tepel-tapel…

— Bleib' stehen, du, Scheißkugel!

Уже и Scheißkugel… Полчаса назад был meine
devitschja Igruschetchka. Бац! Она бьет сачком с размаху. Мимо! Улепетываю зигзагообразно. Сачок шле-
пает позади, как бризантная бомба. Тяжела длань

у королевы. Шлеп! Шлеп! Шлеп! Это уже ковровое бомбометание. Требуются активные защитные меры. Вираж влево, ваза, оттоманка, колонна, клавесин. Толстые ступни тяжко, слон, слон, шлепают, она жарко, лев, лев, дышит. Брень! Ваза. Покатилась, не разбилась. Бум! Крышка клавесина, облитая луной: звон, звон, трах, трах, страх, страх. Бах? Бах? Бах? Гендель!!

Наддаю из последнего. И ведь есть еще силы после этой безумной ночи! Чудо, чудо.

Бац, бац!

Дверной косяк.

Огибаю, пыхтя.

Вылетаю

в Овальный

зал.

Простор. Окно. Луна. Отталкиваюсь, качусь привычно по шахматному мрамору. Mein Got, сколько *живых* партий мы на нем разыграли за эти два года! И я неизменно стоял черным конем *B8. Бзделоватый конек*, как говаривает сволочь Дылда-2, когда я не соглашаюсь на контратаку Маршалла в испанке...

А сзади слонопотамит по мрамору королева:

— Halt! Halt, Miststückchen!

Скольжу. Проскальзываю в комнату гобеленов. Завернуться бы в один из них, подальше от этой фурии, лечь и заснуть глубоким сном. *Хуй на рыло, кривобокий русский...*

И, как и всех кривобоких, неизменно заносит

меня на виражах. Ёб-с! Это уже я — головой в позолоченную ножку стола. Искры, искорки, искринки. Ножки, ножки с облупившейся позолотой. Прекрасные ножки. Остались от вас токмо рожки...

Виражирую между ножек, стоная.

— Nun, komm' schon, *Duratschjok!*

Королева топает ножищею. Дрожат вазы в ужасе. Слышу, как *сок* ее каплями падает на паркет. Вот уж правда — Vagina Avida.

— Ach, du kleine Sau!

Королева в ярости.

Улепетывая в Красный кабинет, спиной слышу, как она перехватает свой сачок за марлевый наконечник и начинает тяжко разбегаться, как для прыжка с шестом.

— Нааааааalt!!

Грудной голос Доротеи разносится по ночному дворцу. Бас, бас. Рев, рев. Эхом гудят вазы китайские. Иерихон вагинальный. И тут же вдали, из покинутой спальни — жалко, слабо:

— Dorothea, Feinsliebchen, wo bist du denn?

Ничтожество безвольное, *beztuddddovoye,* бессердечное, безко... о горе мне, я увязаю в ковре, как послевоенный клоп. Проклятые турецкие ковры! Дешевка ворсистая! Персидские и китайские давно разворованы придворной сволочью.

Она настигает меня на пороге Фарфоровой комнаты. Свист рукояти, удар. Я влетаю в камин. Зола. Ashes to ashes?

— Апчхи! — это я.

Выпрыгиваю из каминной пасти, с ужасом замечая, как она, огромная, качнув гирями грудей и воздымая махину зада, размахивается сачком, словно битой для гольфа. А в гольф королева играет превосходно. Обильные плечи ее блестят от пота, луна сверкает в растрепанных волосах.

— Ши-и-и-и-и-и-т!

Мимо.

Мечусь между ваз.

— Ши-и-и-и-и-и-т!

Бац!

Ваза вдребезги.

Прыгаю на фарфорового дракона, потом — выше, на попугая, на василиска, на Хотэя, на… бац!

Она сбивает меня, как весеннего вальдшнепа в Груневальде. Кувыркаясь в темном воздухе, лечу вниз. Прямо в ее потные ладони.

Пышущее лицо королевы Доротеи склоняется надо мной.

— Pass auf du, kleiner *russkij Zwolatsch*, das hast du dir selbst eingebrockt!

Занавес.

Конец концу.

Конец концу.

Конец концу.

Рано или поздно — все шло к этому. Увы. Покойный евнух Харлампий говаривал: страдать будут не са-

мые длинные и толстые, но самые умные и извилистые из вас. Прав оказался старичок… Да, я умен.
Это признал даже Коротышка-3. Я жилист и *изви-
лист*. Я подвижен и динамичен. Я танцую *сочную*
самбу и *скользкую* ламбаду, я верчусь дервишем сек-
суальной пустыни, я кручу хулахуп всеми пятью
вагинальными кольцами. Я упруг. Если на пяти-
вершковое тело мое натянуть тетиву, стрела выле-
тит в окно королевской спальни, просвистит над
розарием и упадет в зеленый лабиринт дворцово-
го сада. И наши дылды проводят ее завистливыми
взглядами своих улиточных глазок. Если меня оття-
нуть и отпустить, я могу вышибить последние мозги у очередного любовника королевы. Например,
у нынешнего. Конрад Кройцбергский! Как грозно звучит… И какое ничтожество прикрыто этим
громким именем. "Тот, кто освободил Нойкельн
от салафитских варваров!" И благодарные турки це-
ловали руки освободителю… Как всегда в *новейшей*
истории, лавры достаются бездарям. Картина маслом, сочная придворная живопись: "Королева Доротея Шарлоттенбургская содомирует мною Конрада Кройцбергского". А это ничтожество вежливо
стонет в подушку. Нойкельн освободил китайский
крылатый батальон, это знает даже Дылда-8. Конрад Кройцбергский, как и положено трусу, забив себе в темя для храбрости теллуровый гвоздь, въехал
туда с отрядом кройцбергских мародеров на своем
двухэтажном битюге, когда уже убрали не только

трупы салафитов, но и развалины. Он ехал по Карл-Маркс-штрассе, а турецкие женщины бросали розы под копыта его Беовульфа. Герой! Хотя я выпал из *процесса* и убежал вовсе не из нравственных соображений: мне, как и всем *членам* королевского гарема, все равно кого содомировать — труса или героя, убийцу или праведника. Работа. Просто... есть пределы. Предел. Может, я просто устал. Не физически, не физически... Депрессия? Возможно. Душевная смута? Пожалуй. Сложность характера? Да уж! Как опасно долго засидеться в любимчиках. Еще опасней прочитать много книг. Я — личность. Этим все сказано. Есть *вещи в себе*, которые себе же трудно объяснить. Особенно когда висишь ночью в штрафной клетке...

Гарем спит. Или лучше: спит гарем, не ведая печали...

Из клетки наше *удельное* сообщество хорошо обозримо. Тридцать две кровати на тридцать два уда. Пять из которых пустуют: моя, Дылды-7, Дылды-4, Толстого-2 и... дай бог памяти... Коротышки-4. Так королева восполняет мой демарш. Но меня заменить ей будет трудно.

Гарем спит. Храпят толстяки, посапывают коротышки, присвистывают дылды, а наш брат коловрат предается Морфею беззвучно. Нас, кривобоких, шестеро. И все, надо признаться, вполне достойные индивидуумы, каждый со своими прихотями. Кривой-1 любит долго мылиться, но моется редко. Кривой-2 не терпит кокосового масла. Кривой-5 панически боится глубоких глоток. Кривой-4 — дворцовых мышей. А я... опасаюсь многого. Страхи, страхи. Они формируют настоящего интеллигента. Так что в "бзделоватом коньке" есть свой резон. И я не-на-ви-жу контратаку Маршалла. Лучше тягомотная Каро — Канн или гнилая Пирца — Уфимцева, чем эта *черная* тоска на доске. Вообще, кривобокие похожи на шахматных или морских коньков, это аксиома. А страхи... у кого их нет, verdammt noch mal?

Толстяк-3 хохочет во сне. Счастливый... Вообще, толстяки наши все как на подбор сплошные гедонисты-сангвиники. Может, потому что они, в отличие от нас и дылд, не обрезаны. Натянут свой капюшон, как францисканцы, и спят. Пользуют их нечасто. Кормят и поят до отвала. Выгул на свежем воздухе, динамичные игры, купания... Как же тут не захохотать во сне? Вот Дылда-1, например, во сне часто плачет. И не он один. Я сам в первые месяцы частенько просыпался в слезах. Снилась мне часто почему-то оранжерея во дворце Шереметьева, пальмы, суккуленты, бабочки и жуки, с которыми я быстро нашел общий язык. Махаоны охотно садились на мою лиловую голову, овевали крылами. Я умею не только говорить на языке насекомых, но и петь. Песни эти, правда, не все в гареме разделяют. Грозили: мы тебя, Кривой-6, прихлопнем как комара, если будешь зудеть. Вообще, коллективная жизнь —

ад. Но и одиночество не рай, это точно. Как представишь себя спящим в ларце да под кроватью у какой-нибудь турецкой вдовицы или в чемодане у скитающегося по миру светлокожего вдовца, строчащего по ночам свою графоманскую Исповедь… оторопь берет.

Кто-то пукнул. Еще. И еще разок. М-да… сейчас уж, наверно, часа два ночи. Хорошо бы выспаться перед завтрашней *головомойкой*, а сон что-то не лезет в мою головку. Спится, признаться, мне здесь вообще не очень покойно. Дело не в ночных кошмарах, не в классическом *для нас* ужасном сновидении, описанном одним английским психиатром в известной монографии "Комплекс мегакастрации у трансгенных фаллических организмов". Нет, черная *Vagina-s-Zubami*, слава богу, не стучится в мои сны. А вот бессонница, гарем, тугие телеса… Раннее просыпание — бич мой уже как полгода.

Ночью отсюда, сверху, спальня наша имеет вид зело умиротворенный. Спят уды, возложив лиловые головы на подушки. Как будто не было ночных споров, драк и потасовок. Как будто никогда и никому не делали здесь "темную", не обливали спящих мочой из ночного горшка, не подкладывали в постель шершня или медведку…

Вообще лето прошло довольно миролюбиво. Толстяки успокоились, коротышки перестали петь "Тихую ночь" перед отбоем, Дылде-3 наскучило бросаться с балкона, Кривому-4 — бить Кривого-1. Никто никого особо не ревнует и не упрекает. Отчасти потому, что королева наша любит и приветствует разнообразие отношений: сегодня она содомировала мною Конрада Кройцбергского, завтра ее берут на двойные вилы сестры-близнецы графини Нюрнбергские, а послезавтра никто не запретит ей при помощи двух дылд, двух кривых и двух коротышек поднять графинь уже на шестерные вилы или просто устроить широкую sex-party с салочками, флягелляцией, абиссинскими гвардейцами в сахарной пудре и шампанским. Работы хватает всем, даже Толстяку-2.

Часы прошептали половину третьего.

И все-таки — почему я здесь оказался? Какого черта я взбрыкнул? Глупость? Или старость? Мне четыре года. Это средний возраст не только для удов, но и для большинства *маленьких*. Значит, это обыкновенный кризис среднего возраста.

Пытаюсь дремать, но не очень получается.

Часы прошептали три. И как по команде: возвращение из спальни в сераль четверых *измочаленных*. Бредут, головы повесив. Судя по их виду, королева, потеряв меня, перестаралась. Противный Коротышка-4 подходит ко мне:

— Радуйся, кривобокий! Vagina Avida приговорила отдать тебя и остальных русских в Saatgut.

Вот это уже серьезно. Это похуже чем на вдовий аукцион или в бордели. Это — *удойная* судьба. Жизнь в лаборатории. Работа адская, без художеств.

Пробирки + *удобрение*. Потоки вымученной спермы. И до самой смерти.

И в этом виноват я, идиот. Зажирел и развратился во дворцах, мудила *удалой*.

Коротышка завалился спать, Дылда-4 жадно пьет. Прошу его растолкать кого-нибудь из русских.

Вскорости трое сонных наших стоят внизу. Объявляю им:

— Нас отдают в Saatgut!

Вижу из моей клетки, как живописно цепенеют три русских уда. Просто граждане Кале в исполнении Сальвадора Дали…

Недолгие прения заканчиваются единогласным решением: бежать.

Куда?

Непонятно…

Не к графу Шереметьеву же… Четыре года назад он сделал достойный подарок королеве Доротее: четыре русских уда в красных лакированных коробках, расписанных палехскими мастерами. Не думаю, что сей вельможа будет рад нелегальному возвращению нашему в родной инкубатор.

Коротышка-12 по имени Петя сообщает, что завтра поезд, запряженный трехэтажным битюгом, отправляется в Баварию на "Октоберфест". Идея пришла: забраться в уши к гиганту, доехать с ним до Баварии. Заплатить, конечно, придется. В сундучках наших что-то скопилось за годы тяжелого труда. Труда-*уда*. Хорошо, до Баварии доберемся, а дальше? Где нашему брату всего спокойней? Разве что в Теллурии… Смешно! До слез. Которых уже не осталось…

Ну да ничего. *Удалому молодцу все к лицу, к венцу или к концу.*

· XIV ·

— Хвоста не было? — спросил Холодов, пока Маша
Абрамович порывисто врывалась в прихожую.

— Нет! — ответила в своей неистово-сосредоточен-
ной манере. И — прочь пуховый платок, и — змеи-
ная лава волос, и — духи, резкие, как она сама.

Глаза Маши блестят сильнее обычного: упрямый
антрацит. Большими руками Холодов поймал белую
шубку из живородящего меха, метнул на гору одежды — все крючки заняты, все в сборе. Кворум! Сверкнули понимающе жадные глаза. Тонкая фигура Маши
в полумраке затхлой прихожей: черный изгиб, ярость
новых пространств и желаний. Холодов сумел сдержать себя, чтобы не коснуться мучительного изгиба.

— Все здесь! — утвердительно дернула маленькой
головой в старом зеркале.

— Все, — мрачным насильником смотрит он сзади.

Ускользнула от его тела, пролетела коридор, рванула дверь гостиной:

———

— Здравствуйте, товарищи!

Холодов угрюмо — следом.

Гостиная теплая, канделябры, светильники, сияние в полумраке: нынче среда, электричество отключили.

— Здравствуй, товарищ Надежда! — полетело со всех сторон.

Машины глаза всасывают и осеняют: Неделин, Ротманская, Колун, Векша, трое маленьких товарищей из Болшева, заводские Иван и Абдулла, чернобородый Тимур, безразмерный Вазир, Рита Горская, Зоя Ли, берестянщик Мом, Холмский, Бобер и…

— Ната! — бросилась, схватила, прижала к плоской груди.

Ната Белая, она же Пчела, Ната на свободе, Ната здесь!

Обнялись, сплетаясь ветвями тонких сильных рук.

— Товарищи, займите свои места. — Неделин поправил пенсне и пиджачок внакидку.

Маша — на ковер, к ногам бритоголовой Наты, сжала ее руку, покрытую струпьями и свастиками.

— Сестра Надежда всегда поспевает к главному, — улыбается тихой улыбкой маленький из Болшева.

— Слава Космосу! — Маша прикладывает ладонь к груди и кланяется.

Все улыбнулись.

Ледяные глаза Неделина чуть подтаяли.

— Итак, продолжим. Главное: Зоран и Горан.

Гостиная зашевелилась неуютно. Вопроса ждали.

— Вчера отлита новая партия кастетов. Итого их теперь...

Ном погладил растянутую на коленях умную бересту.

— Шесть тысяч двести тридцать пять.

— Шесть тысяч двести тридцать пять, — повторил Неделин вслед за берестяным голосом. — Что это значит, товарищи? Шесть тысяч двести тридцать пять одержимых, одурманенных эсеровской пропагандой, выйдут на улицы и одним махом разрушат всю нашу кропотливую работу.

В гостиной пауза повисла.

— Товарищ Михаил, ты не допускаешь, что среди этих шести тысяч будут честные рабочие? — наклоняется вперед Холмский, весь сжатый, пружинистый.

— Большинство из них — честные рабочие, — бесстрастно Неделин парировал и тут же в атаку перешел, привставая: — Именно честность и поможет им дискредитировать великую идею. Именно честность и подведет их под пули, а нас всех — под арест. Именно честности благодаря поверили они авантюристам Зорану и Горану! Именно честность отлучила их от нас! От меня, от вас, от решения съезда, от воззвания Двадцати Пяти!

— Честность ли?! — загремел Вазир.

— Вот именно, товарищ Вазир! Честность ли? — повышает голос Неделин. — А может, здесь требуется другое определение?

— Доверчивость! — Ната сжала Машину руку.

— Нетерпимость! — вскинула Ротманская тонкие брови.

— Готовность к революции, — выговорил сложные слова Колун.

— Неуправляемость. — Зоя Ли вытряхнула окурок из длинного мундштука.

— Вот это ближе! — поднял палец Неделин, глядя на красивую Зою. — Неуправляемость. Скажите мне, товарищи, а кто должен управлять рабочими массами?

— Мы! — почти выкрикнула Маша.

— Налицо неумение использовать доверчивость рабочих масс! — Ротманская изгибается в кресле, словно укушенная скорпионом змея.

— Это — грех! Величайший грех! — загремел Вазир.

— Не грех, а провокация! — выкрикнул темнолицый, светловолосый Абдулла.

— Нет, грех! Грех! — вскинул Вазир массивные длани. — Мы, якши-насос, впали в грех сами, но не сумели ввести в него рабочих! Наша доверчивость плюс их доверчивость должны были помножиться на Идею и слиться аки два источника! И забурлить крутоярым солидолом! И выплеснуться! И охватить! Величайшим охватом, якши-насос!

— Банально пугать нас арестом, товарищ Неделин, — усмехается Рита Горская.

— Слава Космосу, мы не бомбисты, — раскрыла веер Зоя Ли.

— И не коммунисты, — усмехнулся Бобер.

— К сожалению… — хмыкнул Колун, папиросу разминая.

— Господа, доверчивость — не грех, а преступление, — заговорил узколицый, остробородый Холмский. — Преступление, когда идущий в народ футурист не способен использовать сие врожденное народное качество. В данном случае, товарищ Неделин, это ваш просчет. И просчет съезда в целом.

— Программу которого готовили вы! — выкрикнула Маша, с наслаждением чувствуя, как кровь ярости к щекам прихлынула. — Программу капитулянтов! Программу годил! Мы погодим, товарищи футуристы, мы погодим!

— Вот и догодились! — махнул обрубком руки Векша. — Зоран и Горан не годили, они лили кастеты и буравили рабочих!

— Лили и буравили, якши-насос! — гремит Вазир.

— И обошли нас на повороте, — сумрачно кивал Холодов, глядя на Машу, словно ища ее горько-сладкого одобрения.

— Мы проиграли, господа товарищи, — язвительно обмахивалась веером Зоя Ли.

— Еще один раунд отдали эсеровской швали! — не унимается Маша, щеками пылая.

— Это поражение, — кивает сумрачный Мом.

— Я так не считаю. — Неделин выпрямился на стуле с таким спокойствием на лице, что все смолкли. — У нас имеется кое-что в запасе, — сказал он и выстрелил взглядом вправо. — Товарищ Тимур.

Красивый, изысканно одетый Тимур стал приподниматься, словно к коронации готовясь. Он всегда вызывал у Маши беспокойный, свербящий интерес, она не понимала сути этого красивого человека, но сближаться с ним почему-то не решалась. Это была не профессиональная опаска, но экзистенциальная. Свою работу пропагандиста-подпольщика Тимур вел безукоризненно, спокойно, с отточенным профессионализмом. Подполье быстро приросло к нему рыцарскими доспехами, партия футуристов стала мечом сверкающим в его руке. Свои арийские мосты он сжег. Тимур действовал решительно: фехтовал, разил, нападал и отходил на выверенную позицию. Но — спокойно, без пафоса, паранойи и истерик.

Держа прямо свою красивую голову с черной, красиво подстриженной бородой, как престолом подпертой высоким белоснежным воротником, вытянув длинные худые руки вдоль своего стройного, затянутого в синюю тройку тела, Тимур заговорил:

— Товарищи! В тринадцатом веке монголы, покорив Россию, вышли к Европе. Экономически она была несравнимо более лакомым куском, чем полупустынная крестьянская Россия. Рыцарство Европы собрало свою рать, и под Будапештом произошло эпохальное сражение между европейцами и кочевниками. Кочевники разбили европейцев наголову. Европа лежала перед ними. Но они не вошли даже в Будапешт. Постояв некоторое время под его стенами, они развернулись и двинулись назад, в русские степи. По какой же причине армия хана Батыя не пошла в Европу, не покорила ее? Монголы объяснили это так: нашим коням будет тесно в европейских городах. Рожденные в бескрайних степях, они неуверенно чувствовали себя на городских улицах. Городские пространства были им непонятны. Следовательно, нельзя покорять то и пытаться владеть тем, чего ты не понимаешь. Попытки завоевания русских степей европейцами демонстрируют синдром, прямо противоположный клаустрофобии — агорафобию. Именно ее испытывали армии Наполеона и Гитлера, продвигаясь на восток. Бескрайние пространства пугали европейцев. Они не понимали, как можно овладеть этими степями, как можно их цивилизовать и окультурить. Поэтому и потерпели поражение.

Тимур замолчал, трогая свои бедра длинными сильными пальцами и слегка покачиваясь. И продолжил:

— Я только что в девятнадцатый раз пробировал теллур. И я преодолел темную завесу.

Собрание зашевелилось.

Тимур же, резко руки подняв, вцепился в свои волосы. Парик соскользнул с головы обритой. Над левым ухом подсыхает ранка.

Он прикрыл глаза и запел негромким, чистым голосом:

Среди полей, лесов и кряжей горных
Дворец хрустальной высится скалой.
Огромный он, красивый и прозрачный,
Сто тысяч граней свет дробят небес,
Хрустальные колонны ввысь стремятся,
Столпами подпирая дивный свод,
Прозрачный пол незыблемой твердыней
Укоренен в граните древних гор.
Лишь солнца луч сверкнет на горизонте,
Восхода знаменуя добрый час,
Дворец чудесный оживет, проснется,
Наполнится гуденьем голосов,
И тысячи людей, как пчелы в улье,
Начнут свой трудный и прекрасный день.
Все во дворце живущие красивы
Особенной, высокой красотой.
Их лица источают благородство,
Любовь и веру, искренность и страсть,
Тела их совершенны и прекрасны,
Подвижностью и силою полны.
Их кровь от чуждых примесей свободна,
Торжественно пульсирует в сердцах,
Которые готовы жадно биться
И страстью жизни счастливо гореть.
Они умны и духом совершенны
И меж собой общаются без слов,
Не знают человеческой одежды
Их совершенные и сильные тела —
Нагими рождены, живут нагими,

Для радости, для счастья, для любви.
День начинается у них с молитвы
Сияющему солнечному дню,
Деревьям и траве, горам и долам,
Зверям и птицам, рыбам и червям.
Они природе молятся беззвучно,
Молитва в каждом атоме поет,
Пронизывая гор гранит и кущи
И устремляясь в синеву небес.
Прекрасные тела в поклоне низком
Сгибаются, а мысли их звенят
Хоралом благодарных песнопений.
Так каждый новый день они встречают —
Как первый и последний на земле.
Едва молитвы коллективной волны
В молекулах сияньем пропоют,
Дворец, подобно лилии хрустальной,
Раскроется навстречу силы дня.
И тысячи божественных созданий
В Природу благодатную сойдут,
Чтобы ее своим трудом наполнить.
Их руки источают мощь и силу
Энергий, созидающих огонь.
С Природою у них нет отчужденья,
Дистанций разрушительных, вражды —
Того, чем так, увы, бесславны люди,
Насилующие окружавший мир.
Они слились с Природой воедино
Для счастья и восторга бытия.

Природа им дается без насилья,
Они берут лишь то, что нужно им
Для творчества и полноценной жизни.
Они творят великие дела,
Не ведая ни формул, ни научных
Рассудочных и призрачных миров.
Не нужно им ни сложных механизмов,
Ни яростно грохочущих машин,
Ни печи доменной, ни фабрик, ни заводов.
Они творят прикосновеньем рук,
Преобразуя вещества структуры
Во все, что им потребно на земле.
Материя подвластна им, как глина
Ваятелю. Они творят свой мир,
Чудесный, совершенный, бесконечный,
В бесчисленных возможностях своих.

Тимур замолчал и открыл глаза. Собравшиеся слушали его, дыхание затаив. Даже пламя свечей и канделябров горело так, словно стало рукотворным.

Тимур смотрел перед собой, пронизывая взглядом мир окружающий и видя то, о чем пел. Он *показывал* это своим товарищам по великому делу. Губы его зашевелились, несильный, но чистый голос снова ожил:

Они творят руками и себя,
Не ведая ни роковых болезней,
Ни слабости телесной, ни обид,
Знакомых людям всем на этом свете.

Им страх неведом также, боль и скорбь
Давно ушли из их сердец нетленных.
Свою природу сделав совершенством,
Они навеки победили смерть.
Им время покорилось в полной мере,
Нет будущего, прошлого для них —
Лишь настоящее во всем своем величье
Их обстоит, как золотой собор,
Где служится торжественная месса
Великим людям, победившим смерть.

Тимур смолк. И снова прикрыл глаза.

Все продолжали сидели неподвижно. Вдруг женский голос прорезал тишину гостиной:

— Он был там!

Это воскликнула сестра Надежда.

И словно по команде все очнулись, зашевелились, к высящемуся Тимуру сдвигаясь.

Ночью Маша и Ната, лежа в постели после ласк невинно-сестринских, разговаривали негромко, полушепотом. По потолку плыло звездное небо.

— Тимур проник сквозь завесу, — повторяла Маша, на звезды глядя.

— Проник в сбывшееся. — Ната играла волосами Маши.

— В великое!

— В реальное.

— Это дает нам.

— Многое. Это больше, чем просто надежда.

— Тимур раздвинул завесу, увидел дворец. Дворец! Ната, дворец хрустальный!

— Дворец совершенных!

— Дворец вечных!

— Непорочных!

Маша глаза зажмурила. Ната обняла, прижалась:

— Futurum.

— Воплощенное!

— Нетленное.

Они надолго застыли, обнявшись.

— Ната, — прошептала Маша так, словно тайну великую сообщая. — Я хочу Тимура братом. Но боюсь.

— Он один, — вздохнула Ната. — Ему не нужны ни братья, ни сестры. Ему нужно только одно.

— Futurum? — произнесла Маша с восторгом и обидой.

— Futurum, — выдохнула Ната с восторгом и надеждой.

И сестры улыбнулись в темноте.

· XV ·

Ариэль положил руку на белый квадрат двери.

— Слушаю тебя, Ариэль Аранда, — раздался голос.

— Я имею, — произнес Ариэль.

— Если имеешь — входи, — ответил голос.

Дверь поползла в сторону. Ариэль шагнул в темную прихожую. Едва за ним закрылась дверь, как вспыхнул свет и две овчарки с рычанием подбежали к нему.

— ¡Suelo! — произнес голос, и собаки легли, перестав рычать.

— Иди вперед и не бойся, — приказал голос.

Ариэль двинулся по коридору в сопровождении овчарок. Коридор перетек в арку, распахнулся холл с темно-красным полом, уставленным низкой японской мебелью. В холле было прохладно и пахло сандалом. Ариэль прошел холл, и старые, но до блеска надраенные армейские ботинки его ступили на широкий и мягкий ковер бордово-фиолетово-черных тонов. Ковер вел дальше, в относительно небольшую комнату с шелковыми обоями пастельно-зеленова-тых тонов. Показался низкий стол, за которым си-дел невзрачного вида лысоватый плотник с непри-ветливым лицом. Овчарки вбежали в кабинет и лег-ли возле стола.

— Цифра твоего возраста, 14, меня настолько впе-чатлила, что я сказал тебе "входи", — проговорил плотник уже своим тихим, естественным голосом. — Я забил 245 гвоздей, но впервые вижу клиента тако-го возраста.

— Господин плотник, я умоляю вас об исключении, — произнес Ариэль заранее заготовленную фразу.

— Умоляй. Что тебе еще остается? — усмехнулся плотник, прихлебывая отвар жженого риса из пло-ской чашки.

— Я приехал из Альмерии.

— У вас еще бомбят?

— Редко.

— Как с продуктами?

— Не очень.

— Ты приехал в Барселону поесть?

— Я приехал, чтобы умолять вас об исключении, господин плотник.

— Ты попугай?

— Нет, господин плотник.

— Да, ты не похож на попугая. Скорее на воронен-ка. Которого засосало в турбину бомбардировщика, а потом выплюнуло.

— Я очень прошу вас. Вот мой гвоздь, вот мои деньги. — Ариэль показал то и другое в обеих руках.

— Ты фокусник?

— Я воин.

— Я вижу твой шрам на нижней скуле. Это пуля? Где тебе так досталось?

— Шрапнель. Под Кадисом.

— Сколько провоевал?

— Полтора года.

— Герой. Но вообще-то война уже окончена.

— Я не воюю больше.

— Слава богу.

Возникла пауза. Ариэль стоял, зажав в правой руке теллуровый гвоздь, а в левой — бумажку в сто тысяч песет.

— Воин, тебе известен плотничий кодекс? — спросил плотник, отхлебнув отвара.

— Я знаю о правиле семнадцати лет.

— Почему же ты пришел?

— Потому что мне больше.

— Ты приложил свою руку. Вот. — Плотник вызвал голограмму руки Ариэля и вместе с ней всю его историю, включая биографию, две детские болезни, два ранения и одну награду. — Тебе четырнадцать.

— Господин плотник, мне больше.

— Тебе четырнадцать.

— Мне двадцать один.

— С чего ты взял?

— Я взрослый.

— Потому что тебя дважды ранило?

— Нет. Потому что я убил девятерых ваххабитов, тяжело ранил четырех и легко — восемнадцать.

— И ты уверен, что от этого твой мозг повзрослел на семь лет?

— Мне двадцать один год, господин плотник.

— Тебе четырнадцать лет, воин.

— Господин плотник, я прошу вас.

— Забить?

— Да.

— Детям до семнадцати лет это кино запрещено.

— Я очень прошу вас.

— Смертность в твоем случае — 52 %. Знаешь это?

— Да.

— Это не для детей.

— Я взрослый, господин плотник, мой мозг выдержит. Поверьте, поверьте мне! Он выдержит, выдержит многое. Он взрослый. Взрослее меня.

— Это ты хорошо сказал.

Снова возникла пауза. Плотник отхлебнул настоя.

— Но кодекс есть кодекс, дружище.

— Господин плотник...

— Нет, дружище. Дело не в тебе и не в твоем трупе, с которым я знаю как поступить. Как и вы, воины, мы, плотники, трупов не боимся. Дело в нашем кодексе.

— Но, господин плотник...

— Приходи, дружище, через три года. И я тебе забью. Со скидкой, как старому клиенту.

— Мне очень нужно сейчас.

— Через три года.

— Господин плотник…

— Воин, я тебя больше не задерживаю.

Услышав эту фразу, овчарки вскочили и, слегка зарычав, уставились на посетителя.

Ариэль вышел на улицу и побрел бесцельно. Вспомнив все испанские, английские и китайские ругательства, он забормотал их. Но это не очень помогло, и вскоре скупые слезы побежали по его смуглым скулам. Он слизывал их языком, дотягиваясь его кончиком до шрама на нижней челюсти, брел и бормотал. Дойдя до перекрестка, остановился и заметил, что до сих пор сжимает в левой руке гвоздь, а в правой — деньги. Он спрятал то и другое в разные карманы, достал умного, развернул:

— Ты все слышал?

— Все слышал, командор, — Умный смотрел на Ариэля тигриными глазами.

— Что делать?

— Два варианта, командор:

   1. Подождать три года.

   2. Воспользоваться услугами клепальщиков.

Советую вариант №1, командор.

— Засунь свой совет в свою умную жопу.

— Слушаюсь, командор, — моргнули тигриные глаза.

Ариэль убрал умного в карман и решительно двинулся по улице.

Клепальщик намылил Ариэлю голову при помощи старого помазка с треснутой костяной ручкой. Пена была теплой, хотя горячей воды на чердаке, где уже третий месяц обитал клепальщик, не было. И вообще здесь было сумрачно, грязно, промозгло и пахло голубиным пометом. Клепальщик нагрел кружку с водой на пламени масляной лампы.

— У плотника риск в твоем случае — 52 %, у меня — 68 %, — заговорил клепальщик тихим, бесстрастным голосом, намыливая Ариэля.

— Я знаю, — ответил Ариэль.

— У меня было всего четверо малолеток.

— И как?

— Всего один врезал дуба. Это очень хороший результат.

Ариэль ничего не ответил. Клепальщик поставил помазок на стопку кирпичей, взял опасную бритву и принялся брить голову Ариэлю. Закончив, вытер голову влажной салфеткой, протер спиртом, развернул навигатор, налепил его на голову, определил точку, пометил его. Снял с головы навигатор, прыснул из антисептического спрея себе на руки и стал потирать их.

— Знаешь, что у молодых после забоя ноги сильно бегут?

— Знаю.

— Я запру дверь, ты походишь тут первые часа два. Только дверь не ломай. А потом — куда угодно.

— Хорошо.

— Как вынимать, знаешь?

— Обработать спреем, вынуть медленно, обработать спреем, заклеить, приложить лед.

— Молодец, все знаешь.

— Это знают все.

Когда антисептик на руках испарился, клепальщик снова протер голову Ариэля спиртом, прыснул спреем на точку.

— Мне лечь? — спросил Ариэль.

— Сидя.

Клепальщик открыл продолговатую металлическую коробку, где в дезинфицирующем растворе лежал теллуровый гвоздь, принесенный Ариэлем, вынул гвоздь, приставил к точке, взял давно приготовленный молоток и с одного удара забил гвоздь в голову.

И оказался Ариэль в городе битвы. И убивали люди друг друга в городе том. И многие полегли мертвыми, но многие и остались живы. И ярость наполняла сердца живых. И убивали они противников веры своей. И взял Ариэль свое оружие, и пошел с ним по улицам города, сея смерть. И стал убивать врагов. И хотели убить его, но он был проворнее врагов своих, потому что не боялся их. И многие пали от руки Ариэля. И дошел он до улицы, где стоял горящий дом. И направился он к горящему дому. И были враги по пути к дому сему. И старались они убить Ариэля. Но он оказался проворнее врагов своих и убил их. И подошел к горящему дому. И вошел в горящий дом. И были двое врагов в доме том. И затаились они, чтобы убить Ариэля. Но он оказался хитрее врагов своих и убил их. И было животное в том доме, и кричало оно, ибо боялось огня, но не могло выйти из дома. И взял Ариэль животное и вынес на руках своих из горящего дома. И выпустил животное на свободу. И животное ушло в свои пределы.

Проститутка кончила быстро, сидя на Ариэле и вцепившись маленькими желтыми пальцами ему в плечи.

— ¡Olé, mi niño, me has dejao plancha! — почти выкрикнула она на своем смешном андалузском и тут же ловко слезла с лежащего навзничь подростка, подтерлась полотенцем, забралась с ногами в плетеное кресло, вытянула из пачки тонкую сигарету и закурила. Она была вьетнамкой, родившейся в Андалузии.

Ариэль лежал, улыбаясь потолку с вращающимся старомодным вентилятором.

— С мужиком так не устанешь, как с тобой! — засмеялась она, часто дыша и успевая еще затянуться.

Ариэль молчал.

— Хочешь пива? — спросила проститутка.

— Да.

Она открыла вторую бутылку, наполнила стаканы, встала, села на кровать, поставила стакан на грудь

Ариэлю. Он взял стакан, приподнял голову, выпил все сразу, опустил голову, поставил стакан на грудь.

Проститутка сидела, курила, пила пиво и разглядывала Ариэля.

— Мы с тобой похожи, — произнесла она с усмешкой. — Как два парня. У тебя были парни?

— Нет.

— А у меня были, — делано серьезно ответила она и рассмеялась.

Ариэль молчал и улыбался.

— Ты кончать сегодня собираешься? — спросила она, беря в руку его напряженный член.

— Собираюсь, — ответил он.

— А то мне вообще-то вечером работать.

Ариэль молчал.

Она докурила, сунула окурок в пепельницу, тронула пальцем шляпку теллурового гвоздя:

— Это от этого у тебя так стоит?

— Не знаю.

— Чего — не знаю? Теллур вообще-то не афродизиак.

— Я не знаю.

— А я знаю. Хоть и не попробовала пока. Столько бабок эти гвозди стоят, ужас... Вообще под теллуром редко трахаются. Знаешь почему?

— Не знаю.

— Заладил! Потому что и без траха хорошо. Ты где сейчас?

— Я там.

— Хорошо там?

— Горячо… — Он усмехнулся и закрыл глаза.

— Океан? Песок? Дворец? Слуги?

— Нет. Дома горят.

— Пожар, что ли?

— Пожар.

— Ты пироман?

— Это что?

— Любишь поджигать дома?

— Не особенно.

— Понятно. Ладно, чаваль, погрейся на пожаре, а потом давай ты кончишь, и я уйду.

— Подожди. — Он вдруг резко сжал ее руку. — Подожди, подожди…

— Что-то стряслось?

— Сейчас, сейчас…

Не открывая глаз, Ариэль напрягся всем телом, подтягивая ноги.

— Ты такой красивый. — Проститутка наклонилась, целуя его в живот. — Явно кого-то трахаешь на пожаре. Случаем, не дочку президента? А может — жену? Она еще вполне! Грудастая!

Он выдохнул облегченно, открыл глаза и расслабился, задышал, ерзая на простыне:

— Все. Я выпустил его.

— Кого?

— Голубого котенка.

Проститутка молча смотрела на Ариэля.

— Дом горел слева. А там внутри сидел котенок. Под кроватью. Забился со страху. И плакал. Я хотел это тогда сделать, но там в доме было еще двое вах-хабитов.И я не пошел в тот дом. А котенок плакал. Было слышно. Сильно. Но я тогда ушел.

— А теперь? — спросила проститутка.

— А теперь я туда пошел, убил их и выпустил котенка.

Ариэль улыбнулся радостно:

— Но я не знал, что он голубой!

— Это что-то меняет?

— Да нет…

— Однако интересный трип у тебя, чаваль! — Проститутка хмыкнула, почесалась.

— Голубой… — повторил Ариэль.

Вдохнул радостно, закрыл глаза, снял с груди стакан, поставил на пол. Выдохнул, открыл глаза, встал и пошел в душевую. Проститутка пошла за ним своей мальчишеской походкой, широко ставя худые кривоватые ноги. В туалете Ариэль тщетно пытался помочиться в раковину умывальника. Его член стоял. Проститутка обняла его сзади:

— Будем кончать?

Она была на пару сантиметров выше Ариэля.

— Будем, — сказал он, глядя на себя в зеркало так, словно увидал впервые.

В битком набитом ночном поезде Барселона — Картахена Ариэль сидел на полу в проходе возле тамбура. Рядом сидели со своей поклажей и дремали другие люди. Ариэль же совсем не хотел спать. После теллура ему было очень хорошо. Он был наполнен хорошим. Словно его накачали каким-то новым, свежим воздухом, озоном, состоящим исключительно из молекул прекрасного будущего. Каждое движение собственного тела, каждая мысль доставляли Ариэлю удовольствие. Новый озон пел в его крови, кровь бежала по венам, гудела в мышцах, звенела в костях, пела в мозгу. И это была песня о будущем. Места для прошлого не осталось в теле Ариэля. Он *знал*, как жить дальше.

Лежащий в кармане умный мягко завибрировал. Ариэль достал его, развернул на коленке. Тигриные глаза уставились на него.

— Командор, вы просили меня напомнить.

— Напомни.

Над умным возникла голограмма голубого котенка с адресом хозяев.

— Тот был светлее, — сказал Ариэль.

Возник другой котенок.

— А этот просто синий.

Стали появляться другие котята, голубые, синие, фиолетовые, но Ариэль бормотал: "Нет".

Тигриные глаза моргнули.

— Командор, нужной вам расцветки нет ни в Альмерии, ни в Малаге, ни в Гранаде.

— Значит, эта порода есть только в Кадисе? Покажи.

Возникли голограммы котят. Но нужной нежноголубой расцветки не оказалось.

— Почему в Кадисе нет котят такой расцветки?

— Четыре возможные причины, командор:

1. Котенок был эксклюзивным подарком.

2. Хозяева котенка погибли или стали беженцами.

3. Мать котенка погибла или стала беженкой.

4. Хозяева котенка больше не торгуют котятами.

— И что мне делать?

— Можно попытаться найти того котенка.

— Который за год стал взрослой кошкой, — усмехнулся Ариэль. — Ты, как всегда, глуп.

— Таким вы меня выбрали, командор, — моргнули тигриные глаза.

— Сколько стоит клонирование голубого котенка?

— От тридцати до восьмидесяти тысяч песет, командор. У нас в Альмерии есть две лаборатории. Мне провести маркетинг?

— Сделай.

— Слушаюсь, командор.

Сидящий рядом небритый мужчина с солдатским рюкзаком между ног вздрогнул и забормотал во сне.

— И вот еще чего. — Ариэль снял со своей бритой головы бейсболку и с удовольствием почесал кожу вокруг пластыря.

— Да, командор?

— Смени свои глаза на кошачьи.

— Такие, командор?

Вместо тигра моргнул голубой котенок.

— Я сказал — на кошачьи, а не на глаза котенка.

В темном, пропахшем людьми воздухе вагона медленно моргнули кошачьи глаза.

· XVI ·

От токаря 3-го разряда
завода Православного Литья
Иванова С. И.

Директору ЗПЛ
тов. Усачеву Б. И.

ЗАЯВЛЕНИЕ

Прошу выделить мне 120 рублей для покупки теллурового гвоздя и 50 рублей на услуги алтайского
плотника для его забивания в мою голову, чтобы
я мог встретиться с покойным братом Николаем,
который помре шашнадцатого дни и увел из нашего цеха набор жидких резцов для вторичной обработки больших сиятельных крестов, дабы продать
их и продолжить запой от которого потом и помре, а наш цех уже стоит вторую неделю по вине
моего брата Николая а резцы незнамо где потому
как он прятал их от жены, которая его била и не да-

вала пить, а резцы стоят 2560 рублей, а у завода в этом квартале нет денег на покупку нового набора для токарного цеха, но брат резцы не успел продать, это общеизвестно в нашем городе, он их припрятал мы искали с родственниками и участковым но не нашли потому как брат был не в себе и у него была белая горячка он мог их запсатить бог весть куда, но я могу узнать куда он их спрятал, когда мне забьют гвоздь и я встречусь с братом и спрашу его напрямую, а он там пьяный не будет и все мне поведает куда он задевал резцы. С парткомом в лице тов. Барыбина П. А. я имел разговор и он мне дал добро на это дело, потому как это поможет нашему цеху и заводу в целом потому как завод наш несет убытки и роняет партийную честь и каждый рубль дорог. С настоятелем нашего заводского храма о. Михаилом я тоже говорил он сказал, что не благословит но воспрепятствовать не будет, а потом я месяц почитаю покаянный канон, схожу пешком в Оптину там исповедаюсь во гресех и причащусь Святых Тайн. Встреча моя с моим покойным братом сильно поможет нашему цеху и нашему заводу, а нашей семье также поможет восстановить доброе имя покойного брата Николая.

Иванов С. И.

· XVII ·

1 октября

Хотелось выехать назавтра впоутру, как загодя задумала, да опять вышло не по-моему. А как еще в жизни моей теперешней? Все катится помимо меня, помимо воли. Все через понуждение внешнее, все комом снежным. Сказала Гавриле, чтобы как рассветет, так сразу и закладывал. Собралась с обеда, отписала письма прощальные, стерла проследки и закладки, *промыла* умницу, сундуки велела снести вниз, Василисе запретила вязать и играть, Еропке — спать раздетым в варежке, дабы засветло встали. Помолилась, сосредоточилась на вечном, легла пораньше. Не успела заснуть — звонок. Матильда Яковлевна: обыск у Ахметьевых.

Вот и новость-хреновость. Нынче с какой стороны стрела отравленная прилетит — знать неведомо. Говорила ему покойница Дарья Евсеевна: дружба с окольничим тебе, Никита Маркович, не оберег. И как в воду глядела. Встала, оделась, затеплила новостной пузырь: арестованы и он, и Наталья Кирилловна, и обе дочки, и зять. "Тайныя враги государства Московскаго". Ежели Он взялся за Ахметьевых, стало быть, новой волны красной ждать долго не придется. Завтра в ночь возьмут Солоневича, Василия и Герхарда. А потом и за горкомовскими придут. Да и мне повисеть на дыбе придется. Я бы не прочь за Юрочку помучиться, да дело мое намеченное тогда встанет намертво. "Тайныя враги государства…" Божился уродец митрополиту, что новых чисток не будет. Зарекалась свинья жрать дерьмо. И никакие Его обещания на мой счет веры теперь не стоят. Двуеногому извергу этому веры не должно было быть, да я дурою легковерною оказалась в который раз. И не токмо я — весь круг вдовий. "Вдовиц врагов не трогаю". Как же! "Ежели волк единожды человечьей крови наелся — наестся и вдругоредь". А Он последний год токмо кровию подданных своей жив, упырь. Пил, пьет и будет пить кровь нашу, пока в могилу не отвалится. Вот так. Думала, уеду, мостов не сжигая, дабы сердце грел обратный путь. А теперь едино сжигать придется, рубить по живому, бежать без оглядки. И рубанула наотмашь: Гаврила, закладывай! Полчаса на прогрев, пять минут на сборы. Бежать так бежать. Умницу свернула, спустила в унитаз, пусть опричники ужо поищут мои проследки. А с собою взяла токмо умную бересту: для дневника довольно будет. Ворота настежь, дворня в рев. Прошла как сквозь строй: прощайте на добром слове. И в первом часу при волчьем солнышке покатили. Задымил самоход мой по Замоскворечью родному, Василиса в слезы, Еропка пищит за пазухой, а я сижу как камень — ни слезинки. Мимо церкви Григория Неоксарийского нашей проехали — не шелохнулась. Здесь ты, Юрочка, целованием в уста поздравил меня, жену твою. Прощай, церковь. Сказывают, с этого места Василий Темный, из плена татарского изыде, увидал Кремль белокаменный и прослезился от радости. А я вот не вижу отсюда Кремля страшного, да и слез не лью. Прощай, Замоскворечье родное. Прощай, Москва жестокая. Прощай, Московия безнадежная, бесчеловечная. Прощайте, подруги и друзья. Прощай, упырь кремлевский.

Прощайте все и навсегда!

2 октября

Самоход взрыкнул, чихнул пару раз и смолк, катясь по инерции. Рослый Гаврила в своем черном тулупе, подпоясанном красным кушаком, подождал, пока самоход остановится, неспешно слез и, не обращая никакого внимания на гудки и чертыхания проезжающих, пошел в конец поезда своей раскачивающейся походкой.

Рязанский тракт, несмотря на ночное время, был оживлен: в левом красном ряду тарахтели государственные самоходы на бензине и солярке, в первом и втором двигались частные самоходы и самокаты, в третьем ехали верховые, а по четвертому, широкому, приобоченному, тащились дальнобойные двух, трехэтажные битюги с грузовыми поездами.

Начало октября выдалось пасмурным и промозглым. Холодный ветер дул с севера, обещая раннюю зиму.

Гаврила подошел к последнему из трех прицепов, отстегнул рогожу и стал вытаскивать мешок с картошкой. Сзади послышался визг деревянного тормоза, кряканье, вслед за которым ожил надтреснутый голос:

— Что ж ты, волк рваной, приобочиться по-людски не можешь?! Встал раскорякою, стерва, а мы объежжай?!

— Объедешь, невелика проруха, — ответил басом Гаврила, легко взваливая мешок на плечо и застегивая рогожу.

— Чтоб тебя черти разорвали, сучий сын! — надорвался голос.

— А не пошел бы ты, дядя, к ебеням, — степенно понес мешок Гаврила, отмахивая левой рукою.

— Чтоб тебе на свинье китайской ездить!

— Дыши, дядя, жопою, езжай прямо, — ответил Гаврила, подходя к самоходу и нарочито легко сбрасывая мешок с широкого плеча.

Недовольный стал объезжать вставший самокат, матеря водилу. Но Гаврила уже не обращал внимания, а вытянул из-за кушака ключ на веревке, отпер замок на горловине заборника, откинул железную крышку, развязал мешок и ловко высыпал картошку из мешка в заборник. Несколько картофелин, как всегда, не влезли. Гаврила привычно вытянул из-под облучка плетуху, кинул их туда, сунул плетуху назад. Затем запер заборник, заткнул ключ за кушак, отвернулся от самоката к дороге, наклонился и шумно высморкался на нее из обеих ноздрей.

Мимо проехал самокат с полусонным косоглазым ямщиком и открытым капором, в котором недавно подкованные лошадки резво молотили протяг, а одна настырно ржала тоненьким голоском.

Гаврила вытер нос своей широй рукой, отер руку о полу тулупа, сел на облучок и стал неспешно сворачивать козью ножку, поглядывая по сторонам из-под густых черных бровей, словно и не собираясь никуда ехать. На тракте, как всегда, привычно пахло конским навозом, резким дизельным выхлопом и сладковатым картофельным. Свернув самокрутку, Гаврила передавил ее посередке, достал огниво, затеплил. Струя голубого газа подожгла рисовую бумагу. Гаврила затянулся, спрятал огниво, повернул ключ зажигания. Затрещал автономный, кромсая картошку в пульпу, кашлянул главный и громко зарычал. Гаврила подождал, пуская дым через ноздри, потом открыл заслонку вполовину. Рычание двигателя перешло в привычное урчание. Гаврила сн... самоход с ручника, переключил скорость, выжимая сцепку, натянул рукавицы, взялся за обмотанное живородящей изолентой правило и плавно отжал педаль сцепки. Самоход плавно же и тронулся.

— Протягивай! — пробормотал он, пыхнув самокруткой, свое старое, еще с ямщицких времен приставшее к нему напутствие и стал неспешно прибавлять ходу.

3 октября

Всю ночь тащились по Рязанке. Пересидела я взаперти, давно мíра внешнего не видала, уж восьмой месяц из Москвы никуда не выезжала, представить не могла, что такое рязанский тракт. Думала, ночью покатим с ветерком, чтоб скорей Москву из сердца вон. Куда там! Ночь, а на дороге этой четырехполосной столпотворение такое, что диву даешься: едут и едут кому не лень. Прорва проезжих! Потому как ночью дешевле — дорожная подать вдвое меньше дневной. Поначалу едут вроде, как и положено, каждый в своем ряду. Да токмо порядок сей, как окружную миновали, сразу и кончился: где битюги трехэтажныя, где верховые, где самоходы — все смешалось яко в Вавилоне! И все по той же старой причине: котяхи от битюгов дальнобойных. Problema. Кучи лежат, и ведь вовсе не все свежие. Мерзость допотопная... Из-за их объезда и столпотворение. Да и как такое говногромождение на всем ходу объедешь без ущерба и удивления? Тут и перевернуться не ровен час. Стыд и позор. Токмо государственных это не касается, летят себе слева по красной, на нас не оглядываясь. Дворяне уж три года как второсортные в государстве московском. Василиса крестится и чертыхается. Еропка вылез из-за ворота, дергает меня за серьги, веселит. А мне не до веселья: картина удручающая…

Упырь дважды чистил дорожную управу, посадил, лишил и выслал в Капотню на болота мазутныя многих, а начальника велел прилюдно розгами пороть. Выпороли, повопил на Болотной, снова жопою сеченой на старое место уселся. И — ничего. Как не чистили дороги в Московии, так и не чистят. Разгребут столичные тракты, а на остальных — авгиевы конюшни. "Было блядство с надеждою, таперича — безнадежное блядство", — Юрочка покойный говаривал. И нет в государстве этом Геракла, чтобы вычистил все. Похоже, что уже и не будет. И пусть им.

До границы Московии добрались к утру. Как завидела стену, ворота, орлов, так сердечко затрепетало: а как не выпустят? Что, если дал Он уже команду псам своим опричным? Бегущего-то зайца собакам забавней травить…

Подъехали, общая очередь с версту на выезд из государства упыря. Не я одна рвусь на волю. Свернули в особую очередь, благо герб княжеский

на самоходе светится пока что. Подъезжаем к шлаг-
бауму. Стоит сотник с шестью стрельцами. Подаю
ему уголок подноготный. Спрашивает, с какой на-
добностью я, княгиня Семизорова, член партии, по-
кидаю пределы государства московского. Отвечаю,
как и решила загодя, что еду в Китай на излечение.
Сообщает мне про новый размер государевой вы-
ездной. Теперь выехать из Московии стоит уже ты-
сячу золотых. До шести месяцев отсутствия сумма
сия возвращается хозяину неизменной. А свыше
шести — сокращаться будет ежедневно за рубль золотом. Такой порядок нынче.

Дала ему кошель с золотыми, получила рас-
писку.

Поняла, что команды на мой счет никакой
не пришло. Отлегло от сердца. Все по-старому. Держалась внешне спокойно. Дала сотнику рубль се-
ребром, чтобы не досматривал. Спросил про за-
прещенное: бензин, память, клинья? Клинья мои
теллуровые рассыпаны по снегу замоскворечному,
я их в окошко швырнула. Добровольно. Иначе бы
провезла во влагалище, как обычно. Хватит, хватит спать с призраком… Удивился сотник, что мы
много картошки вывозим в причепах, мол, в Рязани она дешевле. Возразила, что до Рязани еще доехать надобно. Дурак головой закивал, шлагбаум
поднял.

Выехали с Божьей помощью из упыриного цар-
ствия.

4 октября

Шут Еропка проснулся у княгини за пазухой от толчка: самокат долго толкался в очереди перед въездной заставой Рязанского царства. Кряхтя, шут полез по костяным пуговицам кофты наверх, пища под легкой княгининой шубкой из стриженой норки:

— Тирли-бом, тирли-бом, продается кошкин дом!

Дремлющая в глубоком кресле княгиня потянулась:

— Еропушка…

В кабине было душно, все три окошка запотели от дыхания княгини и ее служанки Василисы, спящей в своем кресле напротив. Едва княгиня расстегнула ворот шубки, как в него просунулся длинный и всегда красный нос Еропки:

— А вот и мы!

— Что же не спится тебе, Еропушка? — Княгиня стала расстегивать шубку дальше.

— Взопрел я у тебя, матушка, за пазухою, хоть в баню не ходи! — Еропка уцепился за меховое плечо своими белыми короткими пальцами, крякнул, подтянулся и сел вровень с лицом княгини.

Это был *маленький* человек с большой, похожей на картофельный клубень головой и большими, пухлыми и белыми руками пятилетнего ребенка. Лицо его с непомерно длинным носом, длинным щербатым ртом и заплывшими щелочками глаз всегда смеялось. Русые волосы были аккуратно подстрижены кружком, большие уши топорщились. Он был одет в белую косоворотку в крупный горох, подпоясанную ниткой коралловых бус, и в байковые шаровары, заправленные в фасонистые полусапожки с загнутыми кверху серебряными носками. На указательном пальце правой руки Еропки сидел массивный золотой перстень с вензелем князей Семизоровых — подарок покойного мужа княгини.

Усевшись на плече своей хозяйки, Еропка привычно легонько дернул ее за сережку и пропищал:

— Плохой сон я видал, Варвара свет Ерофеевна.

— Что ж ты видел, дурашка? — Княгиня говорила с шутом, не поворачивая своего усталого, бледного и красивого лица с тонкими губами и зеленовато-карими, глубоко сидящими глазами.

— Дай дух со сна перевести, ужо и расскажу.

Княгиня достала узкий самшитовый портсигар, вынула папиросу, вставила в свои тонкие губы. Еропка тут же сунул пухлую руку в карман, выхватил крошечную зажигалку, щелкнул, поднес. Узкое голубое пламя опалило торец папиросы. Княгиня затянулась и тут же выпустила дым узкой струей.

— Чтой-то дымить ты, матушка, стала больно часто… — пробормотала в своем кресле Василиса, не открывая глаз.

Широкоскулое, мужеподобное лицо ее с небольшим синяком под глазом было неподвижно.

Еропка достал платочек, засунул в него свой нос

и шумно высморкался, смешно тряся головой. Затем отер платочком свой вспотевший лоб:

— Видал сон, будто плотник алтайский забил мне гвоздик в темечко и большим я стал.

Княгиня устало усмехнулась:

— Сколько можно видеть одно и то же…

— Врет, — не открывая глаз, произнесла Василиса.

— Как рассветет, на складне походном побожусь! — торжественно пропищал Еропка, грозя Василисе скомканным платком.

— А что ж во сне твоем страшного? — Дымя папиросой, княгиня протерла рукой свое запотевшее окошко, сощурилась на дорогу, где сумрачно громоздились различные транспортные средства и лошади всевозможных размеров.

— Матушка, страшно то, что расти я стал, а одежда на мне враз трещит и лопается. И стою я будто в момент сей не где-нибудь, а в храме Божьем.

— Господи… — пробормотала Василиса и зевнула во весь рот.

— Но не в вашем, а в нашенском, где нас маленькими еще крестили. И будто стоит вокруг весь наш выводок тогдашний — все шестьдесят пять человечков. И отец Паисий читает проповедь. Про смирение, про малые дела и дела большие, что малый человек способен большие дела творить. А я стою, слушаю и вдруг расти начинаю. И все на меня смотреть принимаются, а я что делать и не знаю. И как назло, Варвара свет Ерофеевна, уд мой восставать зачинает.

Василиса хихикнула и открыла глаза.

— И растет он, растет, тянется, да так, что прямо супротив отца Паисия, словно таран, ей-ей, сейчас свалит его напрочь! А я, стало быть, стою, стою, стою ни жив ни мертв, а тут — раз! — и проснулся.

Василиса засмеялась:

— Вот брехло!

Княгиня, изогнув губы и не повернув красивой головы, привычно пустила в Еропку струю дыма. Крякнув, он привычно переместился на шею княгини, обхватив ее сзади за уши руками.

— Как заставу проедем, вели Гавриле у приличного кабака стать, — сказал княгиня Василисе, не обращая внимания на перемещения Еропки.

Скуластое лицо Василисы посуровело.

— Матушка, не надобно.

— Вели непременно. — Княгиня затушила окурок в дверной пепельнице и прикрыла глаза.

5 октября

Страна Рязань встретила нас чистотою дорожной и вкусными пирогами. От треволнений всех я проголодалась, велела Гавриле приобочиться у первого приемлемого трактира. И трактир рязанский ждать себя не заставил — сразу и выплыл из мги утренней опосля заставы, после рослых ратников с палицами светящимися. Вышел половой, поклонился, пригласил меня в барскую залу, а Василису с Гаврилой —

в сволочную. Напилась чаю зеленого с медом, съела полватрушки да пару пирожков с вязигой. Не удержалась, заказала рюмку рябиновой. Василиса, слава богу, не видела. Всего рюмашку. После всех треволнений позволительно. Еропке корочку водкою помочила, насосался, спел мне песенку про котенка. А по пузырю у них идет старая савецкая фильма про гусар-девицу. В Рязани нравы помягче, несравнимо. Как скинули шесть лет тому с китайской помощью ваххабитского ставленника Соболевского, так все у них на лад пошло. И даже дороги чистят, не то что в Московии... Хотелось было из трактира позвонить Маринке Солоневич, да передумала: а что, ежели, как Рязань проедем, Он в Тартарии родственной до меня дотянется? Удержалась при помощи второй рюмки. А там и третья ласточкою весенней пролетела.

И стало мне прехорошо.

Василиса с Гаврилой пили по четвертой чашке чаю с пряниками и малиновым вареньем, когда в сволочную вошел долговязо-озабоченный половой из барской залы:

— Там ваша барыня безобразит.

— Господи, — выдохнула Василиса.

Гаврила быстро сунул в карман надкусанный пряник, тут же встал, невозмутимо закрекстился на иконостас.

— Моя вина, — со злостью в голосе пробормотала Василиса, вскочила и заторопилась в барскую за половым.

В зале на столе стояла княгиня Семизорова, держа себя за локти и покачиваясь. Глаза ее были закрыты, щеки нездорово краснели. Под каблучком сапожка похрустывала тарелка. Трое посетителей оторопело смотрели на княгиню. Пьяный Еропка с рюмкой в руках невозмутимо воседал на подушке.

— Матушка… — скорбно-злобно выдохнула Василиса, опуская длинные руки.

— На тебе-е-е-е соше-е-е-елся кл-и-ином белый све-е-е-ет, — пропела княгиня резким голосом, не открывая глаз.

· XVIII ·

Потному Робину пришлось недолго ждать. Хоть без *касаний* и без "халлё!" на парковке, а слышно, как в колодце. Что *умный* услышит, то глупый поймет. Позиция! Теперь все глупые с *умными* — налепил на башку, как еврей кипу, и — потей. Пот — не слезы. А гроб — не санаторий для глупых гвоздодеров. История! Так что *умного* на умного менять — только гвозди терять. Поэтому Робин себе еще на вокзале налепил. Опыт! На трамвае ехал, потел, не оглядывался. Система! Сегодня оглянулся — завтра поперхнулся. А поперхнувшегося придется в больничку свезти. Для *скобяного* дела здоровые парни нужны. Стокгольм исламский — это вам не протестантский Бухарест. Здесь долго оглядываться не дадут. Blixtnedslag! Зачем стрелять? Кровь уборки требует. У шведов закон простой — посинеть лучше, чем покраснеть. *Громоотводы* заезжие здесь уважают — электричества после войны много осталось. Хватит на всех. А с аватарами потом разберутся, не спеша. Шведам теперь вовсе некуда спешить. Синий оригинал — никому не помеха. Не пачкается и живородной каши не просит. Не стал *теплым* — будь синим. Принцип! А Робин чужие принципы учитывает. Так что лучше попотеть, чем посинеть. Забились Робин со шведами на парковке *новой*. Лучше. Глубоко и сердито, полей нет, *глаза* замазаны. Без вариантов. Кто в *новой* гнилые гарантии даст? Глупенький? Родной? Тот, кто клыки покажет? У стокгольмских пасти застегнуты, дураков нет. Так что — потей и *думай*. Только потей с умом, *шапку* не тереби, а предохранитель — трогай. Доверие! Что *умному* доверил, то у глупого — забрал. Рутина! Работа выездная, ювелирная. Робин *мух* в носу и до войны не держал, а теперь и подавно. Просидел шесть минут, *умный* предупреждает: едут. Два белых внедорожника. Как на свадьбу. По полям — чисто. По аватарам — *ясно*. Выходить не стал, кинул *мячик* — парни, я один и без *родственников*. Те поняли, подобрали. Гвозди нынче — неэксклюзивный товар. Всем после заварухи счастливой жизни хочется. Возрождение! Скобяная лавка — не антикварный магазин. Поэтому и цена *ледяна*, а не *железная*. Лед — не железо, растопить можно. А чтобы растопить — *тепло* требуется. Есть *тепло* — топи, пусть подтечет. Нет — бери, дуй на пальцы и проваливай. У Робина с *теплом* все в порядке. Стал горячие *занозы* метать. Шведы не морщатся — втыкай, парень, у нас кожа толстая. Воткнул аж на 24 %. Они даже не поморщились. Это — местное. Здесь в маскарад играть не будут — кровь не та. И языком долго ворочать — не их обычай. Робин сказал — они сделали. Все. Север! Робин из *норы* вылез, скинул поля, засветил *коридор*. Шведы — само спокойствие. Подошел к джипу, глянул. Три кофра бронированных по тысяче гвоздей в каждом. Арсенал! Как бухарестские плотники говорят: хватит и на дом, и на скворешню. Взял на пробу, проверил в *кислом*. Теллур чистейший. Снял умного, чтобы шведы *возможности* потрогали. Развернулся. И только они палец приложили — тут Ибрахим со своими норвежскими арабами и полезли из стен. Внезапность! Третья сила. Ни Робин, ни шведы не ожидали подобного. А норвежцы отвесили сперва из двух тромбонов по-крупному, потом — веером, горохом свинцовым. Джипы полопались, как шарики. Шведы — брызгами по потолку. Вальгалла! Вот уж правда — не ждали. А чего ждать? По следам все чисто было — чище некуда. И Робин смотрел трижды, и шведы. Фокус? Технология! Ибрахим — не пальцем деланный. Они, оказывается, *строили*. Плоский коридор заказали бригаде темных *строителей*. Месяц работы, двадцать тысяч новыми кронами. Работа! Овчинка выделки стоила — три кофра на полтора лимона! Ибрахим *знал*. А Робин не знал, что тот *знает*. В общем, Робин живой, но без ноги и с кишками в руках. Ждал он здесь чего угодно, только не Ибрахима. И думать не думал.

Хоть и *думал*. Потрясение! А Ибрахим добивать его не собирается, перешагнул по-деловому, три кофра берет со своими, метит, лепит *знаки*. Робин лежит. Сознание при нем. Ибрахиму — ни слова. А что сказать? Если нарушил договор — молчи. Молчание — золото, а не теллур. Держит *глупый* Робин кишки свои. Думает — откуплюсь. Кишки заправят, ногу новую пришьют. О чем еще думать? Не о встрече же их в Бухаресте, когда они пили чай, ели пилав с ягненком и локум, когда Ибрахим рассказал притчу о хромом дервише и белой кобыле, когда смеялись над соседом снизу: вызову полицию, а то у вас в квартире *слишком* тихо. И не о том, как Ибрахим *показал* ему, дал, оттиснул, а потом они даже вместе помолились Аллаху. Когда свои кишки держишь, о таком лучше не вспоминать. Лежи и смотри. Когда норвежцы кофры оприходовали, Ибрахим говорит: откройте один. Открыли. Он гвоздь достал, к Робину подошел. Спасибо, говорит, тебе, парень, за правильный *подход*. Хорошо, говорит, что ты в трамвае не оглядывался. Тебе теперь бонус полагается. И Робину в лоб рукояткой пистолета гвоздь вколотил. Робин там, на полу, так лежать и остался. Не дождаться ему теперь ни новой ноги, ни старых *огоньков*. Возмездие! А они кофры взяли, через пролом вылезли, на крюках поднялись наверх, охрану перерезали, сели на своих *верблюдов* — и "вдаль бредет усталый караван".

· XIX ·

В первосменку автобус всегда меня к гостинице к шести подвозит. И нынче тоже подвез вовремя. Времечко раннее, сейчас темно еще, не развиднелось. Прохожу в комнату персонала, переодеваюсь, прихорашиваюсь, успеваю и чайку глотнуть, и с другими горничными словцом перекинуться. Настоящих подруг-то у меня, признаться чистосердечно, здесь всего две — Оксана да Татьяна. К счастью, часто мы вместе в первую смену дежурим, но сегодня — ни той ни другой. У Оксаны ребеночек захворал, а к Татьяне муж из рейса приехал. В полседьмого заступаю на смену. И начинается мой день. Гостиница наша, "Славянка", небольшая, но уютная и, главное, не шибко дорога, как большинство московских гостиниц. Все недорогие надо в Замоскворечье искать, а тут, в Москве, нумера дешевле пятидесяти рублей не сыщешь. А у нас сорок рублей одноместный нумер стоит. Это очень даже по-божески. Потому как хозяин человек мудрый, богобоязненный, не рвач и не кровопийца. И любит постояльцев, идет им навстречу. И когда меня принимал на службу, первым делом спросил: Авдотья Васильевна, любите ли вы служить людям? Вопрос неожиданный вроде, я к нему не готовилась вовсе, да и тут же как на духу ответила: люблю! И правда это. Некоторые служат через силу, а я готова всегда человеку сделать хорошее, мне и перемогать себя не надобно. Убираюсь всегда чисто, без небрежностей. Семьи у меня своей нету и вряд ли будет, так как на лицо я не шибко красива. Сказать правильней — вовсе некрасива. Да и фигурою тоже не вышла, полна, коротконога, широка в кости. Ежели что и будет у меня, так лет через двадцать, когда стану пятидесятилетней. Так мне китайская гадалка нагадала. Сказала: появится в жизни твоей мужчина, старший тебя, когда и ты уже немолода будешь, и станете вы вместе жить, и все у вас будет ладно. Дай Бог, чтобы такое случилось. А покамест живу я с мамой в Подмоскве. Снимаем мы двухкомнатную квартирку в Солнцево. Квартирка светлая, хоть и мала. Маме уж под семьдесят, поздновато она меня родила, да на все воля Божья. Она пенсию за папу получает, он в полиции служил, погиб, когда война началась. Пенсия у мамаши — двадцать шесть рублей, да моя зарплата — шестьдесят. За квартирку платим полтину. На жизнь нам хватает, мамаша даже и откладывает маленько. На службу ездить мне удобно —

сперва на монорельсе еду до Университета, а после на автобусе. Теперь я часто в утреннюю смену работаю, а раньше только в ночную просилась с одиннадцати тридцати. Но долго не смогла. Не из-за того, что спать нельзя, а по совсем другой причине. Одна у меня радость в жизни есть — чужая любовь. Ежели человеку своей не дано — он чужою питается. Или Божьей. Но я в монастырь идти не собираюсь, не готова я для жизни монастырской, я жизнь человеческую люблю. А любовь человеческую люблю смертельно, до умопомрачения, до холода сердечного. Потому и работаю в гостинице. Больше всего на свете обожаю я слушать, как люди друг друга любят. И в ночную смену теперь реже работаю, потому как сердце свое берегу от разрыва. В ночную я все время только об одном заморачиваюсь: как бы мне чужую любовь подслушать. Только об этом и помыслы. Ум мой токмо на это направлен, все разумение, вся сноровка работает на одно: выследить да наслушаться до изнеможения. Ночью хожу по коридорам, ноги трясутся, и руки трясутся, сердце от ожидания колотится. Самое сладкое, когда увижу, что пара из ресторана в нумера после ужина в обнимку подымается. Тут у меня сразу как сердечный удар делается, и иду я за ними, как лунатик. Ноги дрожат, рот пересохнет, поднимусь следом, вижу, в какой нумер вошли, и сразу я в соседние нумера проникнуть тщуся. Лишь бы там постояльцев не оказалось. Это — главное условие тайного подслушивания.

И везет почти всегда, словно кто-то помогает мне, Ангел Тайной Любви мой дорогой, горячекрылый. И вот я в соседнем нумере свой аппаратик подслуховой маленький достану из лифчика, приложу к стене и слушаю, слушаю, слушаю. Аппаратик этот берет все наскрозь, через любой кирпич-бетон, даже шорох простынный слышен, не то что голоса. И ничего мне не надобно на свете, кроме этих минут. Застыну и слушаю, как нектар пью. А началось все, когда девочкой была. Раз летом на даче жила у крестной, а к ней любовник приехал. Муж-то у нее лесом промышлял, укатил в Архангельск. А любовник приехал ночью. И слышала я за стеною, как они друг друга тешили. И так мне нравилось подслушивать, что вся прямо изводилась ожидаючи, когда любовник этот снова приедет. Через пару дней снова приехал. Всю ночь крестную тешил. Я прямо к стенке так и прилипла, стакан взяла, чтобы слышней было, приставила к стенке, да и слушала стонания их. Крестная аж причитала от наслаждения и все молила: Сашенька, что же ты со мною делаешь? А я вся словно каменной становилась, и так приятно было, что ничего вокруг не видела и не слышала, хоть весь мир провались — вся душа моя там была, в этом стонании сладком. И ничего сильнее этого в жизни не было. Да и любовей у меня не было никогда, кому я нужна некрасивая. Два раза переспала по пьяни, один раз с парнем, другой с охранником африканским, и никак это мне не понравилось. Смотрела порнографию много, но не понравилось тоже — разве это блядство с тем шепотом сравнить можно? Нет ничего слаще стонаний любовных за стеною. Пробирало это меня так, что домой из гостиницы возвращалась совсем никакая, мама спросит: Дунечка, что с тобою, аль заболела? И впрямь — заболела, еле ноги волочу после дежурства. Приеду, завалюсь на кровать, а заснуть не могу, все шепоты любовные в голове поют. И сердце побаливать стало, пила лекарствия, иголки мне ставили, а потом решила — не буду себя гробить, нельзя так сердце надсаживать. Договорилась с начальником, что в ночную токмо раз в неделю выходить буду. И самый раз: сладким-то каждый день объедаться негоже. Всю неделю жду той ноченьки. Работаю четыре дня по первосменке, а в пятницу выхожу в ночную. В пятницу-то самый ход любовный, токмо успевай подслушивать. Много к нам за любовью людей идет, хоть "Славянка" и не дом свиданий. Думала как-то в дом свиданий наняться, да остановилась вовремя: я бы там умерла, подслушивая, сердце б разорвалось. А тут — в самый раз мне радости, не через край. Но уж наслушаюсь на всю неделю, до изнеможения. А в первосменку я обожаю утром, когда все на завтрак идут, зайти в нумер, где ночью любились, опуститься перед кроватью на колена, лицом в постель еще теплую окунуться, да так и стоять, так и стоять. Постель, она же еще тепленькая, все стонания помнит. Вот и сегодня иду по коридо-

ру на втором, вижу — выходят из двести шестого нумера двое, иностранец седовласый, представитель-
ный и наш мальчишечка стройный в косоворотке
шелковой. Мальчишечка просто херувимчик. Пошли они завтракать. Поняла с первого взгляда, что
не папаша это с сыном, а полюбовники. Видать,
снял мальчишечку на ночь этот господин приез-
жий. Вошла в нумер. Бутылка пустая от шампанского в ведерке, два бокала, в одном из них *пустой* гвоздик теллуровый, золотые фантики от конфект. Постель вся помята, изъерзана. Одна подушка на полу,
другая посередке. Видать, подкладывал иностранец
подушечку под херувимчика, чтобы отлюбить по-
удобнее. Опустилась я на колена, да в ту подушечку
лицом. Так и стояла.

· XX ·

— Роботы!!! — завопил Керя-машинист так, что услыхали в третьем вагоне.

Екнули-торкнули сердца: психическая!

Хоть и дожидались атаки давно, а крик по всей братве мешочной против шерсти пошел.

Ощетинились враз:

— Роботы-ы-ы!

— Рабата-а-а-а!!

— Анасферы!!!

Бздык-паздык. Бац-перебац.

Повскакал второй вагон тамбовский, зарычали в первом, орловском. А третий, воронежский, самый стремный, и пугать не надо — белогорцы и так ко всему готовы.

Кинулись каждый к своему железу.

Мартин к пулемету прикипел, Макар засадил обойму в винтарь:

— Атанда-а-а-а!!

Разнеслось-загремело по вагонам. А вагоны уж — враскачку, баркасом.

Топот-гопот.

— Аити-и-и-и-иль!

Заклацали.

Задергали.

Поприлипали к окнам — кто с чем.

А за окнами — степь. Марево. И просверк по горизонту, будто забор стальной кто поднял: цепь.

Роботы.

Широко идут. Охватно. Неводом. Потому как — много их, экономии нету.

Выдохнула братия мешочная, стекла потея:

— Анасферы!

— Шестая модель, рвать ее кровью…

— Те-ле-колу-мы-ы-ы-ы!!!

— Вешенки пустил, задрот керченский!

— Психической дождалися!

И голос Богдана, зычный, властный, покрывающий:

— Пад-нять стекла!

Защелкали защелки. Дула — в окна. Атанда!

— Машина, вперед помалу!

А паровоз и так помалу идет — на большой ход угля с самого Нальчика нету. Гружен состав под завязку: масло топленое, масло подсолнечное, сало, пшеница, соль, сельдь керченская, семечки, вобла. Товару-то! А паровозик — с конька-горбунка. Тут и малым-то как-нибудь допыхтеть… На мощную машину пожадилось сообщество мешочное — вчетверо цену задрали бандиты симферопольские, видать — с расчетом.

На ход тихий и расчет атаки психической. Да и роботы все безоружные — зачем товар дырявить, если цельным забрать нужно?

Богдан:

— Без команды не стрелять!

Но сдают нервы у мешочников:

— Ба-да! Ба-да! Ба-да!

Это в третьем вагоне воронежцы не выдержали. Дюжину серебристых роботов сшибли. А толку? Сомкнулась цепь. Много звеньев-роботов в цепочке.

И не выдерживают тамбовские масловозы:

— Братва, пропали!

— Полундра!

— Амбец!

Но Богдан гасит паникеров как фитили. Кому — кулак в харю, кому — маузер в рот:

— Ступай на место, *могатырь*, а то из-за тебя все пропадут!

Других — под зады коленом:

— К бойницам, шмакадавы!

Подавлена паника на борту.

А роботы совсем уж близко. Сверкают на солнцепеке нестерпимо.

Богдан — маузер на приклад:

— Товсь!

Роботы на мушках. Обступают поезд, неводом обхватывая, как кита жирного.

— Пли!!

Ба-да! Ба-да! Ба-да!

Так-так-так-так!

Джиб-джиб-джиб!

Выкосило добрую треть психической. А две трети — на поезд. Абордаж!

Робот "телеколум 2049" или "анасфер 6000+" на одно запрограммирован: влезть в поезд и выкинуть товар в окно. Других целей у него нет. Против живой силы роботы эти не работают. Этим они и страшны — мешочников в упор не видят, а к мешкам — тянутся жадно.

И снова:

Ба-да-ба-да!

Так-так-так!

Но уже в упор.

Лезут в окна роботы серебристые, безликие, крюкорукие. Рукопашная с ними бесполезна. Стрелять в упор в вагонах опасно — друг друга перебить недолго. Только кувалдой по кумполу можно робота сокрушить.

— Кувалды!! — гремит Богдан.

Похватали припасенные. И — по кумполам сияющим.

А роботы знают свое железное дело: грабят поезд, на мешочников — ноль внимания. Будто и нет их вовсе. Летят мешки с харчами из окон. А там внизу другие роботы — хвать, и поволокли в степь. Некоторые с мешком в обнимку в окна сигают.

Утаскивают муравьи блестящие масло, сало, мешки с семечкой духмяной…

Матерится Керя-машинист, пыхтит паровозик, из сил последних надрываясь.

Шуруют роботы, шерстят бессовестно и бессловесно.

Кому череп блестящий не раскроили — попрыгали в окна с добычей.

Матом и слезами провожают их мешочники.

Лишь один Богдан невозмутимо похаживает, лысой головой покручивает, шляпкой гвоздя теллурового посверкивает:

— Пад-считать убыток, братва!

Подсчитать-то подсчитают, а кто восполнит? Только и остается, что проводить взглядом бессильным родной мешок с воблой одесской.

Вот она, суровая доля мешочника.

· XXI ·

Пространство мелькало в единственном глазу Магнуса Поспешного. И уже не пепельно-пластиково-облупленное, словно сожженная талибами рождественская карусель Лозанны. И не кирпично-гранитно-осколочное, как центр Женевы, разбомбленный эскадрильей шейха Мансура. И не альпийские отроги Швейцарии. Здесь, на юге бывшей Франции, в середине лета, пространство было трехцветным, как флаг новой республики Лангедок, объединившей четыре провинции: растительно-каменно-небесное. Здесь не пахло гарью. Другие запахи свистели в ноздрях прыгающего Магнуса от самой швейцарской границы — лаванды, навоза, нефтеперегонных заводиков, сыроварен, газовых терминальчиков, уютных, нагретых солнцем городков. Большие города Магнус огибал, не желая отвлекаться. Он поспешал. Солнце палило. Фиолетовые поля лаванды резали глаз. Пыль клубилась по каменистым дорогам.

Но это была не кирпичная пыль разрушенных городов Швейцарии. Лангедокской пылью было приятно дышать. Сапоги-скороходы Магнуса, справленные ему в Зальцбурге сразу после битвы Трех Народов за сто тридцать семь золотых, несли его к цели: Ла-Кувертуарад.

Все дороги вели к замку, все прованские, лангедокские и южнопиренейские крестьянские пальцы указывали на юго-запад. Отталкиваясь от пыльного камня дорог, Магнус прыгал над пейзажем. Не тронутые войною городки и деревни потрясали. Остановившееся время. Оно пахло довоенной Европой. Это был запах детства. Магнус прыгал, зависая над холмистыми лугами с пасущимися овцами, коровами и лошадьми, с черепичными домами и хлевами, с навесами коптилен, сыроварен, с зенитными комплексами, с солнечными батареями, с крестьянами, глядящими на него из-под руки, как на ястреба или на беспилотник. Прыгал, зависая подолгу, неэкономично расходуя топливо, словно хотел влипнуть в это время как в янтарь и остаться там навсегда. Но тяжелые сапоги-скороходы неизменно касались земли.

Ла-Кувертуарад.

Уже второй месяц Магнус Поспешный поспешал туда. Он должен был успеть. До завтрашнего утра. Непременно!

Иначе и быть не могло.

А оставалось уже совсем немного. Жаркий день

прошел в прыжках. Обтяжной комбинезон холодил, привычно всасывал пот, подавал витамины. Магнус не испытывал усталости. Он вообще был сильным и выносливым, несмотря на невысокий рост и худобу. Да и прыгалось ему здесь лучше, чем в Австрии и Швейцарии. Подкрепившись в сонном Рье свежим хлебом, теплыми огурцами, вареной козлятиной и овечьим сыром, Магнус с наслаждением напился ключевой воды, заправил сапоги газом на крошечной газоколонке и запрыгал на запад, туда, где за неровный сине-зеленый горизонт опускалось знойное солнце новой республики, остановившей салафитских варваров. Магнусу нравилось это солнце, он не прятал от него свой единственный глаз за темным стеклом.

Зрачок Магнуса Поспешного был полон солнечного света.

Этот свет обещал *встречу*.

И это обещание не заставило себя долго ждать. Когда душный вечер накрыл пиренейские предгорья, когда запахло уже не лавандой, а жимолостью, акациями, глициниями и зазвенели цикады, впереди на вечернем небосклоне сверкнула громадная голограмма: восьмиконечный крест новых тамплиеров.

Наконец-то!

— Ла-Кувертуарад… — выдохнул Магнус в воздух и устало улыбнулся в прыжке.

Крест парил над башнями замка, слегка поворачиваясь вокруг оси.

Магнус прыгнул так высоко, что вокруг тревожно зацвиркали стрижи, завершающие свой дневной полет. Теплый вечерний воздух в последний раз засвистел в грязных волосах Магнуса. Он опустился на новую брусчатку широкой дороги, ведущей к замку, выключил сапоги и пошел, тяжело передвигая массивные ноги.

Замок надвигался, крест сиял и поворачивался над ним, словно удерживаемый духом героических обитателей цитадели.

Спокойствие, наполнявшее Магнуса все время полуторамесячного путешествия, сменилось возбуждением, нараставшим с каждым его шагом. Творимая легенда новой Европы, надежда всех европейских христиан, твердыня подвига духа и героизма плоти возвышалась перед ним.

Чтобы успокоиться, Магнус стал молиться вслух.

Дорога обрывалась рвом. За рвом вставал кольцом невысокий вал, опоясывающий замок. Прямо напротив дороги виднелся поднятый перекидной мост.

Магнус остановился на краю дороги. И сразу же со сторожевой башни сверкнул сканирующий луч, а усиленный голос задал вопрос:

— Кто ты, путник, и что тебя привело сюда?

Магнус набрал в легкие побольше воздуха и громко произнес фразу, пропрыгавшую с ним все эти полтора месяца:

— Я плотник Магнус Поспешный, прибыл по приглашению великого магистра.

Прошла долгая минута.

Мост стал бесшумно опускаться.

— Добро пожаловать в Ла-Кувертуарад, Магнус Поспешный, — произнес голос.

Магнус ступил на черную ребристую поверхность моста, пошел по нему, стуча скороходами.

"Я успел…" — подумал он и улыбнулся, почувствовав долгожданное, невероятно приятное облегчение.

Створы ворот разошлись, сверкнул свет. Магнус вошел в замок. Его встречали трое ратников в легких доспехах, подпоясанные оружейными поясами. На каждом поясе висели короткоствольный автомат, пистолет, короткий меч, три гранаты и *жидкий* топор. Лица ратников были суровы и безучастны. Старший из них растянул в руках светящегося умного, молча протянул Магнусу.

Тот также молча приложил к светящейся поверхности свою правую ладонь. В прохладном воздухе возникла голограмма подноготной Магнуса. Недолго изучив ее, ратник кивнул, свернул умного. Другой ратник повернул рычаг. Ожила гидравлика, поднялась решетка, стали медленно отворяться вторые ворота — высокие, толстые, обитые шипами и кованым железом. За воротами ждали еще двое ратников.

— Следуй за нами, — сказал один из них.

Магнус последовал за ними как за родными, улыбаясь и стуча сапогами. Они пересекли внутренний двор замка с доброй сотней стоящих по периметру самоходов, вошли в еще одни ворота, прошли по каменному проходу, освещенному зеленоватым пламенем искусственных факелов, и стали спускаться в подвал. В небольшом круглом зале ждал человек в серой холщовой одежде с нашитым на груди красным крестом тамплиеров.

— Приветствую тебя, Магнус Поспешный, — слегка склонил голову человек. — Я келарь замка Леонард.

Магнус поклонился ответно.

— Я отведу тебя к плотникам. Там тебя накормят и дадут возможность отдохнуть до завтра.

Леонард повел его коридорами. В отличие от громко лязгающего своими сапогами Магнуса он двигался практически бесшумно. Они подошли к двери, келарь приложил руку к белому квадрату, дверь открылась. Магнус вошел, келарь остался снаружи. Сводчатый зал был освещен все тем же зеленоватым искусственным огнем. Посередине стоял длинный стол с вином и скромной закуской. За столом сидели пятеро. Завидя вошедшего, они встали со своих мест и пошли к нему. Это были плотники южной Европы, известные люди. Троих из них — Сильвестра Флорентийского, Николя Волосатого и Хуго Масляные Руки — Магнус знал лично. Двое — Теодор Констанский и Арис Проломный — были ему известны заочно.

— Ба-а! Кого я вижу! Магнус Поспешный! — воскликнул толстый золотобородый Хуго, тряхнув длинными дредами с вплетенными в них мормолоновыми змейками. — Долго же ты, однако, поспешал!

— Магнус! — стукнул его кулаком в грудь суровый Николя, до самых глаз заросший черно-седыми волосами.

— Ходили слухи, что ты опоздаешь, — качнул головой худощавый, умнолицый Сильвестр.

— Но мы их подавили! — захохотал Хуго, обнимая Магнуса своими унизанными кольцами и браслетами ручищами.

— Самым беспощадным образом! — Николя показал Сильвестру татуированный кулак.

— Я не мог подвести магистра, — произнес Магнус, высвобождаясь из объятий Хуго и снимая со своих плеч походный рюкзак.

Крепкие плотницкие руки потянулись к прибывшему.

— Приветствую тебя, Магнус Поспешный, — с силой сдавил ладонь Магнуса светловолосый и светлобородый Арис. — Рим помнит звон твоего титанового молотка.

— Здравствуй и радуйся, Арис Проломный, — ответно сжал руку плотника Магнус. — Твоя слава идет впереди тебя. От Праги до Вены проложил ты широкий теллуровый путь.

— Магнусу Поспешному мой сердечный привет и высокое уважение, — подошел, протягивая жилистую руку, невысокий коренастый бритоголовый Теодор. — Твое мастерство совершенствуется год от года.

— Чтобы достичь твоего, Теодор Констанский. Шляпки от забитых тобою гвоздей слепят мне глаза.

— Ох, недаром тебя еще величают Магнусом Красноречивым! — хохотнул Хуго.

Плотники европейского юга говорили на *евро* — смеси французского, испанского и баварского. После своих швейцарских гастролей Магнус соскучился по этому языку, с которым в его жизни было столь много связано.

— Господа, дайте же гостю разуться с дороги! — гремел Хуго.

Плотники поставили перед Магнусом стул. Он сел, отстегнул сапоги-скороходы и с наслаждением вынул из них уставшие ноги. Сапоги тут же убрали, перед Магнусом поставили таз с водой. Арис и Теодор опустились на колени, расшнуровали мягкие высокие ботинки Магнуса, сняли их, стянули мокрые от пота носки, опустили ноги Магнуса в воду и стали неспешно мыть их с душистым лавандовым мылом.

— Вижу по ногам, что ты прискакал прямиком из Швейцарии, — подмигнул ему Хуго, держа наготове полотенце.

— Да. Пришлось прервать гастроль, — ответил Магнус тихо, словно боясь нарушить ритуал омовения ног, столь приятный, особенно сейчас, в конце этого долгого дня и всего его путешествия.

— Что там новенького? Люцернская артель не загибала тебе гвозди?

— Нет. Но и не точила их. За гастроль меня *обложили по-белому*, а потом сняли *след*.

Плотники понимающе переглянулись.

— Швейцарские гастролеров никогда не жаловали, — зло произнес Николя Волосатый. — Ни до войны, ни во время ее, ни теперь. Жлобы!

— Похоже, война швейцарских плотников так ничему и не научила, — кивнул Арис, смывая мыльную пену с ноги Магнуса. — Снимать *след* с коренного европейца... м-да...

— Они и не хотят учится, — заметил Магнус, прикрывая свое единственное веко от удовольствия и усталости. — Для них главное — нажива.

— Швейцарские держатся за прямые поставки, — пожал худым плечом Сильвестр. — Это ясно как день. Поэтому кодекс их не интересует. Только прямые поставки.

— Прямые? Персы у них по-прежнему в посредниках! Те самые, которые бомбили Базель! — тряхнул гривой Николя.

— Им больше возят казахи, — возразил Теодор, не отрываясь от ритуала. — Напрямую из Теллурии, коридором с *подсветкой*.

— И персы! — не унимался Николя. — Персы генерала Халатбари. Те самые, что убили венгров, *перекрасили* архивы и обезглавили старину Мориса.

— С теллуром там нет проблем, — произнес Магнус. — С плотниками — есть.

— Потому что они — говно! — прорычал Николя,

тряся головой и звеня четырьмя мормолоновыми ошейниками. — Были говном и остались! Вот бы куда наведаться магистру с огнем и мечом! Тоже мне христиане! Снимать *след* с единоверца! Полгода не прошло, а уже скурвились!

— Николя, магистр ведает их грехи. — Хуго положил свою увесистую длань на плечо Волосатого. — Наступит время, они заплатят за высокомерие и мшелоимство.

— Это вероотступничество, а не мшелоимство, брат Хуго! — гремел Николя.

Хуго мрачно кивнул, соглашаясь.

— Это жадность, граничащая с богооставленностью, — произнес Арис.

— Будь моя воля, я бы перевешал всех жлобов из люцернской артели, а перед этим загнал бы каждому его золотой молоток в жопу! — не утихал грозный Николя.

Эта угрожающая фраза привела плотников в движение: Сильвестр пошел к столу и стал разливать вино из кувшина в бокалы, Арис и Теодор вынули чистые ноги Магнуса из таза, толстый Хуго грузно опустился на колени и принялся бережно вытирать ноги полотенцем.

Затем Магнуса отвели в его комнату-келью, скромную, но удобно обустроенную. Он снял пыльный толстый комбинезон, достал из рюкзака одежду — бежевые лайковые штаны в обтяжку, красные сапоги на подкованных медью каблуках,

расшитую шелковую рубаху без ворота — и с наслаждением переоделся. Повесив на шею увесистое
ожерелье из белого золота, жемчуга и мормолона,
он надел на безымянный палец правой руки перстень с бриллиантовым крестом и вышел из кельи,
бодро стуча каблуками.

За столом его ждали плотники.

— Прости, брат Магнус, что мы потрапезничали
без тебя, — зарокотал Хуго. — Но мы с удовольствием выпьем вина за твое здоровье и за крепость твоей руки.

— Почту за честь поднять бокал в вашей компании, — ответил Магнус.

Быстро помолившись Богу, он опустил руки
в серебряную чашу, принял переданное Сильве-
стром полотенце, вытер руки, взял наполненный
бокал.

— Будь здрав, Магнус Поспешный! — произнесли
плотники хором, протягивая свои бокалы.

— Будьте здравы, друзья! — Магнус чокнулся
с их бокалами.

— Да будет крепка рука твоя!

— Да будут крепки руки ваши!

Местное вино, прошлогодний *Marcillac*, освежи-
ло Магнуса, и он с удовольствием осушил свой бокал до дна. Николя снял крышку с супницы, Арис
протянул пустую тарелку, а Хуго щедро, до краев наполнил ее крестьянским фасолевым супом с коп-
ченой грудинкой, приправленным зеленью и чес-

ноком. Это был старый добрый *garbure*, прекрасно утоляющий голод не только крестьянам, но и путешественникам. Несмотря на то что суп уже был чуть теплым, он показался Магнусу невероятно вкусным, каждый глоток возвращал силы.

Плотники, допивая свое вино, вначале слегка переговаривались между собой, затем смолкли. Словно оцепенение спустилось на них, и они сидели неподвижно, положив руки на стол и опустив глаза. Только слышно было, как Магнус ест свой суп. Наконец и это прекратилось.

Он вытер рот салфеткой, отодвинул пустую тарелку и глянул на приумолкших товарищей. Они посмотрели на него. Он хотел было задать вопрос, но что-то помешало это сделать. Тишина стояла под каменными сводами зала. Она не была гнетущей, скорее наоборот — благодатной, полной ожидания того великого и важного, к чему были готовы все сидящие за столом. Такую тишину не хотелось нарушать. Но Сильвестру пришлось сделать это.

— Надо выспаться перед забоем, — произнес он тихо и внятно.

Никто из плотников не ответил ему.

Первым встал Хуго. Ничего не говоря, он повернулся и тяжело зашаркал к своей келье, потряхивая дредами. Все стали подниматься со своих мест и так же молча расходиться по кельям. Магнус встал и прошел в свою. Опустившись на колени перед распятием, он, как всегда, предельно кратко возблагодарил Господа за кров, пищу и легкий путь. Затем разделся, упал на узкую кровать и тут же заснул.

И наступил новый день.

Едва прокричали свое деревенские петухи и солнце сверкнуло на горизонте, все триста двенадцать рыцарей во главе с великим магистром собрались в храме замка. Капеллан Альверий, облаченный в белоснежную сутану и панцирь из волокнистой брони с отметинами от салафитских пуль, начал мессу. Его голос, возвышенный и звонкий, разнесся по храму над коленопреклоненными тамплиерами:

— Dominus vobiscum!

— Et cum spiritu tuo! — прозвучало в ответ океанским прибоем.

Началась литургия. Шестеро плотников тоже были здесь и стояли в своем ряду, сложив руки и опустив головы. Магнус оцепенел, словно растворившись в словах и звуках. Он ждал этого так давно. Зазвучал орган, запели Sanctus. И плотник Магнус Поспешный запел со всеми. Время остановилось для него.

Он очнулся, когда капеллан обратился к пастве с короткой проповедью. Альверий говорил о подвиге во имя Христа, о сбережении веры и верующих, о последних временах, о сердце воина Христова, вмещающего кротость ангца и ярость льва.

Затем началось причастие. Первым к капеллану подошел великий магистр. Приняв причастие, он вышел в невысокую арку. Каждый рыцарь, причастившись из рук капеллана, проходил в эту же арку, шел коридором и оказывался в большой трапезной, где стояли пять длинных деревянных столов со скамьями. Поставленные специальным образом, они напоминали римскую цифру III, отчеркнутую сверху и снизу: во время трапез капеллан неизменно восседал посередине верхней черты, магистр — посередине нижней. Вдоль стен стояли слуги. Как только последний рыцарь занял свое место, дверь закрыли.

И началось то, ради чего шесть плотников так спешили в Ла-Кувертуарад. Слуги облачили их в плотницкие резиновые фартуки, поднесли им медные тазы с водой и мыло для омовения рук. В полнейшей тишине всем сидящим было слышно, как льется вода в шесть тазов, как тщательно, не торопясь моют плотники свои руки. Когда вода в кувшинах иссякла, руки вытерли полотенцами, а затем на них вылили спирт. После чего к каждому плотнику подошел слуга с продолговатым футляром, лежащим на бархатной подушечке. Все футляры были разные по форме, из разного материала — у Хуго железный, грубый, у Сильвестра — из лакированного черного дерева, у Теодора — из японской сосны, у Ариса — из меди, у Николя — из легкого алюминия. Футляр Магнуса был кипарисовым. Слуги открыли футляры. В них лежали инструменты плотников — молотки. Они тоже были разные, как и характеры шести мастеров. Рукоятки молотков всех плотников мира изготовлялись непременно из канадского ясеня. Но металл для наконечника каждый плотник выбирал под себя. Толстый Хуго уже давно остановил свой выбор на червонном золоте, мудрый Сильвестр предпочитал всем металлам платину, неистовый Николя — мягкое незакаленное железо, Теодор, как и Хуго, работал золотым молотком, Арис — медным. Молоток Магнуса был титановым.

Взявши молотки в свои руки, плотники слегка подняли их, как приветственно поднимают прусские маршалы свои жезлы, и замерли. Слуги с пустыми футлярами отошли. К плотникам приблизился капеллан. Он медленно двинулся вдоль их ряда, вглядываясь в лица мастеров. Его худое смуглое лицо с шестью шрамами источало веру и осознание предопределенности происходящего. Он двигался, поочередно встречаясь взглядом с глазами стоящих. Казалось, он прощается с ними. На самом деле он выбирал. И выбрал, остановившись напротив Магнуса.

Плотник замер.

Обожженная напалмом рука капеллана легла на его плечо.

— Магнус Поспешный, именем Господа нашего Иисуса Христа благословляю тебя на великое дело! — громко произнес капеллан своим высоким голосом.

"Я успел, Господи!" — восторженно содрогнулось сердце Магнуса.

Поклонившись капеллану, он двинулся вдоль стены с молотком в поднятой руке. За ним двинулись двое слуг с пластиковыми контейнерами в руках. Магнус дошел до торцевой стены, свернул налево и двинулся вдоль стола с восседающими рыцарями, за их спинами. Дойдя до середины, он остановился. Перед ним сидел великий магистр ордена тамплиеров Жоффруа де Пейн. Магистр сидел неподвижно, положив на грубое дерево стола сжатые кулаки. Его боевой панцирь, украшенный золотом и мормолоном, был великолепен. Вмятины от пуль и следы от салафитских сабель и топоров лишь оттеняли великолепие доспехов. Идеально выбритая, словно отлитая из благородного металла голова поражала красотой.

Перед Магнусом сидел великий человек. Это он и его рыцари стали той твердыней Европы, о которую разбился молот салафитов. Они громили врага в Тулузе и в Марселе, освобождали Ниццу и Перпиньян, топили салафитские корабли возле Йерских островов. Это он, Жоффруа де Пейн, поднял гордый флаг Лангедока над башнями новой столицы, он вселил надежду в обливающуюся кровью Европу, он объединил усилия всех европейских христиан и отстоял христианскую цивилизацию на континенте.

Магнус беззвучно выдохнул, прикрывая глаз,

приводя чувства в порядок. Это он научился делать превосходно. С легкими хлопками слуги открыли контейнеры. В них лежали теллуровый гвоздь в дезинфицирующем растворе, скатанный в трубку умный и кровоостанавливающие тампоны. Магнус сделал знак слуге. Тот взял умного, раскатал, налепил на голову магистра. Умный пискнул, просиял, в нем засветилась зеленая точка, поплыла по голове, остановилась. Магнус кивнул. Слуга снял умного с головы магистра. На голове в нужном месте осталась еле различимая метка. Возле нее теснились шрамы от двенадцати забитых некогда гвоздей. Магнус взял гвоздь, приставил к точке, замер.

Зал смотрел на него.

Единственный глаз Магнуса смотрел сквозь зал. Плотник мысленно просил силы у Господа.

Но длилось это недолго. Быстрый взмах молотка, удар. Гвоздь по самую шляпку вошел голову магистра. Тело его вздрогнуло, доспехи клацнули, кулаки разжались.

Великий магистр глубоко и облегченно вздохнул. И вместе с ним облегченно выдохнул зал. Стоящие у стены пятеро плотников сдержанно улыбнулись Магнусу. Он же, положив сделавший свое дело молоток в футляр, взял тампон и промокнул скупую каплю крови, проступившую из-под шляпки гвоздя. Не видя со спины лицо магистра, он почувствовал силу его взгляда после действия теллура, отраженного тремястами парами глаз рыцарей зала. И этот отраженный взгляд заставил Магнуса затрепетать. Взгляды рыцарей сложились в единый пазл.

— Лангедок… — прошептали невольно губы плотника.

Зал ожил, задвигался. Плотники разошлись по столам, десятки слуг последовали за ними с контейнерами наготове. И началось то, ради чего пятеро мастеров так спешили в цитадель новых тамплиеров. Захлопали, открываясь, контейнеры, сверкнули теллуровые гвозди, прозвенели первые удары молотков. И раздались первые возгласы восторга рыцарей, в чьи гладкие головы вошел божественный теллур.

Началась плотницкая работа. Магнус же по-прежнему стоял за спиной магистра, ибо прибыл сюда только для того, чтобы наполнить теллуром эту благородную, великую голову. Такова была его миссия. Неподвижно стоя, вытянув свои руки вдоль тела, он наблюдал за работой коллег. И с каждым ударом их молотков профессиональный восторг наполнял душу Магнуса.

Как ловко и правильно работали плотники!

Толстый, грузный Хуго Масляные Руки с грозным выражением тяжелого лица вершил свое дело, приставляя гвозди к головам и стуча молотком, словно древний ваятель, создающий своими ручищами живые монументы великой эпохе.

Сильвестр Флорентийский действовал с изящной точностью, его тонкие пальцы хирурга завораживали быстротой и лаконичностью движений.

Николя Волосатый проводил забой с расчетливой яростью воина, бьющегося с могучим врагом за новый, счастливый и справедливый мир.

Теодор Констанский делал свою работу так, словно она была настолько простой, заурядной, незатейливой, давно уже ставшей для всех привычным делом, не содержащим в себе и тени роковых осечек.

Арис Проломный нависал над выбритыми головами рыцарей, словно средневековый алхимик над рядами реторт, в которых варился чудесный эликсир, так давно ожидаемый человечеством…

Магнус смотрел. Завидовал ли он? Нет! Он был доволен и удовлетворен. Его руки, в отличие от рук работающих плотников, были неподвижны, но они уже сделали свое дело: атомы теллура бомбардировали нейроновые мембраны в голове великого магистра. И это было чрезвычайно важно не только для трехсот двенадцати рыцарей ордена. Но и для всего Лангедока. Для всей Европы.

Молотки звенели.

Серебристый металл входил в головы.

Рыцари вздрагивали, вскрикивали, издавали стоны и невольные возгласы. Казалось, этому никогда не будет конца. Но прошло чуть больше часа, и вот последний гвоздь вошел в голову рыцаря. И сделавшие свое дело плотники отошли к стене, отдали молотки слугам и встали. Все случилось. И снова, как и двенадцать последних раз, никто из рыцарей не пострадал, никто не упал, корчась от боли, не забился на полу, закатывая глаза. Никто не умер, как привычно умирают от теллура те, кому не повезло.

Здесь снова повезло всем.

В Ла-Кувертуараде к этому чуду уже привыкли.

Минуту все сидели неподвижно. И вот великий магистр приподнялся со своего места и заговорил громким и властным голосом:

— Братья во Христе! Рыцари ордена! Враги христианского мира не угомонились. Сокрушенные нами в Марселе, они отступили, обливаясь своей черной кровью. Но их ненависть к христианской Европе не иссякла. Избежавший плена Гази ибн Абдаллах снова собирает войско, чтобы напасть на нас. Как и прежде, враги тщатся поработить Европу, разрушить наши храмы, попрать святыни, огнем и мечом навязать свою веру, установить свой жестокий режим, превратить европейцев в послушное стадо рабов. До сегодняшнего дня мы только отражали их удары. Но каждый раз они, разбитые воинами Христа, снова собирались с силами и шли на нас войной. Так стоит ли нам, защитникам веры Христовой, сидеть в ожидании нового нападения варваров?

Магистр сделал паузу, обводя взглядом рыцарей. Они замерли, готовые к словам, давно лелеемым их сердцами. Некоторые стали приподниматься со своих мест.

— Нет, негоже нам обороняться! — почти выкрикнул магистр, и зал взорвался ревом голосов.

Рыцари встали со своих мест. Магистр поднял руку, прося тишины. Она тут же наступила.

— Лучшая оборона — это нападение!

И снова взорвался зал.

— Вспомним Гуго де Пейна, Раймунда Тулузского, Конрада III, Готфрида Бульонского, Фридриха Барбароссу! Они не ждали нападения мусульман, а шли на восток, дабы защитить христианские святыни, дабы сокрушить варваров и осквернителей, дабы утвердить границы христианской цивилизации. Так последуем же их примеру!

Возгласы одобрения переполняли зал, гудели под сводами.

— Сегодня мы нанесем удар по главному гнезду салафитов — Стамбулу! Обрушим на врага всю нашу мощь! Сокрушим варваров мечом Истины! Покажем неверным всю доблесть воинства Христова!

Каменные стены и потолок зала гудели. И снова магистр поднял руку. Когда наступила тишина, произнес:

— Я, Жоффруа де Пейн, великий магистр ордена тамплиеров, объявляю тринадцатый крестовый полет! С нами вместе полетят воины Бельгии, Нидерландов, Шарлоттенбурга, Баварии, Силезии, Трансильвании, Валахии, Галичины и Беломорья. С нами полетит Луис Храброе Сердце со своим крылатым легионом "Риоханские соколы"! С нами будет пятая колонна оккупированного Стамбула! Вместе мы ударим по врагу! Так хочет Бог!

— Так хочет Бог! — загремело по залу.

— Так хочет Бог... — прошептал Магнус, цепенея от восторга.

И сразу загудел набатом главный колокол замкового храма.

Магистр резко повернулся, двинулся к выходу. Магнус увидел профиль этого человека — острый большой нос, глубоко сидящий глаз, впалая щека, тонкие губы, маленький волевой подбородок. Магистр вошел в арку, за ним последовал капеллан и приближенные рыцари. Блистая доспехами и шляпками от гвоздей, воинство покидало трапезную. Магнус стоял, завороженный этими движущимися мимо него людьми, назвать которых толпой не повернулся бы язык.

Рыцари вышли.

В зале повисла тишина, прерываемая набатом. Солнечный свет, проникая в узкие окна, падал на пустые столы, сверкая в редких каплях крови.

Стряхнув оцепенение, Магнус подошел к товарищам. Они обменялись долгими понимающими взглядами. Слова были неуместны.

Выйдя из трапезной, рыцари спустились в подвальную часть замкового храма, где в пустом каменном пространстве парила, распластанная между двумя пуленепробиваемыми стеклами в тяжелой раме из левитирующих полупроводников, плащаница

Спасителя, священный мандилион, великая реликвия, отвоеванная орденом у неверных в жестокой туринской битве. Выстроившись в очередь, преклоняя колени, рыцари прикладывались к святыне, выходили в низкую арку, поднимались вверх и оказывались во дворе замка. Там уже высилась развернутая во весь свой сорокаметровый размах знаменитая катапульта ордена тамплиеров — сложное металлическое сооружение, напоминающее установку залпового огня. Рядом с ней суровыми стальными рядами теснились трехметровые роботы, вооруженные автоматическими пушками, ракетами и огнеметами. На груди каждого робота светился красный восьмиконечный крест тамплиеров. Первым влез в своего робота великий магистр. Усевшись на сиденье, он пристегнулся, взялся за рычаги управления. Герметичный шлем робота закрылся, волевое лицо магистра высветилось в круглой голове робота за толстым, неуязвимым для пуль и снарядов стеклом. За магистром последовал боевой капеллан и шесть приближенных рыцарей. Рыцари стали проворно залезать в своих роботов, защелкали замки и шлемы. Тяжко ступая стальными ногами по древней брусчатке, роботы двинулись к широким лифтам. Лифты загудели, стали поднимать роботов на катапульту. Поднявшись, роботы ложились рядами на направляющие. Когда улеглись первые пятьдесят, к ногам их подсоединились твердотопливные ракетоносители.

Громадина катапульты стала поворачиваться на юго-восток. Колокол звенел. Раздался сигнал, вспыхнули запалы, и стремительно, один за другим, пятьдесят шлейфов огня с грозным ревом унесли стальных воинов Христа в синее небо Лангедока. Словно кометы понеслись рыцари к далекой цели на Черноморском побережье. В эти же секунды сотни таких же комет сорвались с пусковых установок под Льежем, Бредой, из севежских лесов, с южнокарпатских вершин, с берегов Штарнбергского озера, с Соловецких островов.

Тринадцатый крестовый полет набирал силу для разящего удара.

А за стенами замка раздался радостный возглас толпы. Тысячи лангедокцев пришли сюда в это утро, чтобы проводить на священную войну своих героев. В заплечных стальных рюкзаках рыцарских роботов нашлось место не только для боеприпасов. Там покоилась и еда, заботливо приготовленная местными жителями и принесенная сюда из окрестных мест: сыры, теплый домашний хлеб, овечье масло, печеные помидоры, артишоки в масле, ветчина, соленая треска, инжир, абрикосы и, конечно же, неизменный крестьянский *aligot* — картофельное пюре с сыром и жареной свиной колбаской. Эти милые, трогательные знаки человеческого тепла и домашнего уюта, уносимые беспощадными стальными гигантами, на первом же бивуаке должны были подкрепить силы и напомнить уставшим после боя рыцарям о тех простых христианах Европы, ради которых они идут на свой великий подвиг...

Новый залп раздался в Ла-Кувертуараде. Земля затряслась. Еще пятьдесят комет взвились в небо, полетели на юго-восток. Стоя перед узким окном трапезной, Магнус проводил крестоносцев взглядом, полным веры и надежды.

— Ла-Кувертуарад... — произнес он и счастливо улыбнулся.

· XXII ·

Поздняя осень. Пасмурное, промозглое утро. Березовый перелесок на границе между Тартарией и Башкирским царством. Два путника с песьими головами, Роман и Фома, сидят возле костра, греющего воду в котелке, висящем на походном треножнике. Роман широкоплеч, коренаст, покрыт гладкой серой шерстью, на морде заметны старые шрамы. На нем видавшая виды куртка из непромокаемой ткани, ватные штаны и высокие сапоги на шнуровке. Фома долговяз, сутул, узкоплеч, покрыт гладким черным волосом, одет в долгополое драповое пальто, подбитое ватой. На ногах у него широкие боты из живородящей резины.

ФОМА. Что-то паршиво горит. Надо бы еще дровишек подбросить.
РОМАН (подкладывая в костер березовые сучья). Мокрое
    все.

ФОМА (*смотрит в небо*). М-да… прорвались хляби да на нашу голову.

РОМАН. Слава богу, хоть с ночи дождик перестал.

ФОМА. Скоро снег пойдет.

РОМАН (*язвительно*). Умеете вы, Фома Северьяныч, поднять настроение.

ФОМА. Всегда к вашим услугам, Роман Степаныч.

Налетевший порыв ветра гонит дым от костра на Фому.

ФОМА (*отворачивается с недовольством, трет глаза*). Свинство… Мать-природа, ты против меня?

РОМАН (*подгребает плохо горящие сучья к котелку*). Не пора ли положить?

ФОМА. Не нарушайте кулинарной последовательности. Вода должна сперва закипеть.

РОМАН (*нервно зевает*). Смертельно хочется жрать.

ФОМА. Друг мой, не опрощайтесь. Скажите лучше: я голоден.

РОМАН (*недовольно*). Я голоден.

ФОМА. Признаться, я тоже.

Пауза. Путники сидят молча.

ФОМА. Не надо смотреть на меня с такой ненавистью.

РОМАН (*раздраженно*). По вашей милости мы занимаемся бредовым ритуалом.

ФОМА. Это не ритуал, а процесс.

РОМАН. Это безумие. Ваше.

Фома. Досточтимый Роман Степанович, химические реакции еще никто не отменял.

Роман. Демагогия! Вы самоутверждаетесь по пустякам.

Фома. Мир держится на порядке вещей.

Роман. Ваша риторика не заставит эту чертову воду закипеть.

Фома. Зато она хотя бы напомнит вам о терпеливости.

Роман *(решительно тянется к рюкзаку)*. С меня довольно, черт возьми! В конце концов, хватит заниматься символической чепухой…

Фома *(предупредительно поднимает четырехпалую руку, покрытую гладкой черной шерстью, с серебряным перстнем на третьем пальце)*. Pacta sunt servanda, господин пиит. Настоятельно прошу вас не совершать непоправимого. Отказавшись от моего рецепта приготовления супа, вы не только лишитесь питательного блюда, но и глубоко раните меня.

Роман *(с раздражением хватает рюкзак, кидает в ноги Фоме)*. Да делайте вы что хотите… *(презрительно)* Философ!

Фома *(подтягивает рюкзак поближе)*. Сделаю непременно. А вы сможете меня отблагодарить, как обычно, вашим декадентским хореем.

Роман *(разводит руками, покрытыми густой серой шерстью)*. Почему, почему по вашей милости мы отказались от падали?!

ФОМА. Драгоценнейший, вы уже задавали этот вопрос.

РОМАН. Падаль слаще и мягче любого мяса. И ее не надобно варить!

ФОМА (*развязывает рюкзак*). Согласен.

РОМАН. И там ее было навалом!

ФОМА. И с этим не смею не согласиться.

РОМАН. Там лежали и молодые и старые, выбирай на любой вкус! Любые органы. Что может быть слаще и полезней разложившейся требухи? Печени? Сердца? Столько тел, боже мой! Выбирай, что хочешь…

ФОМА. Да, да… Тела их, тронутые тленом, свет лунный скупо освещал.

РОМАН. Мы были бы уже давно сыты!

ФОМА (*кивает*). Да, набив животы гнилым человеческим потрохом, мы были бы сыты, довольны и благожелательны. И нам бы на время показалось, что жизнь земная — блаженство.

Роман со злобой смотрит на Фому.

ФОМА. Друг мой, в вашем взгляде просто-таки запредельная концентрация злобы и раздражения. Уж не собирается ли господин поэт вцепиться в горло бедному бродячему философу?

РОМАН. Вчерашнюю выходку на этом поле я вам никогда не прощу.

ФОМА. Не было там никакой выходки. Мы просто благородно миновали поле брани.

Роман. Как законченные кретины…

Фома *(не переставая копаться в рюкзаке)*. Бесценный друг мой и спутник, Роман свет Степаныч, вы клянете меня за то, что я забочусь о вашем будущем. Я в очередной раз лишил вас возможности опуститься на четыре лапы. То есть провалиться в хтонический, звериный низ, вместо того чтобы двигаться, так сказать, вверх, per aspera ad astra, к телесному и духовному совершенству. Вы пишете прекрасные романтические стихи, слышите музыку сфер и пение ангелов. И при этом страстно жаждете нажраться падали. Это настолько противоречиво по сути, что у меня кровь стынет в жилах. Как мыслящее животное я не могу этого допустить. Если ваша этика молчит, то хотя бы эстетика должна восстать и завопить в полный голос: basta!

Роман. Меня тошнит от вашей демагогии больше, чем от голода. Какая, к черту, эстетика в вопросе еды?! Жрать хочется!

Фома. Это название новой поэмы?

Роман. Мы существа двойственной природы и должны не разрывать, а сохранять эту двойственность.

Фома. Если бы у нас с вами были другие профессии, например интерконтинентального водителя, я бы с радостью питался падалью. Но как законченный постциник я убежденный противник бестиализации. Если бы я был про-

стым допотопным циником и даже посткини-
ком, я бы с удовольствием опустился на четыре
лапы и вырвал гнилой потрох у павшего вахха-
бита.

РОМАН. Поедание падали не противоречит моей
профессии.

ФОМА. Внутри вашей экзистенции — да. Но, драгоценнейший, помимо вашей психосомы существует еще культурный контекст. Традиция, наследие, образ поэта. Поверьте, поэт, пишущий
"весенних сумерек таинственная завязь" и пи-
тающийся тухлым человеческим потрохом, вы-
зовет у двуногих читателей горькие чувства.
Не думаю, что Пушкин приветствовал бы такого поэта.

РОМАН. Зато Бодлер приветствовал бы охотно.

ФОМА. Послушайте, нас создавали как животных
под влиянием. С волками у Генинжа ничего
не вышло, а вот собаки оказались вполне антро-
погенным материалом. К сожалению.

РОМАН. К счастью.

ФОМА. А коли мы антропогенны, или, как говорил
ваш друг с ослиной головой, антрополояльны,
да и создавали нас для высоких целей, так давайте им соответствовать, черт возьми!

РОМАН. В отличие от вас я вполне доволен своей
природой. И не собираюсь ничего улучшать
в себе. Моя мечта связана не с моей природой,
а с человеческой.

ФОМА. Я в курсе, друг мой. Но, поверьте, мы с вами как полноправные жертвы антропотехники…

РОМАН (*перебивает*). Ваша чертова вода закипела.

ФОМА. Ах да… (*Достает из рюкзака голову мужчины в каске, снимает каску, бросает голову в котелок.*) Вот таким манером… Варись же, голова смелого тартарского воина, защищавшего свою родину от ваххабитских варваров.

РОМАН (*смотрит в котелок*). И это все?

ФОМА. Вам мало?

РОМАН. Мало!

Фома достает из рюкзака человеческую кисть, бросает в котелок.

РОМАН. А вторую?

ФОМА. Одной длани вполне достаточно, друг мой. У нас впереди долгий переход, а все поля битв остались позади. Впереди токмо курганы, как сказал бы младший Гумилев. Война дышит нам в затылок. Так что надобно экономить белок человеческий, дабы двигаться дальше. (*Вертит в руках шлем, находит в нем дырку от пули, всовывает в дырку коготь.*) Voilà, mon cher! Пуля нашла героя. (*Вертит шлем на своем когте.*) Как это… я дом свой, говорит, покинул, ушел воевать, чтоб землю свою…

РОМАН. Салафитам отдать. Не цитируйте посредственных советских поэтов.

ФОМА. Это советские стихи? Не знал.

РОМАН. И не надо.

ФОМА (*поправляя костер под котелком*). Я был уверен, что это гимн какого-нибудь барабинского партизанского отряда имени Жанны Д'Арк, в расположение которого мне бы очень не хотелось попадать.

РОМАН (*нетерпеливо заглядывая в котелок*). И сколько вы намерены это варить?

ФОМА. Недолго, друг мой. Непродолжительная термическая обработка в настое из березовых гнилушек, придающих человечине привкус легкой энтропии.

РОМАН (*нюхает*). Я чую токмо полынь.

ФОМА. У вас обонятельные галлюцинации на почве голода. Полынь в суп я никогда не положу. Ибо наша кочевая жизнь горька и без полыни.

РОМАН. Да уж.

Фома достает из рюкзака две металлические миски, протягивает одну из них Роману. Тот берет, кладет миску себе на колени.

РОМАН. Я тащил эту голову в рюкзаке от самой Бугульмы. Если задуматься, это отдает чистым безумием!

ФОМА (*помешивая ложкой в котелке*). Друг мой и товарищ по антропотехническому несчастью, предосточтимый Роман Степанович, вам прекрасно известно, что мой позвоночник, перенесший в свое время несколько чудовищно беспощадных ударов бейсбольной битой, не в состоянии согнуться под ношей сего рюкзака. Я бы с удовольствием нес всю нашу скорбную поклажу на себе, нес бы с безропотностью посткиника, но физически не в состоянии себе этого позволить, ибо, не пройдя и двух шагов, свалюсь под хруст позвонков с криком смертельно раненного лебедя, которому уже никогда не потянуть за собой не только прекрасной ладьи Лоэнгрина, но и собственного бренного тела.

Роман (*не слушая Фому*). От самой Бугульмы! Как сомнамбулы мы прошли через поле брани, сервированное для нас Судьбой, поле убиенных, вкусных, мягких, прелестно пахнущих, и — двинулись дальше, неся в мешке эту ничтожную, бессмысленную, идиотскую, све-жу-ю голову!

Фома. Не оскорбляйте павших героев. Пять минут — и вы вонзите в эту голову клыки. Лучше ответьте мне на интеллигибельный вопрос: выпивать будем?

Роман. Если будем есть, то я не прочь и выпить.

Фома достает из рюкзака фляжку, отвинчивает, протягивает Роману.

Роман (*с издевкой*). За ваш позвоночник. (*Запрокидывает голову, льет в пасть из фляжки.*)

ФОМА. Благодарю вас, мой дорогой и верный друг.

РОМАН *(передергивается, скаля зубы, тявкает)*. А-а-а-аф!

ФОМА. Спирт всегда кстати, не правда ли? Хотя для настоящих псов это яд. Трудно себе представить жизнь без алкоголя. Вот уж действительно — собачья жизнь. Наверно, поэтому у всех собак грустные глаза. *(Забирает у Романа фляжку.)*

РОМАН. Я знал случаи собачьего алкоголизма. Но — редко...

ФОМА. Уверен, собаки делали это из солидарности с хозяином. Это даже запечатлено в русском кинематографе времен Второй смуты. Помнится, какой-то генерал-алкоголик поит дога коньяком. А дог пьет и шатается. Довольно-таки мрачноватая фильма... Prosit! *(Льет спирт себе в пасть.)*

РОМАН *(хлопает себя по животу)*. Теперь я готов сожрать целого воина.

ФОМА *(взвизгивает и нервно зевает после выпитого)*. Прекрасно! Уа-а-а-аф! *(Рычит.)* Остановись, мгновенье!

РОМАН *(нетерпеливо)*. Ну, тащите же эту голову!

ФОМА. Да-да-да... *(Выхватывает голову из котелка, плюхает в свою миску.)* Ну вот, главное блюдо готово. *(Вцепляется когтями в голову и разрывает ее пополам.)*

РОМАН. Однако вы не так уж и слабы.

ФОМА. Сила из моего покалеченного людьми позвоночника перетекла в руки. *(Протягивает Роману полголовы.)* Угощайтесь, друг мой.

РОМАН. Ага... *(Хватает, начинает с жадностью грызть.)*

ФОМА. Вы забыли помолиться святому Христофору.

РОМАН (*с жадностью набрасывается на свою половину, грызет*). М-м-м... в другой раз...

Некоторое время едят молча.

РОМАН. М-м-м... еда и любовь чертовски возвращают к жизни...

ФОМА. Надеюсь, это не цитата?

РОМАН. М-м-м... вкусно... слава Христофору, что вы не переварили эту голову...

ФОМА. В этом нет необходимости... м-м-м... превосходно...

Едят молча.

РОМАН. Мозг сладок... экий запах... голова кружится...

ФОМА. Я его оставлю на десерт... уши, уши прелесть как хороши...

РОМАН. На десерт... м-м-м... не соглашусь... самое вкусное надо съедать сразу... здесь и теперь!

ФОМА. Вы настоящий поэт...

РОМАН. Настоящее — для настоящих поэтов... а потом... м-м-м... хоть потоп... ммм... мозг... мозг божественный... а сколько их там осталось лежать... на поле брани лежат мозги, не ведая стыда... м-м-м...

ФОМА. Это... м-м-м... гнилые мозги. Слабые. Забудьте. Нам... м-м-м... надобно совершенствоваться,

вырываться… м-м-м… из хтонических миров…
двигаться вверх… м-м-м… вверх….

Роман. Вы… м-м-м… провокатор… вы… м-м-м…
опасный неогегельянец… вы… уф, как вкусно…
ой! *(Вскрикивает, перестает есть.)*

Фома. Что такое?

Роман запускает себе пальцы в пасть и достает из нее
пулю.

Роман. Черт возьми!

Фома. Ах вот оно что… мозг-то с начинкой.

Роман. Чуть зубы не сломал.

Фома *(смеется).* Не пустая голова, друг мой, попа-
лась нам!

Роман *(вертит пулю в пальцах, разглядывая).*

Свинца ничтожного кусочек
Ход мыслей грубо оборвал.

И под покровом влажной ночи
Сражен был воин наповал.

Фома. Да-да, друг мой, кусочек быстрой материи
поставил точку в книге жизни сего защитника
тартарской демократии.

Роман *(швыряет пулю в пожухшую траву).* Порази-
тельно все-таки…

Фома *(продолжая есть).* Что?

Роман. В самый приятный момент что-то со всей
экзистенциальной беспощадностью обязательно напомнит о Вечности. Иначе не бывает.

ФОМА. Morti proximus, а как же… Вы, поэт, как никто, должны быть к этому готовы.

РОМАН *(поедая остатки мозга)*. М-м-м… я всегда готов… но… поразителен этот…

ФОМА. Эмпиризм?

РОМАН. Да… м-м-м… даже сжимая… м-м-м… в объятиях любимую и содрогаясь от любви…

ФОМА. От семяизвержения?

РОМАН. От любви, от любви! И то мы ловим себя на мысли… м-м-м… а не старуху ли с косой мы…

ФОМА. Наполняем своим семенем?

РОМАН. Вы омерзительно… м-м-м… умозрительны…

ФОМА. Это моя профессия.

РОМАН *(трещит костями)*. Ммм… по-моему… черепа человеческие становятся…

ФОМА. Все более хрупкими?

РОМАН. М-да… человек крошится все легче…

ФОМА. Потому что теряет свою природу.

РОМАН. Скорее — образ.

Едят молча.

ФОМА. Вот теперь приступим к мозгу. *(Начинает есть мозг.)* А-а-а-ай!!

Роман, перестав есть, смотрит на Фому. Фома высовывает из пасти язык, трогает рукой. На языке выступает капля крови.

РОМАН. Вы уже разучились обходиться с костями, господин философ? Вот оно, ваше движение вверх!

ФОМА. Я уколол язык.

РОМАН. Это символично.

ФОМА. Это не кость. *(Ковыряется в половине головы и вытягивает из нее теллуровый гвоздь.)* Черт возьми, это совсем не кость!

РОМАН. Теллур! О темные гарпии печали! Теллур!

ФОМА. В голове был гвоздь! И он проколол мне язык! Намек тончайший!

РОМАН. Как беспощадно Провидение шутит с нами! О боги!

Фома держит в руке теллуровый гвоздь. Они завороженно смотрят на него.

ФОМА. Чертов голод лишил меня внимания. Я не заметил гвоздя! И вы еще так брутально торопили меня…

РОМАН. В каких же мирах обитал этот воин, сражаясь с ваххабитами?

ФОМА. На этот вопрос, друг мой, нам никто не даст ответа. В том числе и этот пустой гвоздь.

РОМАН *(выхватывает из руки Фомы гвоздь, вертит перед глазами)*. О боги! Как беспощадно вы шутите со мною!

ФОМА. В вашем сердце шевельнулась зависть?

РОМАН. Да! И я не скрываю этого. Это в поэзии я завидую только самому себе, а в жизни… о павший воин! Ты вышел биться с врагом, забив себе в голову благородный металл, даровавший тебе мощь и стойкость, наполнивший тебя мужеством, дерзновением, благородной яростью священной войны! Теллур сделал тебя Ильей Муромцем, королем Артуром, Аттилой, Фридрихом Барбароссой или больше — крылатым небесным Архистратигом. Ты упоенно бился с пришельцами за свободу своей Тартарии, за народ, за любимого правителя, за семейный очаг, за красавицу жену, за детей и старейшин…

ФОМА *(продолжая)*. Пока кусок неблагородного металла не остановил твой благородный порыв.

Роман злобно смотрит на Фому.

ФОМА *(грустно, извинительно)*. Друг мой, поверьте, я произнес это без единой толики постцинизма. *(Вздыхает.)* Да! В голове этого воина встретились два металла — благородный и неблагородный. И голова не перенесла их столкновения. Алхимического брака двух начал не получилось. Это трагедия. Причем трагедия высокая. Получается, что главная битва произошла не под Бугульмой, а в голове этого неизвестного героя.

РОМАН *(недовольно)*. Он бился до последнего! Бился! Бился с ваххабитскими варварами! С одержимыми!

Фома. Да. С одержимыми. И печальный парадокс в том, что этим варварам не пришлось забивать себе в головы ничего металлического, чтобы стать героями, ибо головы их с детства были забиты героическими идеями. А вот противоборствующая сторона не смогла обойтись без гвоздей. Поэтому она и проиграла.

Роман *(несогласно рычит, поднимая, как чашу, свою половину головы)*. Он победил! Он рыцарь! Он нибелунг! Он победил!!

Фома. Безусловно. И я предлагаю почтить его память глотком хорошо известного вам напитка.

Фома достает из рюкзака флягу, протягивает Роману. После непродолжительной неподвижности тот принимает флягу, делает глоток.

Роман *(передергивается, лает)*. А-а-а-аф!

Фома забирает флягу, льет в пасть, глотает, взвизгивает.

Роман. Признаться, у меня пропал аппетит.

Фома. Я тоже потрясен. Эта голова напомнила нам о конечной цели нашего опасного путешествия.

Роман. Нет! Больше: кто мы, откуда и куда идем.

Фома. Мы, жертвы антропокудесников, сбежавшие из крепостного театра графини Юсуповой, идем в Теллурию.

Роман. Теллурия… Далекая! Желанная! Боже!

———

Сколько нам еще мучиться? Сколько ночей идти? Сколько дней прятаться в оврагах и кустах? Жизнь! Что же ты такое?! Воистину — слезами залит мир безбрежный!

ФОМА. Не падайте духом, дружище. *(Держит гвоздь перед собой.)* Сей гвоздь — не издевательство, не насмешка Провидения. Это компас. Он указывает нам направление нашего пути. Юго-восток! Поэт! Выше голову! Мы идем верной дорогой! Еще немного — и Уральские горы, за ними — Ишимская степь, барабинские леса, Салаирский кряж, а там и Теллурия!

РОМАН. Так не хочется терять веру в мечту.

ФОМА. Мечта всегда с нами. Она — наш Альтаир!

РОМАН. Мы возьмем этот гвоздь с собой?

ФОМА. Нет! *(Бросает гвоздь в траву.)* Он пуст. Ибо уже сделал свое дело, подарил мечту воину. А нам нужны новые, сияющие гвозди. Этих гвоздей жаждут наши измученные мозги!

РОМАН. Гвозди сияющие, несущие радость и мощь.

ФОМА. Радость!

РОМАН. Мощь!

Сидят неподвижно, словно боясь разрушить что-то большое, далекое и желанное.

ФОМА *(стряхнув оцепенение).* Друг мой, пока сон не свалил нас под эти кусты, прошу вас, спойте.

РОМАН. Спеть?

ФОМА. Да, да! Спойте. Что-нибудь духоподъемное, классическое.

Роман запрокидывает голову и начинает петь. Фома без слов подвывает ему, глядя в пасмурное небо.

РОМАН.
Как во стольном городе, во Москве-столице
Три бездомных пса шли воды напиться
Во полуденный час.
Один — белый пес,
Другой — черный пес,
Третий — красный пес.
На Москву-реку пришли, место тихое нашли
Во полуденный час.

Стал пить белый пес — побелела вода.
Стал пить черный пес — почернела вода.
Стал пить красный пес — покраснела вода.
Потряслась земля, солнце скрылося,
Место Лобное развалилося,
Развалилося, разломилося,
Алой кровушкой окропилося,
А с небес глас громовый послышался:
"Тот, кто был палачом, станет жертвою!
Час грядет воздаянья великаго!"

Некоторое время сидят неподвижно, затем, успокоившись, без особого аппетита возвращаются к трапе-

---

зе. Вдруг Фома начинает посмеиваться. Роман ест и поглядывает на него.

ФОМА. Вспомнилось… почему-то… м-м-м… даже не знаю почему… так, бредок из прошлого…

РОМАН (настороженно). Что?

ФОМА. Только не обижайтесь… вспомнил вдруг вашего Артемона из "Приключений Буратино". (Машет рукой.) Извините, дружище, извините…

РОМАН (зло смотрит на Фому). А мне ваш песик из "Синей птицы" вспомнился: здр-р-равствуй, здр-р-равствуй, мое маленькое божество! Аф! Аф! Аф!

ФОМА (скалится, смеясь, истерически лает). У-а-аф-ф! Ой, друг мой… да уж… есть что вспомнить… слез не хватит…

РОМАН (отшвыривая миску с остатками головы). Все готов простить нашей дуре княгине, кроме одного!

ФОМА (кивает). Что она не дала вам сыграть Вервольфа? Да! Нас использовали только в убогих детских утренниках.

РОМАН. Я бы простил и побои, и цепь, и унижения, и сухой корм. За одну только роль. За одну! Но эта куриномозгая клуша боялась высокого искусства как огня. Дура!

ФОМА (со вздохом). Дура, дура… Я даже эпизодического пуделя в "Фаусте" не сыграл. Что уж говорить о "Собачьем сердце" или о "Белом клыке"…

Роман. О "Собачьем сердце" мы лишь спорили перед сном... (*Истерически лает и смеется.*) Фильма или постановка? Что органичней?!

Фома. Книга, книга, мой друг. Не всегда литературный контекст помещается в кино или в театр. Вспомните "Лолиту".

Роман. Я бы сыграл Шарикова гениально.

Фома. Не сомневаюсь. Но кина бы, как говаривал кучер Сашка, не получилось.

Роман. Получилось! Я бы своей игрой вытянул все, как флагман!

Фома. Скажите, друг мой, Флагман — это еврейская фамилия?

Роман зло смотрит на Фому. Начинает угрожающе скалить зубы. Фома примиряюще поднимает руки.

Фома. Дружище, не рычите на старого и больного бродягу. Мы с вами в одной лодке под названием "Побег из позорного прошлого". Театр! Что нам театр? Что нам кино? Что может быть нелепей и безнравственней профессии актера? Выходить на подмостки, кривляться, плакать чужими слезами, смеяться чужим смехом. Недаром нашего брата хоронили за оградой. А уж судьба крепостного актера, да еще с собачьей внешностью, — это просто...

Роман (*злобно-обиженно скалясь*). Ноггог!

Фома. Именно. Ноггог. Или, как сказал бы оставшийся там несчастный, нерешительный Сергей Ефремович, "это просто Белый Бим Черное Ухо".

РОМАН. Да. Он почему-то всегда говорил так, когда случалось что-то ужасное. (*Смеется.*) Белый Бим! (*Вздыхает.*) Сергей... бедный Сергей... Какого черта он остался? Шли бы сейчас втроем.

ФОМА. В роскошном теле дога оказалось такое робкое сердце. Трус, что поделать.

РОМАН. Уиппиты оказались смелее догов.

ФОМА. Слава догу, тьфу, pardon, слава богу! (*Пьяновато почесывается.*) В общем, дружище, кина не будет, пока не дойдем до Теллурии... А там... вам забьют в голову сверкающий кусок теллура, и через минуту вы выйдете не на убогие театральные подмостки, а на утес, воздымающийся над бушующим морем. Вы будете читать свои великие стихи Океану!

РОМАН (*декламирует*). Реви, мой океан, реви свободным зверем!

ФОМА. И, потрясенный вашими строфами, древний Океан утихнет, ляжет у ваших ног и станет благоговейно лизать их.

РОМАН. Я властвовать пришел отныне над тобой!

ФОМА. А я стану новым Ницше, Ницше-2, возьму альпеншток и пойду в горы, выше, выше, выше, дабы встретить солнце нового тысячелетия. Тысячелетия Истины! Я скажу этому солнцу: "Свети для нас, светило нового смысла жизни!" Затем я войду в свою высокогорную избушку, сяду за письменный стол, возьму ручку со стальным пером, обмакну ее в свою левую руку и своей кровью опишу нового, зооморфного Заратустру, которого так давно ждет духовно обнищавшее человечество.

Пауза.

РОМАН (*со вздохом, утомленно*). Я властвовать пришел отныне над тобой...

ФОМА. Вы устали, друг мой. Мечты не только вдохновляют, но и изматывают.

РОМАН. Да... Особенно те, до которых уже осталось не так далеко... ведь правда? Недалеко уже? А? Правда?

ФОМА. Совсем недалеко. Но, дружище, нужно беречь энергию преодоления недружественного пространства. Для ночного перехода нам понадобятся силы. Хватит мечтать. Давайте спать.

Роман устало кивает, зевает во всю пасть, с подвыванием. Видно, что он осовел от выпитого и съеденного. Фома вытирает миски и котелок мокрой от дождя травой, заботливо убирает их в рюкзак. Складывает треножник. Путники ложится под березку, обнявшись. Засыпают. Начинает моросить мелкий дождь. Угли в погасшем костре слабо шипят и дымятся.

· XXIII ·

Президент Республики Теллурия Жан-Франсуа Трокар проснулся поздним июльским утром в своем дворце L'Edelweiss Noir, возвышающемся на южном склоне горы Кадын-Бажы, венчающей Алтайские горы. Здесь, в горах, Трокар всегда вставал поздно, наверно, потому, что летнее солнце, выбравшись из-за заснеженной восточной вершины, дотягивалось до окон дворца не раньше одиннадцати. А может, еще и потому, что сон в горах был неизменно глубоким и спокойным, как ледники Белой горы, и, как пяти горным рекам из этих ледников, из него так не хотелось выходить.

Не открывая век, Трокар откинул тонкое верблюжье одеяло, закинул руки за голову, нащупал ими невысокую спинку кровати из массива алтайского кедра, сжал ее и потянулся всем телом, откидывая голову сильнее назад, на плоскую маленькую подушку, набитую горными травами Алтая. Он выгнулся и потянулся до хруста в шейных позвонках. Эта привычка была неизменной уже три десятка лет, начиная с казармы летного училища в Истре. Тогда, восемнадцатилетний, он вцеплялся в пластиковую спинку курсантской койки и тянулся, тянулся всем своим молодым, мускулистым телом, жаждущим жизни, полета и приключений.

Нынешнее его тело, несмотря на свои пятьдесят два года, было по-прежнему крепким и подвижным. Трокар старался поддерживать форму.

Спал он всегда голым. Посидев на высокой просторной постели, он встал и пошел по теплому мраморному полу спальни в ванную комнату. Она была огромной, с видом на горы. Залитые солнцем, они со спокойным достоинством приветствовали президента. Погода была отличной.

Трокар провел в ванной полчаса, поплавав в небольшом бассейне с ледниковой водой и льдинками, приняв контрастный душ, выбрившись и намазав лицо специальным целебным кремом. Красивое, мужественное лицо смотрело из зеркала на президента спокойно и уверенно: широкие щеки, крупный сгорбленный нос, властные полные губы, тяжелые веки, упрямый подбородок с косым шрамом, слегка поседевшие виски. Лицо и тело покрывал красивый ровный загар.

Облачившись в черный шелковый халат, Трокар босиком вышел из ванной комнаты и оказался в малой столовой, также выходящей окнами на горы. Едва он сел за пустой круглый стол, как из узкой двери бесшумно вышла алтайка в сером брючном костюме, подошла к нему и принялась массировать президенту шею и плечи. Президент прикрыл свои тяжелые веки. Узкоглазое, широкоскулое лицо девушки, не улыбаясь, источало тихую радость. Тонкие сильные пальцы умело делали свое дело. Энергия рук девушки проникала в тело президента. Через десять минут она так же беззвучно удалилась, и тут же открылась широкая дверь, зазвучала легкая джазовая музыка, и два изысканно одетых молодых алтайца в белых перчатках ввезли тележку с завтраком. А он у Трокара всегда был только французским, с продуктами из некогда родной Нормандии, которые регулярно доставлялись в Теллурию прямыми рейсами.

На расшитой луговыми цветами льняной скатерти перед президентом возникло мраморное плато с сырами, украшенное виноградом и красной смородиной, байонская ветчина, графин с апельсиновым соком, кофе, сливки, круассаны, хрустящий багет, подсоленное сливочное масло, fromage blanc со свежей клубникой и белый, очистительный розмариновый мед из Лангедока — narbonne — подарок великого магистра ордена тамплиеров президенту Теллурии.

Пожелав президенту приятного аппетита на отличном французском, слуги удалились. В Теллурии было три государственных языка: алтайский, ка-

захский и французский. Последний использовался
в основном элитой и чиновниками. В школах и выс-
ших учебных заведениях преподавание шло на трех
языках. По-алтайски президент почти не говорил,
зато за двадцать два года прилично овладел казах-
ским. Президентские послания парламенту и обращения к народу он зачитывал по-казахски. Общение с подчиненными и с элитой шло исключительно на французском языке.

Неспешно позавтракав, президент удалил-
ся в гардеробную, где две юные прислужницы помогли ему облачиться в домашнюю выходную одежду. Была суббота, и никаких государственных дел
не предполагалось. В этот день, как и по воскре-
сеньям, президент был закрыт для докладов, просьб
и предложений.

В светло-голубом костюме с желтым платком
в нагрудном кармане, синей рубашке в мелкую
желтую крапинку, Жан-Франсуа Трокар поднялся
на лифте на второй этаж, целиком занимаемый его
громадным кабинетом. Огромное, во всю полукруг-
лую стену, окно вмещало в себя обе вершины Белой
горы, часть хребта Кадын, два ледника, реку, голу-
бовато-изумрудную долину с крошечными коробоч-
ками крестьянских домиков. Этот вид был способен потрясти воображение. Но президент, мельком
взглянув на горы, как на старого знакомого, подошел к своему массивному рабочему столу, размером
и формой напоминающему ископаемого носоро-

га, некогда ходившего по этим окрестностям, еще не ставшим горами. Едва он уселся в чрезвычайно удобное кожаное кресло, как перед ним возникла и повисла голограмма актуальных мировых новостей субботнего утра. Взгляд из-под тяжелых век заскользил по ним. И не задержался ни на одной новости. Президент убрал голограмму, взял с гранитной пепельницы узкую костяную алтайскую трубку, уже набитую голландским табаком, раскурил ее, выпустил струю дыма и обвел пространство кабинета привычным взглядом. Помимо рабочего стола здесь был еще низкий длинный стол с плоскими кожаными диванами, старинные напольные часы из дома семьи Трокар в Руане, китайские вазы, хрустальные канделябры из Версаля в человеческий рост, два гобелена времен Людовика XIV, дворцовые комоды, инкрустированные слоновой костью, картины Магритта, Климта и Матисса, скульптуры Арно Брекера и Родена, шкаф со старинным французским оружием, большая фотография Трокара в форме полковника крылатого легиона в окружении однополчан сразу после взятия Улала с вечно парящим возле нее голографическим голубым шершнем размером с горного орла. Возле окна возвышался подробнейший глобус, словно глубоководная рыба-еж ощетинившийся десятками воткнутых в него теллуровых гвоздей.

В кабинете взгляд президента тоже не задержался ни на чем. Зажав трубку в зубах, он сделал касательное движение пальцем, и перед ним возникли голограммы двух женщин. У одной была голова рыси, у другой — лани.

— Bonjour, Monsieur le Président! — растягивая слова и жмурясь, пропела Рысь.

— Bonjour, Monsieur le Président! — чуть склонила голову Лань.

— Привет, зверушки, — заговорил президент, не меняя спокойно-уверенного выражения своего лица. — Наша встреча переносится на сегодня. Жду вас после восьми.

Рысь и Лань открыли рты для благодарности, но он убрал их голограммы. Посидев за столом и покурив трубку, президент положил ее в пепельницу, встал, вышел из кабинета и поднялся на третий этаж. Приложив ладонь к замку, он вошел в большую комнату, напоминающую библиотеку. Вспыхнул ровный верхний свет. Это было хранилище коллекции монет президента Теллурии. Здесь не было окон — только одинаковые шкафы стояли вдоль четырех стен. Посередине находился небольшой стол со старомодной зеленой лампой. На столе лежали три деревянные коробочки — три новых поступления. Президент сел за стол, включил лампу нажатием допотопной скрипучей кнопки. И открыл сразу все три коробки. В одной лежали две серебряные монеты древней Ольвии, в другой — чугунная китайская монета эпохи Лян, в третьей... в третьей лежало самое долгожданное — каменные деньги древнего Новгорода, целых шесть кругляшков с дырками посередине, посылка из Новгородской республики.

— Très beau... — пробормотал Трокар, достал из ящика стола лупу, салфетки, вызвал голограммы справочников и занялся этими шестью плоскими денежными единицами Древней Руси, выпиленными из розового сланца десять веков назад. Не прерывая своего занятия, он нажал кнопку в торце стола. Из потолка выдвинулся старомодный экран, верхний свет потух, осталась гореть только настольная лампа. Зазвучала музыка, и на экране появились титры черно-белого французского фильма. Это была комедия, снятая еще до Второй мировой войны.

Занимаясь монетами, президент почти не смотрел на экран. Это стало уже традицией. В его фильмотеке были только *плоские* черно-белые фильмы. Смотрел их он, только когда занимался своей коллекцией. Основу ее заложил прадед, майор-артиллерист.

Жан-Франсуа происходил из старой нормандской фамилии военных. Начав в 1870 году с Франко-прусской войны, его предки успели активно поучаствовать не только в двух мировых войнах, но и повоевать на Балканах, в Алжире, на Гаити и в Гвиане. Но в отличие от Жана-Франсуа они все перемещались по земле. Он первый бросил вызов небесам, став летчиком, а потом возглавив уже знаменитый к тому времени крылатый легион "Голубые шершни". Но мировую славу легиону принес именно он.

Прошло больше часа. Президент занимался новыми монетами, краем глаза поглядывая на экран. Там тем временем началась другая комедия. Вдруг прозвенел сигнал "сообщение чрезвычайной государственной важности", и над столом повисли три красных восклицательных знака. Президент тронул их пальцем. Знаки развернулись в голограмму лица его первого помощника, пресс-секретаря Робера Леру.

— Господин президент, я бы не посмел побеспокоить вас во время отдыха, но сообщение чрезвычайной важности заставило меня пойти на этот шаг, — начал Леру в своей старомодно-витиеватой манере.

— Слушаю, Леру, — произнес Трокар, одной рукой убирая звук фильма и не выпуская из другой серебряную монету с изображением богини Деметры и орла, сидящего на спине дельфина, отлитую в Ольвии за пять веков до рождества Христова.

— Байкальская Республика официально признала наше государство.

Президент положил монету на стол.

— Когда?

— Только что, господин президент.

Леру развернул текст постановления правительства БР. Трокар прочитал его внимательно, не меняясь лицом, и медленно произнес:

— Это хорошая новость, Леру.

— Прекрасная, господин президент.

Трокар встал из-за стола, прошелся и потянулся так, что хрустнули шейные позвонки.

— Это… это просто… чертовски хорошая новость, Леру.

— Чертовски хорошая, господин президент! Вчера ночью Конашевич подписал указ. А сегодня утром они провели экстренное голосование в парламенте. Указ утвержден почти единогласно.

— Значит, байкальские коммунисты победили.

— Да, господин президент! Соколов и Хван добились своего. Наша трехлетняя помощь сделала свое дело. Теперь байкальские либералы уже не вставят нам палки в колеса.

— В колеса… поездов с теллуром, — добавил президент и впервые за это утро улыбнулся.

— Идущих по Транссибу на восток! — подхватил Леру.

— Да-да… — Президент сунул руки в карманы и качнулся на носках синих, в тон костюму, ботинок.

— С вашего позволения, я подготовлю текст обращения к гражданам.

— Конечно, Робер. И с меня причитается за хорошую новость.

— Был несказанно счастлив сообщить ее вам, господин президент! — сиял Леру.

— Сейчас… нет, вечером — экстренное заседание кабинета министров.

— Слушаюсь, господин президент.

— До скорого, — слегка кивнул ему Трокар.

Голограмма с помощником исчезла.

Президент прошел по крупному паркету хранилища, повернулся резко и замер, скрестив руки на груди. Взгляд его остановился на экране. Там солдат с лошадиной улыбкой пытался поцеловать девушку.

— Très bien, — произнес президент.

Затем он вдруг издал резкий гортанный крик, подпрыгнул, раскинул ноги в стороны, хлопнул по ним ладонями и опустился на пол, присев и разведя руки. Замерев в этой позе, он издал звук, похожий на сдержанное рычание.

На экране девушка оттолкнула солдата.

Президент выпрямился, выдохнул, оправил костюм, вышел из хранилища своей небыстрой, но энергичной походкой, спустился в кабинет. За этот час солнце полностью залило его своими лучами. Президент выдвинул ящик стола-носорога, достал коробочку с теллуровыми гвоздями и небольшой молоток, взял из коробочки гвоздь, подошел к глобусу, повернул его к солнцу, тут же нашел столицу Байкальской Республики — Иркутск, приставил к нему гвоздь и слегка вбил его. Солнце засияло на еще одной теллуровой шляпке. Положив молоток на мраморный подоконник, президент подошел к глобусу, качнул его рукой. Глобус поплыл, сверкая шляпками гвоздей.

— Путь на восток… — проборомотал Трокар, сосредоточенно глядя на движущийся глобус.

Теперь этот путь был свободен. Это означало экспорт теллура не только в истосковавшуюся по нему Дальневосточную Республику, но и в Японию, Корею, Вьетнам. И не надо больше извилистых воздушных коридоров, обходных путей, опасных горных троп. Прятаться больше не нужно. Транссиб! Поезда пойдут, бронированные поезда с гербом Теллурии, груженные гвоздями. И никто не остановит их. Никто!

День начался прекрасно. Надо запомнить его: 15 июля, суббота. Прекрасный день! И в такой день вовсе не хотелось сидеть в кабинете, перебирать монеты или вести дурацкие разговоры. С министрами он встретится вечером. Сейчас же хотелось полета. Полета! Президент вернулся к столу, вызвал голограмму мажордома:

— Рене, я еду сейчас. Подготовьте все.

— Слушаюсь, господин президент.

Президент двинулся к выходу. Но вспомнил про долг доброму вестнику. И снова вызвал круглое лицо мажордома:

— Рене, пошлите господину Леру ящик "Шато Лафит-Ротшильд" 1982 года из моих подвалов. Сейчас же.

— Будет исполнено, господин президент.

Через четверть часа вертолет с Трокаром на борту поднялся с площадки президентского дворца. Президент был экипирован в черный комбинезон с замысловатым рюкзаком, на голове — шлем с кислородным респиратором, на ногах — горнолыжные ботинки. Вертолет стал подниматься вверх. Вокруг простирались склоны Кадын-Бажы, становившиеся все белее. Солнце сверкало на их отрогах. На ярко-синем небе не было ни облачка.

Дворец президента находился на высоте двух тысяч метров, а вертолет поднимался выше, выше, пока не завис над одной из двух вершин горы — западной. Открылась дверь, президенту помогли сойти на вершину, передали лыжи и палки. Он сделал вертолету прощальный жест, и железная стрекоза с изображением голубого шершня на боку полетела прочь. Трокар пристегнул лыжи, взялся за удобные рукоятки палок, отлитые из липкой живородящей резины, воткнул палки в твердый снег и замер. Он стоял на вершине. Сильный северный ветер дул в спину, термометр на запястье показывал –12 °C. Но президент не смотрел на термометр. Взгляд его был наполнен величественной картиной, раскинувшейся вокруг. Громоздились, сверкая снегом, отроги, зияли серо-голубые пропасти, полные тумана, распахивалась бездна с белыми змеями четырех ледников, ползущих в долину, манящую зеленью и бирюзовыми озерами. Он глянул влево. Там острым шпилем высилась восточная вершина Кадын-Бажы. Небольшое облачко прислонилось к ней, словно ища защиты. Он глянул вправо. Там воздымался хребет Кадын, уходящий на запад и восток на полторы сотни километров. Солнце, бьющее в глаза с юго-востока, было таким сильным, что казалось, могучий хребет дымится от его лучей.

Президент стоял на вершине. Эти мгновения были ни с чем не сравнимы. Он был один. Мир лежал у его ног. И этот мир был прекрасен. Неподалеку на спрессованном ветрами снегу виднелись следы от палок и ботинок. Это он стоял здесь две недели назад.

Порыв ветра толкнул в спину. Это стало сигналом. Президент резко оттолкнулся палками, потом еще, еще — и сорвался в желанную бездну. Ветер загудел, взревел, завыл в шлеме, свежий снег зашуршал под лыжами, скрипнул твердый наст, взвизгнул лед — черная фигура лыжника сложным зигзагом понеслась вниз.

На горных лыжах и сноуборде полковник Жан-Франсуа Трокар катался так же великолепно, как и летал на своем "шершне". А может, даже и лучше. Страсть к экстремальному спуску, овладевшая им в шестнадцать, не отпускала. Это было сильнее его.

Он знал маршрут и покорял грозное пространство с профессиональной яростью. Проносясь над пропастями, скользя по ледяным разломам, прыгая через обнажившиеся гранитные глыбы, виражируя по заснеженным плоскостям, он резал бездну лезвиями своих лыж. И потревоженные снега негодующе срывались со своих мест, с рычанием летели за ним, воздымая волны искрящейся снежной пыли, гнались, грозили и гудели. Но он был быстрее их.

Промелькнули два провала темного льда, пронесся, тихо шурша, гладкий холм, поднялся и опал гребень и — распахнулась, дробясь подробно, почти вертикальная километровая стена, а далеко внизу черным цветком, вырубленным из гранита, сверкнул президентский дворец. Отсюда сверху он был размером с эдельвейс. Черный эдельвейс, растущий в бездне, дарующий уют, знаки власти и радость человеческого тепла...

Началось самое сложное. Ледяная стена угрожающе обрывалась вниз. Она требовала невозможного. Но он был так хорошо знаком с невозможным! Лед негодующе завизжал под лыжами, острия палок вонзились в него, черное тело, казалось, влипло в стену. Лыжи скрежетали по обнажившемуся граниту, резали и чертили немыслимые зигзаги. Стена воздымалась снизу как волна, сверкая льдом, потрясая мощью. Он падал вниз, лавируя и скользя, словно выбирая место для падения. Казалось, стене не будет конца, но вдруг она стала покорно изгибаться, покоренная, раздробилась гребнями, сникла, и он пронесся в трехстах метрах от дворца, прыгнул, полетел, приземлился и заскользил по длинной и широкой седловине, полной глубокого рыхлого снега. Он отстегнул респиратор. Холодный горный воздух ворвался в легкие. Седловина изгибалась волнами, колыхала и качала. Он отбросил палки, нажал кнопку на запястье. В рюкзаке щелкнуло, и плавно выдвинулись-раскрылись узкие черные крылья, хлопнули, заработав, два твердотопливных двигателя. Он схватился руками за крепления крыльев. Тяга понесла его, он оттолкнулся от снега и взлетел, сбросив лыжи. И вовремя — седловина обрывалась ущельем. Он взлетел и понесся вперед, вниз, туда, где уже не было снега, а зеленели луга, темнели ели и кедровые сосны, синели озера. Мир ледяного безмолвия остался за спиной. Впереди лежал мир человеческий. И он ждал его. Двигатели несли, он рассекал воздух, теплеющий с каждой секундой. Пролетев между двумя полосами ледников, он устремился в долину. Горная река выползла из-под ледника и извивалась под ним, набирая силу. В долине показались крестьянские домики и — дымы, дымы, восходящие кверху, дымы, смысл которых был один: мы ждем тебя, мы любим тебя. Его ждали. И любили. Сотни дымов от сотен костров. Это дорогого стоило. Эти дымы были ни с чем не сравнимы — ни с овациями, ни с почестями мировых элит, ни с почетным караулом, ни с богатством и властью. И он всегда радостно улыбался, влетая в долину.

Крестьяне ждали его. Он летал исключительно по выходным дням и только в хорошую погоду. Живущие возле горы знали это. Еще они знали, что их президент после полета любит съесть пиалу алтайского бараньего супа кёчё, сваренного на костре. И сотни крестьян-скотоводов с утра смотрели из-под ладоней на небо — будет ли оно ясным? А если было — кололи дрова, разводили огонь, подвешивали над костром казан с чистой горной водой, шли в овчарню, выбирали самого красивого и молодого барашка, резали, свежевали и варили кёчё. И ждали своего президента. Из-за неизменного черного комбинезона и таких же крыльев его прозвали Черным Аистом. Черный Аист прилетал с Белой горы, становясь гостем на час в любой семье, принося счастье.

Он влетел в долину. Река влилась в озеро с белесой водой. Другое озеро было бирюзовым. Третье — черным. Поплыли луга, замелькали макушки вековых елей и лиственниц. Зелень набирала тон, становясь все сочнее. Дымы приближались, словно колонны невидимого храма Народной Любви. Двигатели иссякли и, пустые, отстрелились, полетели вниз. Он летел, паря по инерции. Теперь надо было выбрать. Каждый раз он прилетал в новую семью. Он накренился вправо, в сторону озера с бирюзовой водой, пролетел над ним и стал снижаться. Зеленые холмы с домиками поплыли под ним, приближаясь. Запах костров коснулся ноздрей. И вместе с ним долетели крики детворы:

— Черный Аист! Черный Аист!

Он спланировал еще правей, пролетел над лесом, над двумя холмами и увидел впереди за рядами елей одинокий дымок. Здесь он не был никогда. Скользнув над еловыми макушками, он оказался над холмом с чудесным лугом, деревянным домиком и овчарней. Возле дома горел костер и виднелись люди. Заметив его, они закричали и замахали руками. Он сделал круг, снижаясь, и изящно приземлился на луг неподалеку от костра.

К нему побежали. Он неспешно отстегнул крылья, снял шлем и перчатки, кинул их на траву, расстегнул молнию комбинезона. Чувство возвращения на землю было особым, но он, профессиональный летчик, давно привык к нему. И все-таки стоять после всего на этой сочной альпийской траве было чрезвычайно приятно.

Перед ним была алтайская семья — старик, старуха, молодой мужчина, женщина, подросток и двое мальчиков. С молчаливым восторгом они смотрели на него как на чудо. Он и был этим чудом — президент республики, подарившей миру теллур, Черный Аист, живущий в Черном Эдельвейсе и прилетевший сейчас к этому костру с самой высокой горы Алтая.

— Мир вашему дому, — произнес президент по-алтайски.

И семья ожила, с поклонами забормотала радостные приветствия. Послышался стрекот вертолетов, и две серебристые машины опустились возле холма, из них стала выпрыгивать охрана.

Президент пожал руку всем членам семейства. Не только мальчишки, но и старик со старухой не могли сдержать восторга и качали головами, улыбались, бормоча и подвывая. Президент подал им руку, они стали называть себя. Когда дошла очередь до молодой женщины, она назвалась и приветствовала президента на плохом французском. Трокар ответил и спросил, говорят ли по-французски ее дети. Оказалось, что говорят. И значительно лучше матери. Старший сказал, что в школе у них преподает француженка, Mademoiselle Palanche. Très bien, très bien! Президент рад, что перед молодым поколением теллурийцев открываются новые возможности. Далеко ли до школы? Oh non, Monsieur le Président, très proche! Juste une demi-heure en vélo! Прекрасно! Учеба в нынешнем сложном мире важна как никогда. Помогают ли дети своим родителям? Oui, bien sur, Monsieur le Président. Замечательно! Довольны ли родители успехами своих детей? Très, très satisfaits! Прекрасно! Старик со старухой, не понимая, радостно кивали. К ним президент обратился по-казахски, благо все алтайцы понимали этот язык:

— Здоров ли скот?

— Мал аман! Мал аман! — закивали они еще сильнее.

— Прекрасно, если скот здоров. Здоровый скот — это здоровье ваших детей и внуков. Чистый воздух Теллурии, ее недра, экология — залог здоровья всех нас. Однако не пора ли нам всем отведать супа? Ваш президент слегка проголодался в горах.

Семья радостно засуетилась, и вскоре президент уже сидел за вынесенным на луг столом вместе с алтайской семьей и ел суп кёчё, закусывая его свежеиспеченной лепешкой, замешенной на кислом молоке. Вкус этого супа, сваренного из молодой баранины и чечевицы на костре, был для Жана-Франсуа

Трокара уже давно так же важен, как и спуск с Белой горы, как и полет над долиной. Это была традиция, и отделить одно от другого было невозможно. Сидеть за деревянным столом на лугу вместе с крестьянской семьей, разделять с ними простую трапезу, вдыхая чистый воздух с дымком костра, говорить с ними об экологии, о ценах на зерно, о новых горных тоннелях — что могло быть лучше этого после головокружительного спуска? И великая гора, которую он только что в очередной раз покорил, этот Белый Великан сиянием вековых снегов подтверждал: ничего.

Завершив трапезу, президент достал из кармашка крошечные песочные часы с теллуровым песком внутри и голограммой герба Теллурии снаружи и подарил главе семьи. Этот подарок он делал всем, к кому залетал в гости. Часы отмеряли ровно одну минуту.

Тепло простившись с семьей, президент сел в вертолет и вернулся в свой горный дворец. Приняв ванну и выпив успокоительного чая, он прошел в спальню, лег в постель и проспал до седьмого часа. Сон после спуска всегда отличался особенной глубиной и продолжительностью.

Проснувшись, Трокар принял душ, облачился в вечерний костюм, выпил чашечку не очень крепкого кофе, выкурил египетскую сигарету и прошел в свой кабинет. Солнце уже спряталось за западные отроги, и кабинет был освещен ровно и приятно.

Горы посерели и отдалились, подернувшись кое-где туманом. Глобус зажегся и подсветил угол кабинета приятным голубовато-зеленым светом. Президент сделал движение рукой, и в кабинете повисли голограммы всех двенадцати министров Теллурии. Они уже знали главную новость дня и с приветливыми улыбками смотрели на своего президента.

— Поздравляю вас, господа, — произнес президент. — Путь на восток свободен.

В ответ раздались поздравления и радостные возгласы. И началось экстренное заседание кабинета министров, затянувшееся на три с лишним часа. Оно закончилось необычно: президент попросил принести шампанского и встал с бокалом в руке. В руках у министров тоже оказались бокалы с шампанским. Президент подошел к каждой голограмме и чокнулся с каждым министром. Правители Теллурии выпили за свою страну.

Когда голограммы погасли, президент покинул кабинет, спустился в подвальный этаж. Там в просторной гостиной в марокканском стиле его давно уже ждали две женщины в вечерних платьях, с восхитительными фигурами. У одной была голова рыси, у другой — лани. Лань курила тонкую сигарету, вставленную в длинный мундштук, Рысь нарезала кокаиновые линии на зеркальном столике. Завидя президента, женщины встали и пошли к нему.

— Жан-Франсуа! — проблеяла Лань, обнимая и целуя его в правую щеку.

— Жан-Франсуа! — промурлыкала Рысь, прижимаясь шерстью к левой щеке.

— Привет, мои хорошие, — слегка улыбнулся он. — Заждались?

— Заждал-и-и-ись!

— За-жда-лись!

Обнявшись, они подошли к низкому дивану, сели на него, откинулись на цветастые подушки. Лань подала президенту бокал с шампанским, Рысь поднесла к его ноздре фарфоровую ложечку с кокаином. Президент втянул порошок и сразу, другой ноздрей, — вторую порцию. Это была его вечерняя норма. Президент не злоупотреблял наркотиками. Лань отерла его солидный, известный всему миру нос тончайшим батистовым платочком.

— Très bon... — пробормотал президент и глотнул из бокала.

— Говорят, путь на восток теперь свободен? — промурлыкала Рысь.

— Нет больше препятствий, правда? — косила глазами Лань.

— Нет, — ответил он, не глядя на женщин.

— Наша страна станет еще богаче?

— И еще могущественней?

— Да.

— Мы это отметим сегодня?

— Да.

— Нас ждет праздничный ужин?

— Да.

Даже под кокаином Трокар не становился более разговорчивым. Взгляд его коснулся резной сигаретницы. Рысь достала сигарету, вставила ему в губы. Лань поднесла огня. Президент закурил, попивая шампанское. Они сидели молча. Когда сигарета кончилась, Рысь вынула ее из президентских губ, потушила в пепельнице.

Президент допил шампанское, поставил бокал. Посмотрел на женщин. И шлепнул их по коленкам:

— Пора в нашу саванну, зверушки.

Женщины нежно рассмеялись, помогли ему встать. Обнявшись, они прошли через гостиную, приблизились к двери. Президент приложил руку к замку, дверь открылась. Они вошли в круглую полутемную комнату. Дверь за ними закрылась. Посередине комнаты стоял низкий квадратный подиум, светящийся розоватым светом. По углам подиума замерли четверо очаровательных подростков обоих полов в тюрбанах и набедренных повязках. В руках они держали опахала из пальмовых листьев и плавно обмахивали им подиум. В комнате было жарко, пели цикады и пахло югом. Президент подошел к подиуму и кинулся на него спиной. Подиум был мягкий. Президент лежал, разведя ноги и руки, буквой "X". Он смотрел в розовый потолок. Мужественное лицо его выражало уверенность и порыв. Рысь и Лань легко и быстро скинули свои платья. Лань была стройной, с небольшой грудью, тончайшей растительной татуировкой на животе и голым лобком. Рысь — полноватой, с большой белой грудью, белым телом и рыжеватой шерстью на лобке. Ее длинный и тонкий фаллос был напряжен. Женщины сели рядом с президентом и стали медленно расшнуровывать его ботинки.

— Жан-Франсуа готов к сафа-а-а-ри? — проблеяла Лань.

— Жан-Франсуа зарядил свое р-р-р-ружье? — прорычала Рысь.

— Да!! — выкрикнул президент в розовый потолок и громко хлопнул в ладоши.

· XXIV ·

Ох и хороша лошадиная ярмарка в Коньково!

Со всех концов света едут-поспешают сюда лошадники со своим живым товаром.

Не только с Подмосквы, из-под славного Ярославля, из саратовских инкубаторов, с воронежских и башкирских битюжьих заводов, но и с дальних государств в Замоскворечье текут табуны, аж из самой гишпанской Кордовы дамских голубых лошадок фургон прибыл на радость московским красавицам, а уж про китайских крепкогрудых сяома и говорить нечего — стоят пятерками, ждут хозяев да головками косматыми кивают. Павлодарские, черкесские, монгольские, татарские, ивановские, прованские, баварские лошади. И несть им числа в Коньково! Почай, шесть верст квадратных рынок занял, а и то жалуются торгаши: мало чего-то места стало, негде лошадкам по-хорошему разгуляться, красоту да силу показать.

Ваня со своим саврасым лошариком приехал на ярмарку засветло. Вышел из метро, короб с лошариком на горб вскинул, да и пошагал. Идет, глядит и радуется. Вокруг лошадей столько, что глаза разбегаются! Тут и обыкновенные лошади всех мастей и пони, и битюги, и *траченые* подлошадки, и спотыкачки смешные, и быстрюки, и *спокойные*. В закутах табунами — *малые* всевозможных размеров. Толпятся, грегочут так, что смеяться хочется.

Рассмеялся Ваня, глядя на табунчик маленьких чубарых лошадок, — уж больно смешны! Сами беленькие да в темных пятнышках, словно кто на них краской брызнул. Штук сорок в закуте сбились, грегочут, глазки как черная смородина, скалят зубки крошечные на хозяина. А тот, здоровый, толстый, стоит руки скрестив да покуривает важно, словно это и не его табун.

— Почем табунок торгуешь, дядя? — Ваня спрашивает.

— Полтораста, — не глядя, лошадник отвечает.

— Эка! — Ваня языком прищелкнул.

Стоит таких денег табунок чубарый, как же. Пошел Ваня дальше. Гудит ярмарка вовсю, несмотря на ранний час. Торгуются, бьются об заклад, топорщат *маковки*. Лошадей кругом — прорва! А после малых и большие завиднелись. Битюги! Высятся, один огромней другого. Которые в два человечьих роста, а которые и поболе. Стоят спокойные, ухом не ведут, а вокруг люди суетятся, торгуют их. Битюгам и дела нет до людишек! Словно и не про них речь — торгуйте нас, а мы вас в упор не видим.

Глянул Ваня дальше и обмер — самую большую лошадь ярмарки увидал. Битюг соловый с дом трехэтажный. И стоит как дом, не пошевелится. Грива рыжая, сам как туча полуденная, ножищи косматые, бабки в два обхвата. Сидят голуби да вороны у него на спине, как на крыше. Подошел Ваня, рот раскрымши, задрал голову, шапка с головы свалилась.

А битюг фыркнул ноздрями так, что из ушей у него воробьи стайками повылетали. Вздохнул грудью широченной, перднул как из пушки да и отвалил котях такой, что на пяти тачках зараз не увезти.

Поднял свою шапку Ваня, поклонился битюгу в пояс:

— Слава тебе, богатырский конь!

Тут и лошарик в коробе заржал: про меня не забывай. И верно — дело в первую очередь. Пошел Ваня место искать и нашел быстро, там, где лошариков торгуют. Заплатил двугривенный киргизу смотрящему, встал, открыл короб, помолился про себя: "Пошлите, святые Фрол и Лавр, покупателя скорого".

И повезло Ване — и получаса не прошло, как подошел перекупщик деловой, сам весь в золоте, в шелку-парче, с тремя *умницами*, из башки гвоздь теллуровый торчит. Сторговались за десятку вместе с коробом. Перекрестился Ваня, десятку в шапку спрятал. Думает, куплю сейчас жене платок живородящий, детям сладостей, мамаше пастилы, да и ворочусь к себе в Апрелевку. Пошел через ярмарку к метро, а тут прямо по пути — харчевня. Красивая, новая, богатая. А над крыльцом картинка живая, огромная — красномордый половой рукой на стол показывает, подмигивает, зазывает: "Сделал дело — гуляй смело!" А на столе… аж слюнки потекли: ветчина пластится, пироги румянятся, огурчики зеленеют, квас в кувшине стынет, водка в графинчике потеет, а посередке — гусь жареный дымится!

И не понял Ваня, как в харчевне оказался, — ноги сами внесли. Сел за столик, заказал себе полштофа смирновки да пирожок на закуску. Только пару стопок принял, ему с большого стола машут: подсаживайся к нам, земеля! Присмотрелся — простые люди, лошадники. Подсел к ним, выпили, разговорились. Сперва они Ваню угощали, потом он их. Тут песельники подошли, затянули любимую Ванину "Не брани меня, родная". И загулял Ваня так, что очнулся только ночью, когда сторож-татарин его распихал да за ворота ярмарки повытолкал. Сел Ваня под фонарем, голова гудит, сам ничего не помнит. Встал, добрел до колонки, водицы напился. Вспомнил, что на ярмарку приехал, лошарика продал за десятку. Вывернул карманы — пусто. Подумал: как же я пустой домой ворочусь? Деньги-то на баньку новую собирались употребить. Для того и лошарика год растили, холили, овсом-клевером кормили.

Жена, сердечная, берестяной короб для лошарика сплела, дочурки ему в гриву ленточки разноцветные вплели, мамаша копытца серебрянкой подкрасила. А получилось — ни короба, ни лошарика, ни десятки…

И заплакал наш Ваня горючими слезами.

· XXV ·

Chère fillette,

тебе, любимой мною, прекрасно известны не только мои слабости, но и мои грехи. Все, что связано с Али, — мой тяжкий грех. Стыжусь ли я его? Безусловно. Жалею ли я о произошедшем? Нет, я жалею о боли, которую я причинила тебе. То, что случилось, могло ее и вовсе не причинять. Это зависело только от меня одной, а не от простодушного и бесконечно доброго к нам обеим Али, который был готов разрубить наш мучительный узел. В отличие от нас с тобой он цельный, мужественный человек, умеющий не только целиком отдаваться сильному чувству, но и сжигать мосты. Так вот, любимая моя, грех мой в том, что, когда Али, узнав обо *всем*, поджег мост своего чувства ко мне, я стала тушить его своими слезами и причитаниями, я летала над ним как птица Рух, махала чувственными крыльями и потушила-таки, и он тлел, дымил и раскачивался над пропастью все эти два последних месяца. Этот дымящийся, обугленный мост нашего чувства с Али принес страдания твоему сердцу. Мне очень больно. Теперь, когда он рухнул, мне больно вдвойне от невозможности вернуть то время, когда я не давала мосту сразу упасть. И я готова на искупление этого греха. Завтра я покупаю кусочек серебристого металла, рожденного в недрах далеких гор, чтобы он помог нам с тобою обрести утраченное. Ты знаешь, с *кем* я встречусь в городке твоего детства и *что* я попрошу для тебя. Если мне суждено погибнуть, знай, что ты была, есть и навсегда останешься для меня самым любимым человеком на Земле. Дороже тебя у меня нет никого.

Люблю тебя,
вечно твоя
Фатима

P. S. Что бы ни случилось со мной, умоляю, не держи зла в своем сердце на Али. Помимо своих высоких душевных и сердечных качеств, он еще освобождал наш родной Гронинген от крестоносцев. Его юное прекрасное тело иссечено пулями христианских варваров, левое плечо опалено напалмом. Мы с тобой как никто обязаны ему своей мирной жизнью и благополучием. Помни об этом.

· XXVI ·

Православные!
Товарищи!
Граждане!

Узурпатор, захвативший власть в родном Подольске, пьет вашу кровь. Как Молох восседает он на троне, безвременно покинутом светлым князем нашим Станиславом Борисовичем. Ноги узурпатора попирают спину трудового народа, руки его вцепились в княжий трон мертвой хваткой. Узурпатор окружен кровавыми опричниками, приведшими его к власти в результате тайного переворота. Токмо Бог един ведает, сколько крови православной пролили эти изверги рода человеческого, расчищая дорогу узурпатору. Руки этих зверей двуногих по локти в крови. Охмурив доверчивого митрополита нашего Софрония, обольстив вдову княгиню Софью, околдовав бесовским обморачиванием наследника

Сергея Станиславовича, подкупив обком гвоздями теллуровыми, устроив позорную чистку в аппарате горкома партии, узурпатор и его опричники организовали 2 декабря в городской Думе тайное голосование, в результате которого власть в родном Подольске досталась им. Ни церковные иерархи наши, ни партийный актив, ни дворянство, ни городская Дума не смогли противостоять дьявольскому напору узурпатора и его клики. Воистину сам Сатана помогал этим извергам, прикрывающимся крестами и партбилетами. Сразу после кончины князя нашего Станислава Борисовича узурпатор и его верные опричники начали свою дьявольскую деятельность по захвату власти в Подольске. Были арестованы по ложным обвинениям помощники градоначальника Степанов, Фридман, Бойков, Чжан Мо Ваэнь, Козловский, Беркутович, подполковник безопасности Смирнов, думские дьяки Волков и Пак, были брошены в темницу предприниматели Рахимов, Суон Вэй, Рабиндер, супруги Хлопонины, купцы Залесский, Попов, Алиханов, братья Ивановы. При загадочных обстоятельствах погиб на охоте дворянин И. И. Ахметьев, активно сопротивлявшийся в городской Думе захвату власти. В результате "чистки", организованной узурпатором и его опричниками в горкоме партии, были исключены из партии такие заслуженные коммунисты, как товарищ Мокрый, товарищ Волобуев и товарищ Хризопразис. Выведены из руководства горкома и обкома партии

девятнадцать коммунистов. На коммуниста Ворот-
нюка, вскрывшего себе вены на позорном "очисти-
тельном" заседании в горкоме партии и измазав-
шего своей кровью лицо нового секретаря горкома графа Квитковского, заведено уголовное дело.
За смелые и честные обличения узурпатора и его
шайки лишен своего прихода и заточен в монастырь заступник народный отец Николай Абдулло-
ев. Шайка разбойников не вынесла испепеляющего огня его обличительных проповедей. Жена отца
Николая, Зульфия Рахимовна, от скорбей и печало-
ваний за мужа слегла в горячке и разродилась мертвым младенцем. Захватив власть в Подольске, узурпатор и его приспешники стали прибирать к рукам
недра наши и промышленные ресурсы. Так в сентя-
бре они состряпали продажу 62 % "Подольскпрома"
товариществу Матвея Норштедта, запятнавшего себя дружбой с врагом подольского народа бывшим
председателем городской Думы Д. А. Алексеевым.
Месторождение фарфоровой глины в результате
дьявольских махинаций думского дьяка Володина
досталось компании "Мосгомсалк", хотя изначаль-
но владельцем месторождения был скотопромыш-
ленник подольчанин Н. А. Мокшев. Спрашивается:
почему господин Мокшев спешно продал свое имение в Бобровой Заводи и покинул Подольск в ав-
густе сего года? И где теперь обретается господин
Мокшев? Волосы встают дыбом у всех честных граждан от размаха произвола и беззакония, творимых

узурпатором и его бандой на нашей родной земле. Стонет земля подмосковная, истекает кровью под сапогами извергов. Доколе терпеть нам, подольчанам, издевательства узурпатора? Доколе трудовому народу гнуть спину на опричников, оккупировавших подольский кремль подобно фашистам? Доколе православным лицезреть блядство, наркоманию и грехопадение кровавой клики? Доколе смиряться с колдовством и бесовским обморачиванием? Доколе честным коммунистам поднимать руки, голосуя "за" в горкоме партии, отеллуренной и разгромленном бандой узурпатора?

Братья и сестры! Пора положить предел беззаконию на родной земле!

Долой узурпатора и его банду!

Все на митинг 15 декабря!

Сбор у собора в 14:00.

· XXVII ·

Теллур (*Tellurium*) — химический элемент 16-й группы
5-го периода в периодической системе под номером
52, семейство металлоидов. Хрупкий серебристо-бе-
лый металл. Относится к редкоземельным металлам,
месторождения самородного теллура чрезвычайно
редки, в мире их всего четыре. Впервые был найден
в 1782 году в золотоносных рудах Трансильвании. Известно около 120 минералов теллура, наиболее известны теллуриды свинца, меди, цинка, золота и сереб-
ра. Теллур и его сплавы применяются в электротех-
нике, радиотехнике, в производствах термостойкой
резины, халькогенидных стекол, а также при про-
изводстве полупроводниковых и сверхпроводнико-
вых материалов. Особые свойства самородного теллура были открыты не так давно. В 2022 году в горах
Алтая близ селения Турочак китайскими археолога-
ми был обнаружен древний храм зороастрийцев, ос-
нованный в IV веке до нашей эры на месторождении

самородного теллура. Храм представлял собой пещеру, надежно спрятанную от внешнего мира. Пещеру, впоследствие названную *Мактулу* (Прославленная), украшали наскальные надписи и изображение солнца, выложенное из чистого теллура. Судя по всему, зороастрийцы поклонялись этому изображению. В пещере Мактулу были обнаружены сорок восемь скелетов, лежащих в одинаковых позах, со скрещенными на груди руками. Все черепа были пробиты в одном месте небольшими (42 мм) клиньями из самородного теллура. В алтарной нише под изображением солнца были найдены бронзовые молотки и теллуровые клинья, разложенные полукругом. Этими молотками были забиты клинья в головы сорока восьми найденных. Вход в храмовую пещеру был замурован изнутри. Впоследствии ученые Пекинского института мозга совместно с коллегами из Стэндфордского университета провели ряд исследований на добровольцах и получили феноменальные результаты: теллуровые клинья зороастрийцев, забитые в определенное место головы, вызывают у человека устойчивое эйфорическое состояние и чувство потери времени. Однако нередок и летальный исход. В 2026 году опыты с теллуровыми клиньями были запрещены конвенцией ООН, а сами клинья из самородного теллура были признаны тяжелым наркотиком, изготовление и распространение их уголовно наказуемо. После военного переворота в барабинской провинции Алтай, организованного нормандским крылатым легионом

"Голубые шершни" (Les Frelons bleus), в провинции произошел референдум, на котором большинство населения высказалось за отделение провинции от республики Барабин. Таким образом, 17 января 2028 года вместо провинции Алтай было провозглашено новое государство — Демократическая Республика Теллурия. Первым президентом ДРТ был избран командир легиона "Голубые шершни" полковник Жан-Франсуа Трокар. Теллурия признана двадцатью четырьмя государствами мирового сообщества. Помимо скотоводства, экспорта теллура и других редкоземельных металлов основным доходом теллурийцев является так называемая теллурийское хилерство, то есть трепанация черепа по методу древних зороастрийцев с использованием самородного теллура при лечении различных заболеваний, в том числе рака мозга, шизофрении, аутизма, рассеянного склероза, болезни Альцгеймера. Теллурия — единственная страна в мире, где теллуровые клинья не признаны наркотиком. Попытки наложения за это международных санкций на правительство ДРТ до сих пор не увенчались успехом. Ряд государств (Австралия, Великобритания, Иран, Калифорния, Пруссия, Бавария, Нормандия, Албания, Сербия, Валахия, Галичина, Московия, Беломорье, Уральская Республика, Рязань, Тартария, Барабин, Байкальская Республика) до сих пор не установили дипломатических отношений с Теллурией. Въезд на территорию ДРТ гражданам этих стран воспрещен.

· XXVIII ·

— А не пора ли, так сказать, некоторым образом и привалить? — спросил своим лениво-протяжным голосом Микиток, разминая белые, холеные руки, украшенные двумя перстнями — платиновым, с черным сапфиром, прорезанным иероглифом "благополучие", и золотым с бриллиантовой монограммой "М".

Бригада, дремлющая в глубоких, розовато-мраморной кожи креслах, вяло зашевелилась. Последний привал был в полдень, в окрестностях Бобруйска, он естественно совпадал с обедом, приготовленным бригадным поваром Ду Чжуанем, обедом обильным, из семи блюд, завершившимся десертом, коньяком, кальяном и послеобеденной прогулкой по весеннему лесу. Сейчас на старомодных часах салона было без четверти шесть.

— Для ужина рано, — потянулся худощавый, почти весь покрытый *живой* татуировкой и мормолоновой чешуей Лаэрт.

— Нужно чайку попить, — жестоко зашлепал себя по впалым щекам Арнольд Константинович.

— Так я, господа хорошие, собственно, об этом и толкую. — Микиток томно приложил руки к груди, запрокинул красивую кудрявую голову с изящно выстриженной бородкой и издал негромкий стон: — О-о-о-о-о-ох... мука моя сме-е-е-е-ертная...

— Будить бригадира? — сложил умницу, стилизованную под старую книгу, горбоносый узколицый Латиф.

— Буди, — кивнул субтильный, широкоскулый и узкоглазый Серж, отстегивая ремень безопасности и нажимая кнопку вызова стюарда.

Латиф с кавказской почтительностью возложил свои красивые, слегка покрытые черными волосами руки на локоть бригадира, дремлющего в соседнем кресле. На широком, благородном, умном лице Витте, имевшем всегда выражение уверенного и делового покоя — даже когда он спал, — и сейчас сохранялось это выражение. Глаза его были прикрыты.

— Есть желание? — спросил бригадир приятным, уверенным голосом, не открывая глаза.

Этот уверенный голос заставил всех, кроме спящего и похрапывающего Ивана Ильича, заворочаться, защелкать ремнями.

— Есть, бригадир, — с почти сыновней улыбкой произнес Латиф, мягко сжимая локоть Витте.

— И это желание пожирает нас яко Левиафан. —

Микиток вызвал в умнице зеркало, глянул, поправил сбившуюся персикового цвета бабочку. — Члены затекли!

— Размяться стоит! — в своей императивной манере сообщил всем Арнольд Константинович.

Серж глянул в окно:

— Да и местность позволяет.

За окном уже третий час тянулся один и тот же пейзаж — тронутый весной смешанный лес справа, развалины Великой Русской стены слева.

Вошел изящный во всех смыслах стюард Антоний с напитками и освежающими салфетками.

— Привал, — произнес бригадир и открыл каре-зеленые глаза.

Салон слегка качнуло, движение поезда стало замедляться, и он остановился.

— Прекрасно! — Арнольд Константинович встал быстро — маленький, поджарый, неизменно бодрый, — надел пенсне, делово засуетился, достал из шкафчика замшевую курточку, стал проворно одеваться.

Микиток накинул на свое лицо теплую и влажную салфетку, с наслаждением прижал широкими ладонями:

— Смерть, сме-е-е-ерть моя!

— Чаепитие на воздухе, — приказал Витте стюарду, делая глоток воды, сдобренной лаймом.

— Слушаюсь, — кивнул Антоний с очаровательной и лукавой полуулыбкой.

По салону поплыла легкая симфоническая музыка. Все стали готовится к пикнику. Лишь один Иван Ильич сладко посапывал, утопая своим дородным телом в максимально откинутом кресле.

— Счастливый! — С завистливой полуулыбкой Микиток двинулся мимо к туалету.

— Иван Ильич, проснитесь. — Серж похлопал спящего по пухлому плечу.

Спящий не реагировал.

— Пусть поспит, не будите льва. — Лаэрт подошел к овальной двери салона, повернул ручку, дверь поехала в сторону, открывая вид на майский лес с громко перекликающимися птицами. Вниз стала выдвигаться лестница.

— Будить, непременно будить! — решительно затряс головой Арнольд Константинович. — Проснется — обидится, станет упрекать.

— А мы станем, как поцы, оправдываться, — усмехнулся Лаэрт, протирая салфеткой серебристые надбровия.

Серж подошел к спящему, наклонился и произнес в большое, по-детски розовое ухо с мясистой мочкой:

— Иван Ильич, вставайте, мы идем чай пить.

Но большое, круглое, сильно порозовевшее лицо Ивана Ильича имело выражение такого глубокого счастья и расслабления, полные щеки его так сочно вздрагивали, полные губы с такой беззаботной небрежностью выпускали воздух, что

Серж, качнув бритой головой, отошел и направился к выходу.

Латиф улыбнулся Витте, которому Антоний помогал облачиться в шварцвальдский, горчичного цвета шерстяной пиджак с дубовыми листьями и желудями на темных лацканах:

— Бригадир, решительно требуется ваша решительность.

Снисходительно улыбнувшись, бригадир подошел к спящему, быстро склонился над ним и громко поцеловал в щеку. Удивительным образом это разбудило Ивана Ильича. Зачмокав губами, он издал глубокий носовой звук и открыл маленькие, подзаплывшие, но живые и быстрые глаза, непонимающе обвел ими салон.

— Что… уже? — произнес он звучным, сочным даже после глубокого сна голосом.

— Еще нет, — ответил бригадир.

— Мы идем чай пить, Иван Ильич, — улыбался Латиф.

— И ча-а-а-ашки би-и-и-ть! — пропел тенором Микиток, накидывая кремовый плащ.

Широкая пухлая грудь Ивана Ильича поднялась, он вдохнул так, словно желая втянуть в себя не только пропущенный через кондиционер воздух салона, но и тот весенний, свежий, бодро рвущийся снаружи в овальную дверь:

— Так это… прекрасно!

Все рассмеялись, двинулись к выходу и стали

по очереди покидать салон и спускаться вниз по узкой лестнице, держась за перила. Лестница слегка покачивалась, словно пассажиры спускались не на землю, а на пристань с пришвартовавшегося корабля. Серж первым ступил в пожухлую, годами не кошенную траву, подсвеченную пробившейся снизу молодой травкой, заметил четырех охранников, спустившихся раньше на своих веревках, сломил сухой стебель борщевика и, похлестывая им по бурьяну, пошел к развалинам стены. Микиток, Арнольд Константинович и Лаэрт спрыгнули в бурьян.

Лестница снова качнулась, словно пьянея от весеннего ветра, заставив бригадира, Ивана Ильича и Латифа вцепиться в перила. Сверху раздался тяжелый, грубый, обидчиво-протяжный возглас:

— Да стой же ты, че-е-е-ерт мохноно-о-о-огай!

Трое сошедших обернулись. Громадный, восемь с половиной метров в холке, гнедой конь Дунай с коротко подстриженной гривой, в корень обрезанным хвостом и мощными косматыми ножищами, переминающийся на месте, фыркнул и тряхнул своей головой размером с семиместный автомобиль. Салон, в котором ехала бригада, крепился у коня на спине и занимал вместе с походной кухней, багажным отделением и каютой охраны всю эту просторную спину, а на средостении могучей шеи у тулова лепился облучок с накидным верхом, на котором восседал большой по кличке Дубец. Он держал в своих ручищах повод. По сравнению с конем трехметроворостый Дубец выглядел лилипутом.

— Весна гнедка тревожит, — кивнул на коня Арнольд Константинович, доставая портсигар.

— И вновь забьется ретиво-о-ое! — пропел тенором Микиток.

— Бейся не бейся, а кобылы здесь Дунаю ни хрена не сыскать... — Оглядываясь, Лаэрт сплюнул на траву.

Словно поняв эту фразу, конь ударил в землю копытом. Земля загудела. Из бурьяна поднялась тетерка и с хлопаньем полетела в лес. Конь мотнул головой, заставив грозно зазвенеть стальные кольца узды, оскалил желтые зубы и громоподобно заржал.

— Пр-р-р-ру!! — выкрикнул Дубец утробно, с угрожающим подвыванием и привычно схватился за внушительного размера кнутовище, пристроенное в чехле у облучка.

Дунай шумно выдохнул ноздрями и беззвучно оскалился, словно смеясь над лилипутом-форейтором.

По успокоившейся лестнице спустились остальные члены бригады, затем — с коробами — Антоний и повар Ду Чжуань.

— Расчистить полянку, — негромко распорядился бригадир.

Один из охранников подбежал, выхватил лучевой резак, присел на колено и тремя ловкими круговыми движениями с треском скосил бурьян на необходимой для бивуака площади. В бригаде Витте все охранники были клонами, абсолютно похожими друг на друга: высокие, широкоплечие, бритоголовые, облаченные в комбинезоны-хамелеоны, упакованные самыми совершенными орудиями выявления, распознавания и уничтожения врага.

Охранник стал было собирать срезанную им траву в охапку, но Иван Ильич остановил его легким пинком:

— Нет, нет, любезный, оставь. На сенце, на сенце поваляться надобно!

Охранник бросил охапку и отошел на свое место.

Антоний и повар расстелили на срезанной траве несколько тонких цветастых ковров, побросали на них подушки, опустились на колени и принялись вынимать из коробов все необходимое для чаепития, включая конфеты, варенье и восточные сладости.

— Ах, хорошо чертовски! — Толстый Иван Ильич повалился на подушки, улегся на бок, подпирая рукой свою большую, круглую голову с широким, красивым лбом и трясущимися розовыми щеками. — Чудесная идея, бригадир! А то эти качания, колебания, потеря точки опоры... О! Послушайте, господа! Какой мне нынче сон приснился!

— Явно что-нибудь про юных армянских мурзиков, — подмигнул мормолоновым веком Лаэрт, ловко садясь на ковер по-турецки.

— Нет, нет! — махнул на него рукой Иван Ильич. — Мне приснилось, что я лечу в самолете!

Все рассмеялись.

— Прекрасный сон, Иван Ильич, — Витте опустился на ковер. — И куда же вы летели?

— В Ереван, — подсказал Лаэрт, громко подмигивая.

— Да какой, к черту, Ереван... нет, я летел в эту... в Аргентину, причем летел с саквояжем, набитым... угадайте чем?

— Гвоздями?

— Это снится частенько, но не сегодня. Нет! Саквояж с умницами, причем с сушеными!

Их специально подсушили, чтобы они заняли поменьше места, а по прибытии я должен их опустить в специальный *умный* рассол, чтобы они, так сказать, разбухли и стали обычного размера.

— Как армянская брынза... — усмехнулся Лаэрт.

Иван Ильич увесисто шлепнул его тяжелой рукой по чешуйчатому колену:

— Эй! Амиго! Далась вам эта Армения! Да, я забил там пару кривых гвоздей, но это не повод третировать меня, черт побери!

— Лаэрт, вы однообразны в своих подколках, — заметил присевший на подушку с папиросой в зубах Арнольд Константинович.

— Я просто шучу, господа! — развел Лаэрт разноцветными руками.

— Зло шутите, — заметил Латиф. — Наша профессия нуждается в деликатности.

— И что же, положили вы умниц в рассол? — спросил Микиток, стоя в распахнутом плаще и с наслаждением вдыхая весенний воздух.

— До этого не дошло, а жаль! — Иван Ильич лег навзничь, зевнул: — Оа-а-а… весенняя слабость. Антош, ты чайку побадрей завари, а то как суслики проспим всю дорогу.

— Я могу заварить Железную Богиню, если вы не против, — ответил Антоний.

— Никто не против, — ответил бригадир.

Подошел Серж с ржавым мастерком в руке, молча показал его.

— Еб твою бодэгу бэй… — затрещал бровями Лаэрт.

— Мастерок! — взялся за пенсне Иван Ильич.

— Какая прелесть! — всплеснул руками Микиток, подходя.

— Орудие производства, — кивнул Серж круглой головой. — Там и другое валяется. Колесо от полиспаса, леса…

— Артефакты великого недостроя. — Бригадир взял у Сержа мастерок, посмотрел, бросил за спину. — Здесь работали зэки. Самый безнадежный участок в европейской части стены, по словам моего покойного дедушки.

— Боже мой! Работали день и ночь, страдали, недосыпали, не-до-е-дали! — качал кудрявой головой Микиток. — И ради чего?

— Ради великой России, — попыхивал папиросой Арнольд Константинович. — Последняя имперская иллюзия.

— Это когда эти… как их… опричники? — спросил Серж.

— Юноша, вы даже слов таких не знаете!

— Зачем ему? Серж не из Московии, — зевнул Лаэрт. — У них в Байкальской Республике демократия.

— Уж извините! — Серж с улыбкой уселся на ковре.

— М-да, Великая Русская стена так и не была по-
строена. — Иван Ильич смотрел в небо, лежа на спине. — Но идея была.

— Вполне себе утопическая, — пробормотал Арнольд Константинович, щурясь в небо.

— Почему же не построили? — спросил Серж. —
Кирпичей не хватило?

— Кирпичи разворовали, — пояснил Арнольд Константинович.

— Как это все-таки прискорбно, как нелепо! —
всплеснул руками Микиток, глядя на стену. — Работали миллионы людей, трудились, надрывались,
чтобы воплотить нечто возвышенное, прекрасное…

— Великая идея по возрождению российской империи разбилась о кирпичи, — потягиваясь, произнес Иван Ильич с явным удовольствием. — Послушайте, господа, а чаю нам дадут когда-нибудь?

— Уже готовится, — доложил Антоний.

Бригадный повар Ду Чжуань ловко наполнял
и опрокидывал фарфоровые чашечки на лакиро-
ванной прорезанной чайной доске.

Конь Дунай, стоявший неподвижно, вдруг выпустил газы. Это было равносильно пробному запуску
дряхлого, но некогда мощного реактивного двигателя. Бригада за вторую неделю путешествия на За-

пад уже привыкла к своему коню и его залпам. Это именовалось "воздушный парад в Таганроге". Дубец, что-то жующий, сидя на облучке, после лошадино-го ветропускания зашевелился, развернул веревоч-ную лестницу и, дожевывая, проворно спустился на землю. Раскачиваясь, отмахивая почти до земли своими длинными ямщицкими ручищами, он подо-шел к бригаде, снял кепку и поклонился в пояс.

— Чего тебе, *могатырь?* — спросил Витте.

— Барин, надо б конька подкормить, — проревел Дубец.

— Подкорми, пока мы чай пьем.

— Часок бы ему, барин.

— Хоть часок. Мы не торопимся.

— Благодарствуйте, барин.

Большой поклонился, пошел к коню. Легко вскарабкавшись наверх, сбросил вниз колоб живо-родящего сена, спустился сам, прыснул на колоб спреем. Колоб стал пухнуть и вскоре стал копной. Дунай поднял уши, потянулся к копне. Дубец под-прыгнул, схватил Дуная за уздечку, крякнул и с яв-ным усилием вытащил увесистые удила из оскалив-шейся пасти битюга. Тот же мотнул головой так, что Дубец отлетел и повалился в бурьян. Не обращая на конюха внимания, конь захватив губами добрую охапку сена, стал жевать, издавая звук древних жер-новов. Поднявшись без всякой обиды, Дубец отрях-нулся, шлепнул коня по губе, отошел в лес, спустил штаны и присел между молодыми дубками.

— Что-то он все сеном да сеном кормит. — Латиф щурился на громко жующего коня.

— Овес дорог, — пояснил Арнольд Константинович. — В Белой Руси особенно. Неурожай второй год.

— У них все дорого. Европейцы, бля. — Лаэрт протянул ладонь, и Ду Чжуань поставил на нее чашечку с чаем.

— Merci bien, — буркнул Лаэрт.

Иван Ильич, лежа, протянул руку. Повар поставил на ладонь чашечку.

— Сесе ни, — поблагодарил его Иван Ильич и заговорил по-китайски: — Ду Чжуань, ты знаешь, что твое имя заставляет вспомнить известного ловеласа Дон Жуана?

— Знаю, господин, — невозмутимо ответил Ду Чжуань, наполняя и подавая чашечки с чаем. — Мне не раз говорили об этом.

— Как же ты относишься к женщинам?

— В молодости я предпочитал мужчин.

— У тебя есть друг?

— Нет, господин.

— Почему?

— Есть китайская поговорка: если хочешь хлопот на один день — позови гостей, если хочешь хлопот на всю жизнь — заведи любовника.

— Она не токмо китайская! — рассмеялся Лаэрт.

— Значит, мужчины тебя больше не интересуют?

— Только как едоки приготовленной мною пищи.

— Ты волевой человек, Ду Чжуань. — Иван Ильич громко отхлебнул чаю.

— Это не воля, а чистый расчет, — заговорил Арнольд Константинович на своем плохом китайском. — Деньги важнее удовольствия?

Ду Чжуань промолчал.

— Деньги и удовольствие — синонимы, — ответил за него бригадир на своем блестящем южном китайском. — Профессия и удовольствие — тоже.

— Не согласен, — качнул головой Арнольд Константинович.

— Наша профессия — это и деньги и удовольствие, — произнес Латиф на старомодном мандаринском.

— И крутая ответственность, — добавил Серж на молодежном пекинском.

— А уж ответственность — это высшее из удовольствий. — Иван Ильич протянул опустошенную чашечку повару. — Хорош чаек.

— Прекрасно, прекрасно! — стонал Микиток, смакуя напиток. — Чай на природе, боже мой, как это чудесно, как хорошо для желудка, для души…

— Кстати, о душе, — глянул на часы бригадир. — Нам нужно убить час, пока Дунай насытится.

— Прогулка отменяется. — Лаэрт угрюмо проводил взглядом Дубца, с хрустом возвращающегося из леса. — Тут все позаросло, не продерешься.

— Можно просто поспать на воздухе, отдаться зефиру, увидеть прекрасные сны, — томно полуприкрыл глаза Микиток.

— После Железной Богини сон проблематичен, — отозвался Арнольд Константинович.

— Можно сыграть в торку, — предложил Серж.

— Времени не хватит, — возразил Витте.

— Тогда — в слепого дурака?

— Скучно.

— Господа, а может — гвоздодер? — вспомнил Арнольд Константинович. — В прошлый раз мы кого-то недослушали.

— Да, гвоздодер, — вспомнил Иван Ильич и рассмеялся. — Лаэрт, вы нас прошлый раз позабавили… ха-ха-ха… как там: вынь из меня маму?

— Вынь из меня маму! — вспомнил и Серж.

— Эй, слушай, вынь из меня маму! — Латиф сделал характерный кавказский крученый жест пальцами.

— Это невероятно, — тряхнул головой Арнольд Константинович. — Трудно поверить в такую дичь.

— Я ничего не придумал, — прихлебывал чай Лаэрт.

— Кто был последним? — спросил Латиф.

— Я, — ответил Арнольд Константинович. — Моя история была совсем невзрачной, вы уже ее наверняка забыли.

— В Саратове? Парень с собачьим мясом? Да-да… — вспоминал неохотно Иван Ильич. — Ежели вы рассказывали последним, тогда следующий — Микиток. Потом — я, затем — бригадир.

— Ой, гвоздодер… — жеманно морщась, закачался на подушке Микиток. — Это так чувствительно, так мучительно…

— Ку би ле! — шлепнул в ладоши Серж, усаживаясь поудобней. — Перед шабашкой приятно послушать про гвоздодер.

— Что значит — перед шабашкой? — спросил Арнольд Константинович, словно не расслышав.

— Ну, мы же артель, едем, так сказать, шабашить в Европу, — улыбался Серж.

Все переглянулись.

— Я еду… шабашить? — прижав ладонь к груди, спросил Микиток с испугом.

Арнольд Константинович снял пенсне со своего вмиг посерьезневшего и как-то осунувшегося лица.

— Вы, молодой человек, выбирайте выражения-с.

Латиф нехарактерно для себя хмыкнул, нервно улыбнулся и закачал головой, поднимая брови:

— Ша-ба-шить! Мы — шабашники? А, бригадир?

Витте молчал, спокойно потягивая чай.

— Я шабашник, дорогие мои! Я еду в Европу шабашить, шабашить, шабашить! — Микиток стал изображать правой рукой забивание гвоздя. — Иван Ильич! Вы подписались на шабашку?

Иван Ильич укоризненно-равнодушно глянул на Сержа и отвернулся к чашечке, наполняемой Ду Чжуанем.

— Да нет, господа, я просто пошутил… просто хотел… это же шутка…

— Это не шутка, — произнес Лаэрт, угрожающе треснув чешуей. — За такие шуточки во время Второй на правило ставили.

— Надо же… шабашить… ша-башить! — качал головой Латиф.

— Я вам, юноша, не шабашник! — Арнольд Константинович надел пенсне и глянул на Сержа так, что улыбка сошла с его скуластого лица.

Повисла тяжелая пауза. Угрожающие звуки жующего Дуная лишь оттеняли ее.

Бригадир поставил пустую чашечку на доску, достал портсигар, вытянул папиросу и неторопливо закурил.

— Видите ли, Серж, — заговорил он. — Мы профессионалы. Люди с опытом, с историей, с авторитетом. Но это еще не все. Профессионалов в мире достаточно. Может быть, сейчас, после всех войн, их стало даже побольше любителей…

Он помолчал, выпуская дым, и продолжил:

— Мы — честные плотники. И это нас отличает от многих профессионалов. Вместе мы оказались только отчасти из-за нашего авторитета, опыта и профессионализма. В большей степени вместе мы, потому что мы — честные. Честная артель. И вы, Серж, попали в эту бригаду не только потому, что забили три сотни прямых и всего двенадцать кривых. Есть плотники, забившие больше и лучше. Вы с нами, потому что вы честный. Вы ответственный, этически адекватный человек. Иначе бы вас не было здесь.

Бригадир замолчал. Молчал Серж, опустив свои калмыцкие глаза. Молчала бригада.

— Мы — плотничья артель. Мы направляемся в Европу, — продолжал Витте. — Европа, колыбель цивилизации. Старушка. Ей пришлось нелегко. Ваххабитский молот ударил по ней. Ударил беспощадно, жестоко. Но Европа выдержала этот удар, хребет ее не сломался. Хотя и треснули многие кости. Она раздроблена, раздавлена. Но — жива. Она залечивает раны, бинтуется, отлеживается. Ей необходим хороший уход, хорошее питание. И хорошие сны. Schlafen ist die beste Medizin, как говорили мои шварцвальдские предки. И они правы. Даже здоровый человек нуждается в хорошем, правильном сне. Что же говорить о покалеченных? Так вот, дорогой Серж, старушка Европа пригласила нас, плотников с востока, чтобы мы обеспечили ей хороший сон. Нашими руками. Нашими молотками. Нашей честностью.

И, словно иллюстрируя сказанное бригадиром, Микиток вынул из внутреннего кармана своего фрака изящный золотой молоток с оттиснутым гербом Теллурии, зажал в пухлом кулаке и вытянул вперед руку. Солнце сверкнуло на золотых гранях.

— Мы едем туда не шабашить, а честно делать свою работу, — завершил свой монолог бригадир. — И мы не терпим шуток, ставящих нашу этику под сомнение. Вы поняли, Серж?

— Я понял, — произнес тот с напряженным лицом.

— Нет, друг мой, вы не поняли. Вы произнесли сейчас "я понял" формально, я *чувствую* это. Вы никогда не относились к нашей совместной работе как к шабашенью. Вы давно уже осознали и осмыслили наши моральные принципы. Вы разделяете их, так как вы — честный плотник. Вы не понимаете другого: почему мы отнеслись к этой шутке столь серьезно. Я прав?

— Да, бригадир, — кивнул Серж.

— Как этнический немец, я всегда грешил излишним наукообразием. — Бригадир погасил окурок в малахитовой пепельнице, поднесенной Антонием. — Может, кто-то из вас объяснит это Сержу?

Все нехотя переглянулись. Желающих явно не было.

— Некому? — обвел их взглядом бригадир.

Бригада молчала.

— Я готов объяснить, — вдруг произнес Латиф.

Он расстегнул молнию своей кожаной куртки, снял ее, оставшись в узкой рубашке зеленовато-стального цвета. Неспешно расстегнул пуговицы, снял рубашку, оставшись в белой сетчатой майке. Стащил с себя майку и повернулся к Сержу спиной. На этой смуглой мускулистой спине виднелось большое, почти во всю спину тавро — герб Теллурии, выжженный три года назад следователями в омской тюрьме. Судя по шрамам, тавро выжигали постепенно, совмещая этот процесс с многодневным допросом. Серж уставился на спину. Герб, составленный из ожогов разной толщины, был ему известен как никакой другой: горы с восходящим

солнцем, пещера Мактулу в окружении двух ладоней, шершень на эдельвейсе и надпись на алтай-
ском: "МИР И СИЛА В ЕДИНСТВЕ". На официаль-
ном гербе шершень был голубым. Это голубое насекомое, сидящее на горном цветке, всегда очень
нравилось Сержу, в нем чувствовалось что-то гряду-
щее, сильное и просторное. Солнце сверкнуло на золотом молотке, все еще удерживаемом Микитком,
попало в глаз Сержу. Он невольно перевел взгляд
на еще один — маленький, оттиснутый на золоте —
герб этой страны, подарившей ему не только профессию, но и смысл жизни.

Все, кроме Латифа, смотрели на Сержа. Блед-
ные до этого скулы его порозовели, губы разошлись
в подобии беспомощной, почти детской улыбки.

— Я... все понял, — выдохнул он.

Латиф обернулся и посмотрел ему в глаза.

— Я понял, — повторил Серж уже твердо.

— Вот и прекрасно, — кивнул бригадир, дотянулся
и сжал узкое запястье Сержа.

Латиф стал одеваться. Микиток спрятал свой
молоток.

— Ну а теперь переходим к гвоздодеру, — громко
сказал бригадир.

Бригада облегченно зашевелилась.

— Микиток, ваша очередь.

Тот потер свои холеные руки, словно перед едой,
сцепил замком, треснул суставами:

— Да, гвоздодер... Господа хорошие, не могу сказать, что мне крайне приятно это вспоминать, ну так это вполне естественно, это в правилах игры, ведь правда? Вроде пора привыкнуть за десятилетнюю практику, успокоиться, воспринимать это как нечто вполне себе обыкновенное, да? Например, как поскальзывание на весеннем льду! Шел, шел, человек, вполне приличный, умный, обаятельный, хорош собой, одет со вкусом, можно сказать — денди, и вдруг — лужица, тонкий ледок, поскользнулся и — бац! Сел в лужу. И что? Слезы? Проклятия? Ничуть! Чертыхнулся, встал, рассмеялся, отряхнулся. Пошел дальше. А у нас… то есть у меня, не так. Совсем не так. Легкости нет с *кривыми*. Легкости! Не получается это — встал, отряхнулся, пошел. Не получается. И ничего поделать не могу! Готовлюсь, настраиваюсь, медитирую, молюсь, уговариваю себя, договариваюсь сам с собой, что, когда вкривь пойдет, надобно мысленно начать петь какую-нибудь жизнеутверждающую оперную арию или что полегче — опереточную даже: по-о-о-оедем в Вараздин, где всех свиней я го-о-о-осподин, я буду холить ва-а-а-ас, как свинопас! Вот таким манером… Но — не получается. Ни опера не помогает, ни оперетта. Гвоздодер! Это такой сверхчувствительный моментик в практике каждого плотника, оро, компликация, кошмарик, черт его побери со всеми потрошками! Мы не роботы, не дубины стоеросовые с нервами-канатами, не циничные наркодилеры, это ясно как день, господа хорошие! Плотницкое ремесло требует не токмо сверх-

чуствительности и точности. Но и этики. Но и это
не гарантия! И никто никогда не застрахован, будь
ты хоть честнейший плотник — золотые руки, а все
равно, все равно рано или поздно — вильнет, пойдет вкривь, проклятый. Фатум! Да! Ну, хватит пре-
амбулочек. Так вот, полгода назад пригласили меня
в один хуторок забить пару гвоздей. Путь, надо сказать, неблизкий. Весьма! Дальний вызов, понимаете ли, случается, и нередко, а как же. Я никогда, никогда не манкирую дальними вызовами. Принципиально, господа, принципиально! Noblesse oblige.
Тем более хутор достаточный, цена существенная.
Заложили мы, стало быть, колясочку, собрал я ин-
струментик, погрузились, пихнул Андрюшку: поехали. Ехали часов восемь. С остановками, привалами,
самоварчиком… Дорога — прекрасная, Брянщина,
известное дело, война не дотянулась, чистота, при-
ветливость, новые роботы, здоровый зооморфизм.
К вечерку доехали до места, живописные такие кур-
тины, поля гречишные в цвету, пчелки гудят, достаток, понимаете ли, облака, закат, погодка, воль-
ный ветер. Встречает меня управляющий заказчи-
ка, вполне приличный, цивилизованный господин
с охраной, говорит по-английски, сопровождают
в хутор. Подъехали — батюшки-светы! Превосход-
ная усадьба из дерева, и не под кондовую Русь, а бун-
гало эдакое, пристройки, конюшня, сады, огороды,
стрельбище, аэродромчик, три бассейна, водопад.
Проводят к хозяевам. Отец и сын. Причем отец аме-

риканец, а сын калифорниец. Весну и лето проводят
в Брянской Республике. Почему бы и нет? Видно, что
сильная любовь, не скрывают чувств, а зачем, зачем
скрывать-то?! Сын красавец писаный, эдакий кали-
форнийский Аполлон, высокий, серые глаза, кудри,
стать. Отец тоже не урод, приветлив, прост, улыб-
чив: "Wouldn't you like a bite to eat after your trip?"
"With pleasure, sir!" Усадили за стол, попотчевали ве-
гетарианским стейком с початком кукурузы, сами
пьют огуречную воду, готовятся. Первый раз. Поэтому опытного плотника и позвали издалека. И прекрасно! Я откушал, уточнили условия, стали начи-
нать. Прошли в помещение, переоделись, стали они
обниматься, целуют руки друг другу, лавина нежности, слезы, пожелания и расставания, прелестная,
прелестная сцена. Волнуются, а как же. Успокоил,
подготовил, уложил. Отцу забил как в масло. Все чисто, пошло *белое*, радость, поля превосходные, новый
мир, слова, *bosorogos*, лавина. Забил сыну. И пошла
кривизна. Причем по-тяжелому, *tornado*, поля темнеют стремительно, гнуснейшим образом-с! Отец лежит рядом: радость, проникновение, благожелание.
А сын — в пропасть. Я Андрюшке: гвоздодер, живо!
Подкатил, открыли, взяли, всунули Аполлона в гвоздодер, а он у меня тогда еще просторным не был,
старенький, шанхайский самодел, еле втиснули, парень здоровый, ступни голые торчат. А отец — про
орбиты электронов, про неопределенность Гейзен-
берга, он физиком оказался, и стал свободной части-

цей, фотоном, и полетел сквозь орбиты, и жаждет встретить сына для энергетического слияния. Оказывается, они с сыном — пара *запутанных* фотонов, одна, так сказать, квантовая семья. Изрекает папаша с завидной высокопарностью, что они, дескать, одна квантовая семья, испущены одним источником, что надобно токмо преодолеть время... Но мне, господа хорошие, не до ядерной физики: у сына — естен тану. Стал тянуть гвоздь, идет плохо из рук вон, поля темнеют, камера ревет, отсосы, пульс. Еле-еле вытягиваю, и вдруг — агония, ноги затряслись. Журектын токтауы. Ну, тебене, топ-адр в сердце, естественно. Давление сбросил, взял в *argada*, включил индуктор. В общем и целом, господа, запустил ему сердце в тот самый момент, когда гвоздь вытащил. Вынули Аполлона из гвоздодера, прижгли, шокнули. Очнулся. А отец полежал, встал, радостный, и говорит: "I'm waiting for you in the photon stream, my son". И пошел вон из плотницкой. Вот такая, дорогие мои, гвоздодерная история.

— Так быстро журектын токтауы? — спросил Лаэрт. — Вот уж повезло.

— У меня такое было дважды, — потянулся и встал Арнольд Константинович. — Поля темнеют и сразу — журектын... Катастрофа.

— Естен тану вовсе не подразумевает журектын токтауы, — возразил Витте. — Если поля сразу потемнели, это еще не чирик жалан.

— Согласен, бригадир, полностью согласен,

но есть природные алсыз, — развел руками Арнольд Константинович, направляясь к лесу. — Токтауы не токтауы, а потеря речи — легко. Легко! Врожденная слабость, что поделать, хоть и сам, как вы сказали, Аполлон.

— Аполлон, красавец, нибелунг! — Микиток тоже встал, прижимая руки к груди. — Арнольд Константиныч, дорогой, вы, никак, пописать?

— Не пописать, а отлить лишнего… — пробормотал тот на ходу, не оборачиваясь.

— Я с вами, я с вами! — заспешил Микиток.

— М-да, гвоздодер у вас теперь новый, датский, — закивал вслед Латиф.

— Из этого бы ноги не торчали, — усмехнулся, треснув бровью, Лаэрт.

— Хороший, большой, но много места занимает в багаже! — Микиток махнул рукой на жующего Дуная.

Битюг поднял уши, не переставая жевать. Громадный, лоснящийся черной складчатой кожей член его дрогнул, и из него с шумом ударила в землю толстая, мощная, с доброе бревно толщиной струя мочи.

— Чужой пример заразителен! — выкрикнул Арнольд Константинович, входя в лес.

Бригада услышала лесное эхо.

— А мой индуктор давно уже каши просит, — вспомнил Иван Ильич. — Если вкривь пойдет, надо что-то придумывать…

— Можно и без индуктора, — заговорил Серж. — Давление плюс поля.

— Вот-вот… — потянулся и запел, зевая, Иван Ильич. — Вся надежда на поля, на поля, на поля-я-я!

— Одними полями тартык каду не выпрямишь. — Лаэрт встал, с треском потянулся.

— Ак соргы помогает всегда, — возразил Серж.

— Да, помогает! — скорбно-иронично закивал Лаэрт. — А качать перестал — и чаклы! И уже не гвоздодер нужен, а гроб.

— Ак соргы зависит от силы поля плотника, — бригадир потягивал чаек, посасывая лакричный леденец.

— Если поле мощное — индуктор не нужен, — с категоричной деликатностью кивал Латиф.

— Не все сильными родились. — Лаэрт сделал несколько плавных движений из *танцев зверей*.

Когда Микиток и Арнольд Константинович вернулись, бригадир сделал знак Ивану Ильичу:

— Ваш черед, коллега.

— Мой черед. — Тот поставил пустую чашку на доску, с трудом сел по-турецки, положил руки на свои толстые, шарообразные колени. — История эта случилась тоже не очень давно.

Он смолк, сосредоточившись. Его широкое, породистое лицо с пухлыми, почти по-детски розовыми щеками, маленькими, чувственно-полными, упрямыми и самоуверенными губами и живыми, умными и быстрыми глазами словно вдруг окаменело, став мраморным изваянием, и сразу в нем проступило со всей неумолимостью нечто тяжкое, эмоционально неподвижное, неприветливо-грозное, как бывает зачастую на лицах государственных сановников или полководцев. "Вверенный мне мир людей крайне несовершенен, — словно говорило это лицо. — Это мир хаоса, энтропии, мелких страстей и эгоистичных побуждений. Чтобы направить этот мир на благо, цивилизовать и окультурить, сделав осмысленно-полезным для человечества и осознанно-благопристойным для истории мировых цивилизаций, нужно уметь обращаться с этой гомогенной массой, уметь подчинять ее. А для этого надо победить в себе желание различать в этой массе отдельных личностей, надо стремиться видеть только ее самое как единую личность, надо понять и принять истину, что люди — это только масса".

Но привыкшие к лицу Ивана Ильича члены бригады Витте прочли на нем вовсе не эти мысли, а совсем другое, известное каждому связавшему себя с трудной и опасной профессией: плотник не должен никогда пробировать теллур.

Окаменевшее лицо Ивана Ильича словно по буквам произносило эту максиму.

— Мы все уверены, что знаем точно, чего хотим на этом свете, — заговорил Иван Ильич, и лицо его вдруг так же резко потеряло свою мраморную неумолимость, став обычным человеческим лицом. — Во всяком случае, мы научились убеждать себя в этом. Мы хотим счастья. И для достижения оного избираем свои пути, зачастую извилистые до невероятности. Нет и не может быть двух одинаковых людей. Нет и не может быть двух идентичных путей к счастью. У всех свой путь. И все счастливы по-своему. Итак, женская история. Одинокая дама средних лет, но вполне красивая и привлекательная заказала опытного, дорогого плотника. Приезжаю. Скромная квартира в пригороде Уфы, признаки вынужденного одиночества. Вдова. Голограмма покойного мужа и что-то вроде алтаря с вещами покойного. Деликатно, со вкусом. Старые книги, картины с элементами этномистики, синтоистские атрибуты, но без перебора. Человек культуры, но — ведомый, очарованный, покоренный сильной личностью мужа. Естественно, я сразу к делу. Задаю три главных вопроса, и выясняется, что у нее теллур уже третий раз. Забивали местные. Зачем же, спрашивается, дорогущий плотник из тридесятого царства? Оказывается, забивали пять лет тому назад, когда еще был жив муж. Пробировали вместе. Но тогда, она говорит, с мужем, это было совсем другое. Как бы совсем другой теллур, с другими целями. А сейчас у нее цель особенная, очень важная, поэтому требуется Уп. Да, мадам, я и есть Уп. Цену назвал ей стандартную за дальний выезд. Она даже не торговалась. Ощущаю, что деньги эти наскребала с трудом. Но чужая торсок не жмет, как говорят на Алтае. Не задавая лишних вопросов, готовлюсь. Но она останавливает: подождите, господин плотник, я хочу вам рассказать о себе. Я: мадам, наша профессиональная этика предполагает незнание биографий клиентов. Она настаивает. Я категоричен: не могу и не хочу перегружать свои поля. Она — в слезы. Я: нет, невозможно, кодекс. Она — на колени. Рыдания, почти истерика. Ну, женская история, господа, я предупредил вас!

— Это знакомо... — с грустной улыбкой кивнул Латиф.

— Ох как знакомо! — воскликнул Арнольд Константинович, поправляя пенсне.

— Да-да, знакомо! Мои колени обнимает очаровательная, рыдающая дама. Душераздирающая картина, господа. Но, несмотря на внешнюю мягкотелость, в своей профессии я человек жесткий. Отнимаю руки от колен. Сообщаю ей размер штрафа за ложный вызов, санкции от всех артелей, саквояж беру, гвоздодер везу к выходу. Тогда она бросается к алтарю с голограммой, хватает с подстолья какую-то коробку черного бархата, ко мне — и опять на колени. Открывает эту коробочку. А там лежит золотой самородок. Приличного размера, такой вытянутой слегка формы, где-то фунта на полтора. Ну самородок и самородок! Я к золоту равнодушен, вы знаете. Говорю, мадам, этот самородок не способен поколебать моих профессиональных принципов. Она говорит: послушайте, послушайте, послушайте. Это никакой не самородок. Это золото, которым по приказу нашего деспота залили горло моему мужу. Это то, что осталось у меня от моего мужа.

Иван Ильич замолчал. Не переглянувшись со слушателями, он вперил свой умный, живой взгляд в одинокую молодую сосну, выросшую отдельно от леса неподалеку от развалин стены.

Бригада молчала.

— Слиток, — заговорил он снова. — Слиток с горла. Звучит точнее, чем слепок. Ну… в общем. В общем, коллеги, я не смог ей отказать. Не обессудьте, но не смог. Человеческое, слишком человеческое! Не смог. Собственно, за что и поплатился… История вообще неслабая. Ее покойный муж был, что называется, акыном. Он пел баллады собственного сочинения, подыгрывая себе на трехструнном инструменте. Был чрезвычайно популярен в их государстве. Его прозвали "золотым горлом". Но баллады не только несли мистико-философский смысл, но и обличали нравы элит. И постепенно эта тема стала превалировать, благо разложившая деспотия давала богатый материал для сатиры. Народ носил акына на руках. И не только в переносном смысле. Проходу не давали, осыпали цветами, ласками и подарками. Но кончилось все это плачевно — однажды ночью его похитила служба госбезопасности, а через пару дней жена получила эту бархатную коробку со слитком. Тело акына тайно сожгли, пепел развеяли. По воле циничной, беспощадной власти акын окончательно обрел свое народное имя. Отлился в горловом золоте. Прослушав эту душераздирающую историю, я задал вдове закономерный вопрос: зачем вы все это рассказали мне? Оказывается, она хотела забить гвоздь, чтобы встретиться со своим мужем. Если это встреча пройдет благополучно, она станет копить деньги на следующий гвоздь, жить ожиданием нового свидания, если же она случайно погибнет, то я должен буду засвидетельствовать, что она погибла, ища встречи с ее вечной любовью. Иначе душа ее не успокоится. Вот такая логика прекрасной вдовы. Я согласился. Приехал тогда без помощника, просто с ямщиком. Подготовил ее, уложил, забил. Криво. Естен тану. *Tornado.* Чирик жалан. Гвоздодер не помог. Через двадцать четыре минуты она была мертва.

Иван Ильич достал из кармана пиджака узкую коробку вишневых сигарок, закурил, пуская ароматный дым.

— Квартиру я, естественно, поджег. Гвоздодер пришлось бросить. Возвращался в Хабаровск на перекладных, весьма окольным путем. Заметание следов влетело в копеечку. Вот такая гвоздодерная история, господа.

Он вздохнул.

— Но когда я выходил из подожженной квартиры, оглянулся. Я не сентиментален, но взгляд голографического акына сквозь дым мне запомнился. Похоже, что вдова встретилась с ним.

Иван Ильич смолк, покуривая.

— Как важно не нарушать кодекс, — убежденно произнес Серж.

— А в чем причина смерти? Журек или мее? — спросил Лаэрт.

— Мее, — ответил Иван Ильич.

— С мее у женщин больше проблем, чем с журек, — кивал Латиф.

— Мужчины слабее сердцем, это очевидно. — Арнольд Константинович полез за папиросами. — М-да, Иван Ильич, знатная история. Суровые, так сказать, плотницкие будни.

— Гвоздодер сгорел? — спросил, громко потягиваясь, Лаэрт.

— Гвоздодер сгорел, — кивнул Иван Ильич.

— Слиток вы, конечно, с собой не взяли, — хмыкнул Лаэрт.

Иван Ильич с неприязнью глянул на него. Лаэрт поднял чешуйчатые руки:

— Pardon, глупая шутка.

— Так шутят болваны, — угрюмо заметил Латиф.

— Согласен… — Лаэрт сделал несколько плавных, красивых движений из *танцев зверей*.

— Ужасная, господа, жуткая история! — всплеснул руками Микиток. — Могу представить — квартира, огонь занялся, дымок стелется, знаете ли, и прекрасная дама, бездыханная, уже бездыханная, и этот образ, образ ее любимого человека, взгляд сквозь дым, этот немой укор… ужас! К этому не привыкнешь, не привыкнешь… Знаете, господа, несмотря на весь мой опыт, на практику, на кровь, на стоны, каждый раз, когда у меня кто-то умирает под молотком, я ощущаю себя убийцей. И ничего с этим не могу поделать! Понимаю, что глупо, что идиотизм, сентиментальщина, но — ощущаю! Умом понимаю, а вот этим...

Он ткнул палец в свою пухлую грудь и смолк, качая красивой головой.

— Дорогой Микиток, в тот день я тоже себя ощутил убийцей. — Иван Ильич щурился на сосну, выпуская дым, пахнущий цветущей вишней. Полные щеки его раскраснелись, видно было, что он переживает эту историю заново.

— Коллега, вы должны были почувствовать себя убийцей, когда сказали этой даме "да", — проговорил бригадир.

Серж, Лаэрт и Арнольд Константинович молча кивнули. Иван Ильич, ничего не ответив, курил.

— А уговор вы исполнили? — спросил Латиф.

— Безусловно. — Иван Ильич бросил сигарку, быстро вытянул из нагрудного кармана сложенную умницу, растянул, активировал.

Над умницей возникла голограмма — красивая дикторша-башкирка на своем языке рассказывала историю погибшей. В рассказе всплывали изображения теллурового гвоздя, акына, "золотого горла", горящей квартиры, синтоистских божеств.

— Теперь все почитатели таланта ее мужа знают, что последней волей вдовы было соединение с любимым в других мирах, — перевел и пояснил Иван

Ильич, хотя Серж, Витте и Арнольд Константинович прилично знали башкирский и даже иногда позволяли себе подшучивать друг над другом известной плотницкой строфой: "Он по-башкирски в совершенстве мог изъясняться и писал". Лаэрт и Микиток более-менее понимали этот язык.

— История Ивана Ильича — суровый урок нам всем, — проговорил Арнольд Константинович. — Это важно осознать особенно сейчас, когда мы въезжаем в Европу. Надобно в любой ситуации оставаться профессионалом, помнить плотницкий кодекс. Что скажете, бригадир?

Витте сцепил руки на груди:

— Скажу, что полностью согласен с вами, Арнольд Константинович. Но Европа здесь ни при чем. Кодекс есть кодекс. Он везде для нас одинаков. И в Башкирии, и в Баварии.

— Плотник везде должен оставаться плотником, — кивал Латиф. — Меня двенадцать раз хотели клиенты. И все, как на подбор, очень приличные, красивые, уважаемые люди, мужчины, женщины... Но я всегда жестко отказывал. Были обиды, даже слезы, один грузин целовал мне колени, но я находил слова. Если слова не помогали — пускал в ход силовые аргументы. И они понимали.

— Хотение — несколько другая тема, — заговорил Иван Ильич, ложась на спину и подкладывая сцепленные руки под голову. — С хотением справиться легче, чем с такой ситуацией. Гораздо легче.

— Здесь не нужен никакой нравственный импе-
ратив. — Бригадир встал, прошёлся по ковру со сло-
женными на груди руками. — Функциональная логика: ваше предложение, уважаемый или уважаемая,
невыполнимо, ибо навредит в первую очередь вам.

— Если б я был робот, я бы тогда так ей и ответил.

— В профессии мы должны быть роботами, —
вставил Серж.

— Не у всех получается.

— Плотник не должен быть роботом.

— Иногда — должен!

— Не согласен. У робота нет свободы воли. Ак соргы предполагает абсолютную свободу воли.

— Роботом надо быть в вопросах кодекса. Ак соргы творит человек.

— Разделение на робота и человека чревато
для синь.

— Ну не нравится робот — используйте другую
мыслеформу: хирург.

— Иногда это помогает. Но — иногда.

— Хирург не должен сентиментальничать с боль-
ным.

— Мы не хирурги, а наши клиенты не больные.

— Мы не хирурги, это верно. — Бригадир остановился напротив лежащего Ивана Ильича. — Мы
не лечим людей, а несём им счастье. И это гораздо сильнее полостной операции по удалению запу-
щенной опухоли у нищего бродяги, ибо избавление
от неё не предполагает счастья. Избавление — это

простое облегчение. Но это не есть счастье. Счастье — не лекарство. И не наркотик. Счастье — это состояние души. Именно это дает теллур.

— Да, гвоздь, забитый в голову бродяги, делает его счастливым, — забормотал Иван Ильич, глядя в постепенно очистившееся от облаков небо. — Так что не стоит обращать внимания на его запущенную опухоль.

— Genau! — Витте навис над Иваном Ильичом.

Но тот смотрел мимо бригадира, в чистое весеннее небо, в котором уже довольно ощутимо обозначились первые признаки заката.

— Мы не должны брать на себя чужую карму, даже в мелочах, — продолжал бригадир. — Особенно теперь, в послевоенном, обновленном мире. Взгляните на наш евроазиатский континент: после краха идеологических, геополитических и технологических утопий он погрузился наконец в благословенное просвещенное средневековье. Мир стал человеческого размера. Нации обрели себя. Человек перестал быть суммой технологий. Массовое производство доживает последние годы. Нет двух одинаковых гвоздей, которые мы забиваем в головы человечеству. Люди снова обрели чувство вещи, стали есть здоровую пищу, пересели на лошадей. Генная инженерия помогает человеку почувствовать свой истинный размер. Человек вернул себе веру в трансцендентальное. Вернул чувство времени. Мы больше никуда не торопимся. А главное —

мы понимаем, что на земле не может быть технологического рая. И вообще — рая. Земля дана нам как остров преодоления. И каждый выбирает — что преодолевать и как. Сам!

— Да. Мы не должны лишать человека выбора, — проговорил Арнольд Константинович.

— Это грех, — произнес Латиф.

— Ложное сострадание и есть такой грех, — подытожил бригадир и смолк.

Дунай, расправившись с копной сена, спокойно стоял, прикрыв глаза и тихо дыша. Склонившееся к закату солнце отливало на его темно-рыжей спине и на стволе одинокой сосны. Ямщик дремал на своем облучке.

— Да, мне есть что преодолевать, — со вздохом произнес Иван Ильич, садясь на ковре. — Кстати, бригадир, сдается мне, теперь ваша очередь?

— Моя, — ответил Витте без тени удивления, словно давно ждал этого вопроса.

— Мы слушаем вас.

— История вполне простая. Черногория. Пожилой человек. Не очень состоятельный, обыкновенный пенсионер. Накопил деньги на гвоздь, вызвал меня. Забил ему. Криво. Задействовал гвоздодер. Помогло. Вынул гвоздь. Старик пришел в себя. И сказал мне два слова по-сербски: "Нема Бога". Вся история.

Бригадир бодро кашлянул и пошел к сосне.

Артель проводила его недолгими, не очень удовлетворенными взглядами.

— Краткость — сестра таланта… — усмехнулся Арнольд Константинович и поежился. — Однако становится прохладно.

— Это тянет от развалин. — Лаэрт поднял сухую травинку, недовольно сунул в рот, стал жевать.

— Пойду-ка я баиньки. — Микиток с трудом приподнялся с ковра, пошел к Дунаю.

Иван Ильич с еще большим трудом, кряхтя, встал, двинулся за ним.

Бригадир дошел до сосны и стал мочиться на ее ствол. Над развалинами стены пролетели три вороны. Потом еще две.

Латиф легко встал и сделал сальто вперед. В кармане у него пискнула умница.

— А где же подробности? — вполголоса спросил Серж, глядя на мочащегося бригадира.

— Где? — щелкнул надбровием Лаэрт. — В гвозде.

· XXIX ·

Забил мне плотник дядя Юрек с утра я полежал малость чайку травяного попил Пирата разбудил арсенал проверил в окошко сиганул доехал на метро до места вышел Казимиш с воздуха докладывает обложили в доме номер семь затаился я навигатором засек гада и прыгнул туда сразу думал я что он низом пойдет через теплосети и громотрон уж приготовил а он как почуял нас с Пиратиком двинул верхом по руинам быстро аж пыль цементная полетела я громотрон за плечо шаттан из чехла дерг Пирата пустил давай Пиратик нюхай воздух чтоб гад верхом не ушел а то знаем куда он рвется к автосалону там прорухи такие что через них можно и в парк уйти и никто там не достанет а мы ему дорогу перережем отсечем гада он и замечется по кругу там сверху Казимиш и обложник и сзади куда деваться Пират голос дал стал работать тот сука прет верхом аж трещит все я несусь низом Пират голосом держит впереди несется а тот метнулся вправо и сверху с самого этажа четвертого из прачечной вниз в супермаркет спаленный ломанулся аж головешки вроссыпь я дуплетом по ходу коц коц да мимо куда ж там попасть и увидал его мельком здоровяк тонны на полторы когтищи мелькнули такие что срать захочешь мы с Пиратом в супермаркет через окно и я сразу веером во все стороны шесть зарядов а он в дальнем конце где консервы были и рвет стены как картон и ходу ходу от нас Пират за ним я кричу назад нельзя сам следом и только вижу мелькнул гад и ушел в подпол что делать они же суки прорехи чуют тут сразу голова сработала бомбу в прореху коц а сам наружу прыгнул и в обход справа и бомба рванула а мы с Пиратом справа обходим я громотрон выхватил по трещинам коц коц коц и слышу рев под землею значит достало его и вижу асфальт топорщится за табачным киоском ну понял лезет наверх гадина шаттан дерг обойму вставил Пирату к ноге он вперед рвется я его на карабин сидеть Пиратик вылезет тогда поработаешь и тут асфальт во все стороны попер и прыгнул гад так что до середины проспекта откуда силы взял я на опережение коц коц коц и один раз попал рявкнул аж стекла в доме зазавенели пустил Пирата он за угол я за ним прыг вижу пошел опять верхом по балконам я коц коц коц и снова зацепил а он в квартиру вломился и затих я бомбу приготовил шумовую Пират его голосом держит я забежал с торца и на шестой этаж из бомбомета пустил ему гостинец

ухнуло и вылетел он слышу на балконы опять аж Пират захлебнулся я только за угол прыг и вижу к ко-
тельной к магазинчикам к Макдоналдсу прет по ал-
лее и уже не так быстро прет сука здаррровай такой еще не попадался где ж он так трупами отъелся
уж не в кинотеатре ли разбомбленном я сразу стал ко-
цать по нему а дымно да деревья все в молоко пошло
Пират только догнал его а он в бутик в окно ломанулся я Пирату сидеть чтоб внутрь не лез подбежал вижу кровь на подоконнике и понял что зацепило его
неслабо Пират лает я слева обошел в окно шутиху
из бомбомета коцнул и сразу вторую коц и прыг назад он через то окно что влез и я за ним за ним и вижу мелькает а уже не так быстр падла занеможил
стало быть и по дворам пошел а я в обход прыг через подворотню и выхожу на него Пират рядом и вижу на навигаторе что прет он на нас и в подворотне
встретимся Пират вперед рвется я ему пасть зажал
молчи не лезь ты ему здесь на один зуб и вот я на колено присел чтоб стрелять сподручней и он на меня
прет я подпустил поближе в грудь ему коц его даже
разрывной пулей не отбросило такой бугай и заревел
и прет вперед еще подпустил харя в полподворотни
весь шерстью зарос промеж глаз прицелился и цок
осечка цок цок осечка до него три метра я за пистолет а он уж ручищи свои занес когти полуметровые
я пока пистолет дерг из кобуры споткнулся навзничь
повалился думаю конец тебе Франтишек настал щас
и откинешься а тут Пират прыг и в руку ему вцепил-

ся и он гнида трупоедная на Пирата а я вскочил подбежал и в упор ему в башку из пистолета обойму всю коц коц коц коц коц коц коц коц коц коц коц аж мозги мне в морду брызнули и он завалился а под ним Пират повизгивает я гадину за башку схватил чтобы отвалить и не могу сдвинуть такой здоровый Пирату хриплю Пиратик потерпи огляделся труба валяется схватил поднял подпер гада и отвалил чуть пупок не развязался Пират лежит скулит и вижу кишочки из брюха лезут порвать успел его гад я Пиратик Пиратик сам скафандр расстегнул исподнее свое дерг разорвал кишки Пирату заправил перевязал исподним взял на руки Пирата чувствую у него и ребра поломаны успел и помять его гадина а сам Казимишу в небо искру помощи и по проспекту прыг прыг прыг с Пиратом на руках слышу уж Казимиш летит на крыльях Пират скулит думаю отвезем в больницу зашьют его полечат к Казимишу на спину прыг кричу лети быстрей на юго-восток там немецкая больница Мартина Лютера Казимиш взлетая в подворотню глянул аж крякнул как же ты Гжесь такого завалил кричит а вот так говорю с Михася бутылка и полтора гвоздя а теперь лети-свисти Казимиш со всей мочи в больницу Пиратика зашить надо поднялись полетели Пират дышит да вниз на город глядит долетели быстро сели выскочил я с Пиратом на руках прыгать больше не стал а понес его в больницу потихоньку чтоб не растрясти а Пиратик мой зевнул и голову свесил и не дышит и все и нет больше моего Пирата.

· XXX ·

— Дорогой вы мой, да как же вы можете помнить те времена, если вы родились, когда уже все произошло?! А я-то помню еще мальчиком и Москву-столицу, и автомобили бензиновые, ох, их была прорва, пройти нельзя было по Москве, не то что проехать. Толпы, толпы машин, понимаете ли, и все они были почему-то грязные всегда, да, да, почему-то всегда грязные!

— Почему?

— Вот загадка, не могу понять! Это я прекрасно помню, мы жили тогда на Ленинском проспекте, и каждое утро я выходил гулять с нашим спаниелем Бонькой и шел через эти грязные машины мимо универмага "Москва" в парк при Дворце юных пионеров.

— Красивое название. И во дворце жили эти юные пионеры?

— Знаете, я совершенно не знаю, кто там жил,

но вот газон я помню, стелу такую бетонную, собачников. Магазины помню, в них было много всего лишнего, яркого. Такие сосалки на палочке, назывались смешно — "чупа-чупс". Знаете, я даже помню последних правителей России, они были такие какие-то маленькие, со странной речью, словно школьники, бодрые такие, молодые, один на чем-то играл, кажется на электромандолине, а другой увлекался спортом, это было модно тогда, и даже один раз полетел вместе с журавлями.

— С журавлями?

— Да-да, с журавлями, именно с журавлями, представьте себе!

— У него уже тогда были *pro*-крылья?

— Да нет, что вы, *pro*-крыльев тогда еще ни у кого не было, он полетел на каком-то аппарате и, кажется, что-то сломал себе... ногу или руку, не помню.

— Это странно.

— Тогда было много странного. Приемник назывался телевизором, по нему показывали почему-то или убийства, или что-то смешное. Помню, был какой-то толстяк, по имени Поэт Поэтович Гражданинов, эстрадник эдакий, весельчак, он выходил на сцену всегда в полосатом купальнике и в бабочке, читал нараспев свои смешные стихи, а потом подпрыгивал, делал антраша и хлопал жирными ляжками так, что все звенело. И этот хлопок почему-то назывался "оппозиция". А его безногий партнер с эдаким испитым, знаете ли,

тяжелым лицом в это время ездил по сцене на те-
лежке, пил водку из горлышка и материл всех
и вся.

— Да уж, прямо скажем — странновато…

— Еще, помнится, тогда было много разных празд-
ников, причем тоже странных, День полярника, например, или День бурого медведя, и надо было обязательно это отмечать, звать гостей, готовить салат
"Оливье", пить водку, наряжаться медведем, реветь
песни: "Я живу в своей берло-о-оге, у меня мохнаты
но-о-оги…" Праздники, праздники, частые и стран-
ные… Помню огро-о-омный плакат: "Да здравствует великая победа сталинской холеры над гитлеров-
ской чумой!"

— А я знаю, что люди тогда не кланялись друг другу, а к начальникам не обращались как положено.

— Да, да! И не носили летом головных уборов!

— Говорят, это делали специально, чтобы не кла-
няться. Дичь, да? А женщины одевались безобраз-
но, выставляли голый пупок, а часто и прокалыва-
ли его. Помните таких красоток?

— С проколотыми пупками? А что в этом странного? У нас в Беломорье тоже летом ходят полуразде-
тые. Мы не ваша Московия… дорогой, ну-ка, помо-
гите-ка мне встать… вот так… спасибо, спасибо…
я лучше так вот постою… так легче дышится…

— Ну а какой все-таки была Москва?

— Знаете, она мне казалась огромной, гром-
кой такой, грубоватой, суетливой, моя тетя жила

где-то в пригороде, мы с родителями ездили к ней, это были очень долгие поездки, и вокруг было море машин этих грязных, море, понимаете ли, плыло море, едем, едем чуть ли не целый день…

— А лошади были?

— Ни одной!

— Не может быть!

— Уверяю вас, дорогой мой, ни одной! Тогда же ездили только на бензине. Сейчас в вашей Москве воняет навозом, а тогда воняло бензином.

— Все ездили на бензине?

— Да, все.

— Какой разврат… И что Москва?

— Да, Москва… Москва… Знаете, она была густо заселена, чрезвычайно.

— Стен не было?

— Никаких стен, никаких.

— Каждый селился где хотел?

— Где мог. Каждый мог купить квартиру в том месте, где позволял ему достаток. Сословий не было. Были просто богатые и бедные.

— Вы помните московский голодомор?

— К счастью, мы уехали в Харьков к бабушке сразу после начала смуты. Если бы отец не принял этого решения, я бы сейчас вам рассказал про голодомор! Все как на духу! А может, и некому было бы рассказывать!

— А потом вы вернулись, но не в Москву.

— Как только Первая война окончилась и Беломорье стало демократической республикой, мы поехали из Харькова туда.

— А почему не в Москву?

— У вас тогда короновали Государя.

— Испугались конституционной монархии?

— Да не то что монархии… родители вообще как-то опасались Москвы. Боялись. Все-таки там много чего тогда случилось, ходили слухи, каннибализм, понимаете ли, все видели эти сцены страшные…

— Но все же кончилось, Государь навел полный порядок. Каннибалов и мародеров вешали на площадях.

— Да, конечно, все наладилось, но все-таки… родители почему-то не захотели, знаете ли. Эти разговоры про зверства опричников, про их красные машины с метлами…

— Это больше слухи, чем правда. Особых зверств не было.

— Эти казни показательные, порки…

— Это было необходимо. А как иначе навести порядок?

— Ну не знаю… в Беломорье у нас обошлись без опричников.

— Вам немцы и финны помогли, а Московия сама поднималась.

— Да, помогли, а как же… план Нойберта —Маллинена. Это решило, это спасло, так сказать… и Мурманск воскрес из пепла, и из Архангельска повышибали исламистов…

— А ваша тетя? Осталась в Москве?

— Тетя... она как-то пропала... я этого не помню... я ее с детства никогда больше не видел. Мама говорила, что тетя пару раз телефонировала из Москвы, а потом замолчала. Навсегда.

— А вы ни разу с тех пор не были в Московии?

— Ни разу, ни разу! Если я теперь попаду в Москву, то не отличу...

— Замоскворечье от Подмосквы?

— Да, да! Ничего не отличу, не узнаю... дорогой... теперь помогите мне... вот здесь присесть...

— Пожалуйста.

— Благодарю вас. Прекрасно... Но, сказать откровенно, я доволен вашим нынешним Государем. Я слушал его речь, когда он был с визитом в Беломорье. Он серьезный, знаете ли... И показался мне умным человеком.

— Наш Государь — мудрый правитель. Мы так его любим. Вы не представляете, как расцвела при нем Москва, да и вся Московия, какой стала Подмосква, как все радует глаз.

— Я слышал, у вас проблемы со снабжением города больше нет.

— Давно уж! Рынки кипят, а ярмарки какие. Таких у вас в Беломорье нет.

— Зато у нас рыба. Нашу селедочку москвичи лопают-с!

— Ну не задаром же?

— Да уж! И знаете, дорогой мой, я слышал, что у вас притесняют маленьких?

— Чушь! Клевета, наветы.

— Но их же всех в одночасье выселили из Москвы и Замоскворечья в Подмоскву. Несколько тысяч человек, ночью, да? Ловили специальными сачками, сети ставили на маленьких бомжат?

— Во всем должен быть порядок. В городе не должно быть эпидемий, антисанитарии. А сколько было форточников среди этих маленьких? Ужас! Государь обеспечивает всем равные удобства, равные права. Но закон есть закон.

— Да-да... Dura lex... Но я смотрел, я знаю, что ваш Государь действительно за что-то не любит маленьких. У него, говорят, какой-то комплекс... что-то связанное с женой...

— Ложь. Это европейцы, украинцы и ваши беломорцы распространяют заведомую ложь о Государе. Его милость безгранична.

— Еще говорят, что он не вынимает гвоздя из головы.

— Ну, это мне даже комментировать смешно!

— Слухи, да?

— Подумайте, ну как можно править государством с гвоздем в голове?!

— Но сейчас многие так живут... эпоха теллура, так сказать...

— Наркоманы, патологические люди. Что с них взять? Как можно их равнять с нашим Государем? У него в голове не гвоздь, а забота о государстве, о верноподданных. Знаете, моя жена — человек достаточно циничный, прагматичный, а часто просто говорит: милый, какое все-таки счастье, что у нас есть Государь.

— А я бы вот сказал наоборот: какое счастье, что его у нас нет!

· XXXI ·

— А ты сперва мине постави, обоети ее, а я опосля и пойду, штоб это самое исделать. — Большой
по кличке Вяхирь почесался своей ручищей, похожей на корень вывороченного из земли дуба.

— Так мы ж табе и ставим, ста-а-авим табе! —
в третий раз, теряя терпение, прижал фуражку
к груди Софрон.

— А и де ж вы ставитя-то, обоети ее? — повысил
голос большой, словно собираясь расплакаться.

— Да вот уж котят, уж прикатили! — повысил голос и Софрон, махнув фуражкой на распахнутые ворота риги.

Сидящий в углу риги Вяхирь уставился в ворота, словно там после возгласа рыжего Софро-
на что-то слепилось из пыльного июльского воздуха. Но в воротах виднелся все тот же клин доспе-
вающей ржи, кусты, за ними — картофельное поле,
а за полем полоса леса с заходящим солнцем. Подза-

плывшие глазки большого злобно-обиженно выта-
ращились на вечерний пейзаж.

— И де ж, и де ж вы ставитя?!

И словно по волшебству в воротах возникли трое парней, катящих деревянную бочку. Один
из парней нес в руке пустое ведро.

Большой смолк, его лицо, напоминающее клубень гиперкартофеля, по-прежнему имело выражение злобной обиды.

— Так вот же, ёптеть! — Софрон со злобным об-
легчением ударил фуражкой по голенищу своего
по фасону смятого сапога.

Парни вкатили бочку на щербатый пол риги. Большой шумно зашевелился в углу и поднялся во весь свой четырехметровый рост. Вяхирь был
одет в длинную, сплетенную из веревок косоворотку, шерстяные порты и кожаные чуни на босу ногу.
На поясе у него болтался пластиковый кошель с за-
мочком и деревянный гребешок, напоминающий
грабли. Завидя бочку, большой сразу подобрел и по-
серьезнел.

— Ну вот, а ты не верил. — Софрон тюкнул бочку
носком сапога.

— А вы и это… — Вяхирь показал на бочку огромным пальцем.

— Ща откроем, — понял один из парней, достал
нож и стал стаскивать обруч.

Другие парни вынули свои ножи и принялись
помогать ему. Софрон, успокоившись, нахлобучил

фуражку на свою чубарую голову, достал папироску, закурил.

— И штобы вся и это, обоети ее. — Задевая длинноволосой головой о стропила худой крыши риги, Вяхирь угрожающе двинулся к бочке.

— Вся, вся твоя, об чем разговор, — кивал, дымя, Софрон.

Парни стащили с бочки обруч, высадили крышку. Бочка была наполнена самогоном.

— А ну-ка, Серый, черпани, — приказал Софрон.

Парень осторожно опустил ведро в бочку, зачерпнул полное, вытянул. Ручища Вяхиря тут же потянулась и взяла ведро как стакан.

— Ебани на здоровье, — тряхнул рыжим чубом Софрон.

Вяхирь бережно поднес ведро к своему рту с неровными, розово-шелушащимися, словно оборванными губами и легко осушил, запрокидывая голову и нещадно ломая затылком дранку крыши. Его голова была какое-то время запрокинута, словно размышляя о чем-то высоком. Потом он выдохнул, крякнул и протянул пустое ведро парням. Те принялись снова наполнять его.

Вяхирь успокоился после трех ведер, сложил губы трубой и шумно выдохнул, отчего сладковатый дух первача поплыл над головами парней.

— А и это, штоб слегка так? — спросил Вяхирь.

Щеки его наливались кровью.

— Закуска, — перевел Софрон парням.

Те стали доставать из карманов своих пиджаков крупные куски хлеба и сало в пакетах. Кинув ведро в угол, Вяхирь протянул им обе пятерни. Парни наполнили их кусками хлеба и сала. Вяхирь поднес ладони ко рту и стал жадно поглощать закуску. Проглотив все, он облизал ладони огромным розово-белесым языком, вытер руки о штаны и рыгнул так, что по поверхности самогона в бочке прошла рябь.

Вдалеке запиликала гармошка. Потом другая и третья.

— Во! — поднял палец Софрон. — Слышишь?

Вяхирь кивнул. Глазки его осоловели.

— Ты уж не подведи нас, Вяхирь. — Софрон зачерпнул пригоршней из бочки, выпил и, сняв фуражку, вытер руку о свой затылок.

— Я и это… — обнадеживающе кивнул Вяхирь.

— Не подведи! — с улыбкой погрозил ему пальцем Софрон.

Вяхирь подмигнул ему.

— Пошли, робя. — Софрон мотнул чубом и исчез за воротами.

Парни вышли следом.

Вяхирь посмотрел на заходящее солнце. Губищи его растянулись в улыбке. Он снял с пояса гребешок и стал причесывать свои длинные русые волосы.

Вечером в большесолоухском новом клубе шел третий вечер перепляса. Последний вечерок состязательный между плясунами двух деревень. Большие Солоухи и Солоухи Малые. От одной деревни до другой — три версты с гаком да речка Журна обмелевшая, с окуньками-пескариками. В Больших Солоухах — сто пять домов, в Малых — шестьдесят два. В Больших — плотники, в Малых — столяры. В Больших — пьяниц много, в Малых — поменьше. В Больших кулаков зажиточных — Никита Волохов да Петр Самсоныч Губотый, а в Малых — почти полдеревни зажиточно разживаются. В Больших один старенький самоход на всю деревню, а в Малых — аж семь! Малосолоухские в страду нанимают большесолоухских косить да стоговать сено, рожь жать да молотить, а по осени — картохи копать. Да и девки в Малых Солоухах покрасивше будут, понарядней да постатней. А вот что касается перепляса — тут бабушка Агафья надвое сказывала: каждый год на Спас Яблочный перепляс состязательный устраивается, а вот кто кого перепляшет — неясно. Были три года, когда большесолоухские первенствовали, а было, когда робяты из Малых Солоух такую искру сапожками своими высекали, что всем чертям ярославского княжества под землею тошно становилось. Перетекал самовар призовой из одной деревни в другую. И наполнялся в последний третий вечер чистым самогоном-первачом. Так его и уносили победители. Ну и надоело малосолоухским по-честному плясать, решили они прошлым летом передернуть: наняли на ярмонке во Владимире плясуна лихого, налепили ему на рыло маску живую, да и сделали его аккурат под младшего из братьев Хохлачевых, самых известных плясунов малосолоухских. Пришел этот "Серенька Хохлачев", проплясал три вечера, забрал самовар с самогоном, да и бывал таков. Старики-судьи с хутора Мокрого и глазом не повели. А малосолоухские на радостях три дня в кабаке у себя гудели. Но шила в мешке не утаишь — проговорился на станции в пивной хромой водовоз Сашка, и поняли большесолоухские ребята, что провели их на мякине. И решили отомстить.

Гармонисты кончили играть, тряхнув потными чубами и серьгами из *пустого* теллура так, что капли разлетелись веером в спертом воздухе переполненного клуба. Плясавший последним из большесолоухских Никита Срамной, выдав завершающее коленце, сунул палец за щеку, чпокнул, словно бутылку открывая, развел руками: конец пляске. И, пошатываясь, в насквозь мокрой шелковой рубахе, под свист и хлопанье пошел к своим ребятам.

Девки поспешили поднести плясуну квасу.

Сидящие под иконами шесть стариков с хутора Мокрого одобрительно закивали, переговариваясь. Прошло совсем немного времени, и самый старый из них махнул белым платком: последняя пляска от малосолоухских.

Гармонисты растянули мехи, грянули. Малосолоухские расступились. И выскочил на середину клуба Серенька Хохлачев. Свистнул залихватски, вскинул легкие ноги ножницами, успев под ними дважды хлопнуть, присел, подпрыгнул, снова присел, вскочил, ноги циркулем раздвинув, заложил руки за спину, задницу сухую отклячил и как петух на кур пошел кругами да мелкой дробью прямо на большесолоухских, усмехаясь, подмигивая, всем своим видом давая понять — унесем, унесем и нынче самоварчик с самогоном.

Но не успел он пройти и двух кругов, как новый светлый пол из широкой еловой доски качнулся у него под ногами. Оторопел плясун, сбился с дроби.

И еще качнулся пол. Звякнули оконца, попадали иконы.

Завизжали девки.

И снова — кач-покач!

Затрещал сруб, зашатался, стал крениться.

Поехали старики мокровские на своих стульях по полу как по льду.

Завизжала, заревела толпа.

Плясуна оторопевшего по полу накренившемуся к другой стенке понесло, прямо к большесолоухским робятам. Там его Софронька чубарый и прихватил. И без слов — смась ему замастырил на всю рожу. И осталась в пятерне Софроновой маска живая. А под маской — морда плясуна владимирского.

Тут и пол перестал качаться, словно и не было ничего.

— Вот какой Серенька перед вами третий дён пляшет! — тряхнул Софрон плясуна за шиворот, старикам показывая.

А в другой руке — маску держит.

Ахнули все. Старики глаза повыпучили. А малосолоухские с оторопью быстро справились, да в двери, в двери, в двери…

Провожали малосолоухских шумно, всем селом до самой речки. Кто дрекольем провожал, кто кулаком, а кто и шкворнем. Долго в ночи звенели голоса да оплеухи.

А пьяный Вяхирь, выкушав после подвига своего вторую половину бочки, спал в лощине за старой ригою мертвым сном, сотрясая богатырским храпом своим крапиву и пугая ночных зверей и птиц.

· XXXII ·

— Оригинал! Оригинал немедленно, zum Teufel! — вскричал Штейн, угрожающе стуча пивной кружкой по столу и расплескивая пиво, как сперму титана. — Разлагающийся Волохов! Волохов — нанизыватель тайных мраков и миров! Волохов — раздробитель добродетелей! Оригинал! Немедленно подать сюда оригинал, или я разорву вас, как рыбу!

Сумрачный даже в минуты веселья Волохов замахал руками, как орангутанг, с которого дикари содрали кожу и отпустили назад в душные джунгли:

— Оригинал в вашей памяти, Штейн, поройтесь в своем пронюханном мозгу!

Штейн с ревом плеснул в него пивом:

— Оригина-а-а-ал!!

Настенька взвизгнула беременной пифией, хлопнула в ладоши:

— Волохов, еб вашу авторучку-мать! Не нарушайте иерархий!

И рассмеялась так, словно жаждала одного — превратиться в хихикающую мраморную статую и остаться здесь, в мастерской Волохова. В последний месяц она обожала инфернально взвизгивать и витиевато ругаться.

— Андрей, мы все жаждем оригинала, — серьезно произнесла Присцилла, сидя на коленях у одутловатого и потно молчащего Аптекаря, из головы которого торчал теллуровый клин. — Нельзя доверять памяти. Особенно в наше время.

Вышедший из туалета Конечный молча показал всем кукиш, налил себе зеленого ликера и выпил залпом.

— Оригина-а-ал! — рычал Штейн.

— Оригинал! — визжала Настенька.

— Оригинал... — закатывала глаза Присцилла, трогая внушительные гениталии Аптекаря.

Волохов потерял терпение:

— Вы — жалкая кучка платоников, мастурбирующая на тени в пещере! Тени, тени — ваши оригиналы! Так хватайте же их!

Подбежав к умнице, он ткнул в нее костлявым пальцем. Мастерская погрузилась в полумрак. И посередине возникла голограмма картины Эдварда Мунка "Богема Христиании". Да, это была последняя *идея*, озвученная Пятнышком еще до похорон Поэта. Похороны все смешали, как в вывернутом наизнанку аду, всем было восторженно и бесприютно. Но Пятнышко, этот потиратель потных ладошек и коллекционер чудовищных идей, напоминал и тревожил. Пришло время воплощения. Волохов сумрачно поддержал, Настенька ментально подмахнула своему длиннорукому божеству, Присцилла завистливо присоединилась, а Штейн был всегда согласен на *все*. Утвердили, назначили ночь. И ночь наступила — тихая до бесчувствия, безумная до беспамятства.

Картина Мунка заняла пространство мастерской: шесть богемных персонажей за длинным столом, а у торца — смеющаяся проститутка. От вида обожаемой и лелеемой картины у Пятнышка кровь свернулась в жилах, и он рухнул на залитый пивом дощатый пол мастерской.

— Не имеешь, не имеешь права даже на обморок! — зарокотал Штейн, пиная ногами Пятнышко.

— Он умирает от возможности воплощения, умирает от потрясающей возможности хоть на мгновенье потерять себя! — завизжала Настенька и хлопнула в ладоши. — Ох, ебаные в рот кентавры, до чего же это прекрасно!

Присцилла набрала в рот водки и прыснула на лицо Пятнышка. Он с трудом очнулся.

— Sois sage, ô ma Douleur, et tiens-toi plus tranquille… — продекламировала Присцилла.

— Я с детства не любил овал, я с детства просто убивал, — ответил ей лежащий на полу Пятнышко с неповторимой улыбкой достижения желанного. — Поднимите меня.

Штейн и Волохов грубо подняли его и встряхнули так, словно завистливо желая вытрясти из сердца Пятнышка сладость ожидания воплощения.

— Распределяем, — пролепетал Пятнышко побелевшими губами.

— Я здесь! Здесь! — взвизгнула Настенька и встала на место проститутки, уперев руки в бедра. — Это мое место, темные выблядки!

— Кто бы сомневался! — хмыкнул, рыгая, Конечный.

— Аптекарь! Вот твое место! — Палец Штейна указал на господина с выпученными в бездну бельмами.

Аптекарь потно повиновался.

— А я здесь. — Присцилла выбрала себе маловразумительного персонажа неопределенного пола, косящегося на восседающего рядом печального бородача.

— Я рядом с тобой, мудрая Присцилла! Хоть и безбородый! — рокотал Штейн, занимая место бородача.

— Волохов, ваше место в первом ряду! — истерически захохотал Пятнышко. — О, как вы с ним похожи! О, эти провалы опустошенных глазниц! О, это червивое лицо кокаиниста!

— Мне все равно. — Волохов шагнул в картину, словно на тот свет, занимая место кокаиниста.

Конечный стал круглолицым господином с кляксой усов под курносым носом, а Пятнышко, трепеща от воплощенности, влез в фигуру примостившегося на углу стола и глядящего куда-то мимо проститутки.

— Утверждаем, — в восторге пролепетал он.

Все замерли. Умница зафиксировала.

— Отбой! — проревел Штейн.

Группа распалась. Только несчастный Пятнышко никак не желал расставаться с воплощением. Он все сидел и сидел, втянув голову в плечи и напряженно глядя куда-то в угол, словно там, среди паутины и смятых тюбиков из-под краски, треснула-разошлась черная щель и дохнула на него небытийной пустотой, а может — образами новых, прекрасных миров…

— Покажи обе картинки! — приказал Волохов умнице.

В пространстве мастерской возникли обе голограммы двух богем — Христиании конца XIX века и Санкт-Петербурга середины XXI.

Запасшись любимыми напитками, все, кроме оцепеневшего Пятнышка, уставились на изображения.

— Не нахожу принципиальных различий, — мрачно констатировал Волохов.

— Одно и то же! — захохотал Штейн, плеща пивом в голограммы. — В пожаре порочных желаний беспомощно дух мой горел!

— Слава Падшей Звезде, мы тождественны! — икнул, глотнув абсента, Конечный.

— Я инфернальней! Я подлинней! — завизжала Настенька и швырнула бокал с вином в норвежскую голограмму. — Ебать меня Невой, как же я прекрасна!

— А я хочу туда… — шепнула в бокал Присцилла. — Как он возможен, миражный берег…

— Я в этот мир пришел, чтоб видеть солнце, — потно произнес Аптекарь и звучно выпустил газы.

— А теперь — оргия! — отбросив кружку, хлопнул в ладоши Штейн.

— Оргия! Оргия! Оргия! — завопила Настенька.

— Ор-ги-я… — распахнул свою желтую кофту Конечный.

— Оргия так оргия… — усмехнулась в бокал Присцилла.

— Оргия-моргия, — потел, пукая и расстегивая ширинку, Аптекарь.

— Оргия… — обреченно кивнул плешивой головой Волохов.

И только Пятнышко все сидел и сидел в прежней неудобной позе, втянув голову в плечи и немигающе уставясь в темный угол. По небритым щекам его катились слезы. Что же увидел он в темном углу? Похоже, он и сам еще не знал этого.

· XXXIII ·

Виктор Олегович проснулся, вылез из футляра, надел узкие солнцезащитные очки, встал перед зеркалом, забил себе в голову теллуровый гвоздь, надел монгольский халат, вошел в комнату для медитаций и промедитировал 69 секунд. Затем, пройдя на кухню, открыл холодильник, вынул пакет с красной жидкостью, налил стакан и медленно выпил, глядя сквозь фиолетовое окно на дневную Москву. Перейдя в тренажерную, скинул халат, вскочил на велосипедный тренажер и крутил педали 69 минут под музыку падающих капель. Затем, пройдя в душевую, принял контрастный душ. Натянув на жилистое тело кожаный комбинезон стального цвета, вышел на балкон, запер балконную дверь, расправил крылья и взлетел над Москвой. Пролетев над Воздвиженкой и Гоголевским бульваром, он спланировал влево, лихо и рискованно пронесся между крестами храма Христа Спасителя, спугнув

с них двух ворон, спикировал к реке, традицион-
но чиркнув крылом по водной поверхности, снова
набрал высоту и надолго завис над Болотной пло-
щадью, планируя, кружась, набирая высоту и снова планируя. Он заметил, что слив pro-теста начался ровно в 15:35 по московскому времени. Продав-
ленное ранее через сплошные ряды металлоячеек
утвержденной и согласованной формы, размягчен-
ное и основательно промешанное pro-тесто вытекло
на Болотную площадь, слиплось в гомогенную массу и заняло почти все пространство площади. В pro-
тесте активизировался процесс брожения, в результате чего pro-тесто стало подходить, пухнуть и подниматься. В этот критический момент со стороны
Кремля в него стали интенсивно внедряться раз-
рыхлительные элементы, сдерживающие процесс
возбухания pro-тестной массы. Подготовленные
и испытанные в лабораториях Лубянки разжижите-
ли pro-теста, дремлющие в недрах возбухающей pro-
тестной массы, получили команду на разжижение
и приступили к активным действиям. Пивные размягчители pro-теста, занимающие позиции по периметру pro-тестной массы, включили свои размягчи-
тельные механизмы. Почувствовав угрозу опадания,
pro-тесто стало оказывать пассивное сопротивление
разжижителям, размягчителям и разрыхлителям.
Только передняя часть pro-тестной массы принялась
активно сопротивляться. Против данной части pro-
теста были применены металлические шнеки бы-

строго вращения, разделяющие активную часть pro-тестной массы на пирожково-пельменные заготовки, которые быстро отправлялись в морозильные камеры для дальнейшей обработки. Удалив из pro-тестной массы активно возбухшую часть, шнеки, сменив режим вращения с быстрого на медленный, стали последовательно месить и выдавливать pro-тестную массу с Болотной площади в сторону Якиманки, набережной и прилежащих переулков. После остаточного возбухания pro-тесто потеряло свою дрожжевую активность и опало. Разрыхлители и размягчители оказывали скрытую, но эффективную помощь шнекам. К 16:45 pro-тесто было полностью вытеснено с Болотной площади, расчленено, размягчено, разжижено и благополучно слито в отстойники московского метрополитена.

— Слили, — произнес вслух Виктор Олегович.

Покружив еще немного над Болотной, он полетел в сторону Триумфальной, спланировал на высотную веранду ресторана "Пекин", прошел в отдельный затемненный кабинет и заказал, как обычно, пустую тарелку с узким орнаментом из золотисто-красных драконов. Положив на тарелку собственный хвост, он принялся неспешно жевать его, размышляя о только что увиденном. Но вдруг размышления его прервало крошечное кунжутное зернышко, лежащее на белоснежной скатерти стола. Это зерно неожиданно заставило его вспомнить, что в своем футляре он уже вторую неделю не один.

Там поселилось кровососущее насекомое. Каждое ночь оно выползает из щели, чтобы напиться крови Виктора Олеговича. Как буддист он не был против этого, напротив, ему доставляло удовольствие чувствовать сквозь майю сна укусы и следующую за ними кровопотерю. "Насыщаясь, это существо делает меня более совершенным... — думал он во сне. — Я даю отсосать младшему. Это вам не стилек для манагеров..." Днем он иногда кратко молился за нового кровного брата. Но была одна неясность: каждый раз, напившись крови Виктора Олеговича, насекомое издавало некий звук, что-то вроде прерывистого цирканья. Причем ритмически и интонационно этот звук был организован определенным образом. И он повторялся каждую ночь. Это был звук удовлетворения, а возможно, и благодарности. "Он благодарит меня, я благодарю его, а вместе мы вынужденно благодарим Великое Колесо Сансары, потому что пока зависимы от него и вынуждены быть его подшипниками. Смирение — смазка для этих блестящих шариков..." — думал Виктор Олегович. Но фраза насекомого застряла в голове. Хотелось понять ее. И словно по мановению Глиняного Пальца Будды именно теперь, жуя свой холодный хвост и вглядываясь в это одинокое кунжутное зернышко, он вдруг вспомнил, разобрал слипшиеся, зудящие звуки, и они просияли в его мозгу одной длинной фразой:

— *Vbelomvenchikeizrozvperediuroboros.*

Это было неожиданно. Но хладнокровный Виктор Олегович не выпустил хвоста изо рта. "Я понимаю, что значит эта фраза, но что она означает? — думал он, вперяясь взглядом в зерно. — Воистину между значимым и означаемым пролегает бездна не только конвенциональной, но зачастую и онтологической невъебенности. Это как "Техника — молодежи" и техника омоложения. Посередине — бездна! И преодолеть ее может лишь настоящий канатный плясун, герменевтик в законе, так владеющий морфосинтаксическими нунчаками, что отхуяренная им белокурая бестия означаемого свалится с каната и упадет на самое дно самого глубокого ущелья".

Но вдруг он заметил еще одно зернышко. Оно лежало на самом краю скатерти и поэтому не бросалось в глаза. Это стало второй неожиданностью. Но он и на этот раз не выпустил хвост изо рта.

"Второе зерно, — думал он. — Это меняет почти всю картину мира. Значит, их двое? Почему же благодарит меня только один? Но если их двое, то неизбежен и Третий…"

Виктор Олегович хотел задуматься об этом Третьем, но вовремя остановил себя.

"Нет, не стану я думать о Третьем. И в этом будет мое сегодняшнее смирение".

· XXXIV ·

Купил папаня на базаре умницу.

Ждала этого дня Варька долго-предолго, сколько себя помнила. Все перемигивалась с подружками, перешептывалась, мечтаючи, молилась Богородице, чтобы умницу ей послала. А как не молиться, не мечтать, как по углам не шептаться? На всю их деревню токмо две умницы пришлись — одна у кулака Марка Федотыча, другая у дьяка. Ни тот ни другой умниц своих из рук не выпускает. Первый жаден, другой зануден.

Попросила было у дьяка Полинка Соколова умницу на мировую выставку кукол сходить, а он ей:

— В радио кукол своих посмотришь, умница не для проказ существует.

И то верно — радио в каждой избе нынче стоит, смотреть можно круглый день, пока свет дают. Но в радио токмо три программы, там про выставку кукол лишь капельку показали. Какой с капельки толк? Капнула — и нет ее, токмо охоту распалила...

Так и сидели девчонки гурьбой перед радио, ждали повторения воскресного. Дождались, глянули на *живых* кукол да грустенями по домам разбрелись: видит око, да зуб неймет...

Но недаром Варька молилась: летом папаше Варькиному чудо привалило. Затеялся он с Семеном Марковым уголь жечь на Лядах, токмо зачали, нарубили березового сухостоя, напилили, стали яму рыть, глядь — а в яме-то железо. Раскопали, а там цельный самоход бензиновый Мерцедес, а в кабине три шкелета без голов. Оказывается, шестьдесят годов назад разбойники тех людей поубивали, ограбили, головы поотрезали, а самоход в лес отогнали, яму вырыли да и закопали, чтоб никто не прознал. Это было в те времена, когда Вторая Смута случилась, когда Трехпалый Вор на танке в Москаву въехал. Тогда еще и папаня Варькин не родился, а деду Матвею было всего десять годков.

Самоход-то уж поржавел, а вот мотор в нем цельным оказался — выволокли его папаша с Семеном, погрузили на телегу, отвезли в деревню. Развинтили мотор, перебрали, промыли самогоном. И стал он как новенький. И отвезли они мотор тот в Шилово да и продали самоходчикам за сто шестьдесят пять рублей. Большие это деньги. Разделили их папаня с Семеном пополам, Семен на свою долю сразу новую избу стал пристраивать, а папаня купил корову с подтелком, одежи на всех разной, аппарат самогонный да умницу. Самая дорогая покупка — умница. Драгоценность. В шесть раз дороже коровы с подтелком. Вот какой у Варьки папаня. Привез он умницу домой, вынул из коробочки, Варьке протянул:

— Держи, Варька.

Глянула Варька — и обомлела: умница! Сколько раз по радио показывали, сколько говорено-переговорено было, сколько раз к дьяку занудному в окошко заглядывала — хоть краем глазочка увидеть, а тут — своя, родная. Мягкая, приятная и пахнет по-городскому. В свои десять лет Варька все уж знала про умниц. Тронула она умницу одним пальцем, а та ей:

— Здравствуйте, Варвара Петровна.

— И тебе, умница, здравствовать. — Варька поклонилась.

— Какую форму, Варвара Петровна, прикажешь мне принять: книги, картинки, колобка, кубика, валика, палки, сумки, ремня, шапки, перчатки или шарфа?

— Будь колобком, — Варька приказала.

И стала умница Варькина круглым колобочком с веселым личиком, щечками румяными да глазками приветливыми.

И зажила Варька с колобком.

Весело стало в избе Опиловых, словно солнышко у них на полатях поселилось. Не успеет кукушка деревянная в шесть часов утро прокуковать, а колобок уж выпускает голограмму с петухом (своих кур в деревне давно уж никто не держит, яйцо разливное в магазине дешевле хлеба), захлопает крыльями петушок, затрясет масляной головушкой да вместе с кукушкой и запоет. А частенько и пораньше, кукушка-то дедушкина стара, отстает от времени.

Пробудятся все Опиловы, затопит маманя печь, сядут завтракать, а колобок им песни играет, новости сообщает да показывает, что и где в мире случилось. Дед Матвей чай пьет да покрякивает.

После завтрака Варька колобка в макушечку поцелует, сумец свой переметный наденет — и в школу церковно-приходскую. Колобок свой личный в школу брать нельзя: там своя умница имеется. Она строгая-престрогая, на доске висит как простынь, шуток не шутит, музыку не играет. Школьную умницу дети боятся, она поблажек не дает, все видит. Ежели кто шалит или списывает — сразу умница голосом суровым говорит:

— Пастухов — после занятий на тридцать минут на горох!

— Лотошина — после занятий на шестьдесят минут в угол!

С этой умницей никаких шалостей быть не может. Директор ее в железный шкаф на ночь запирает.

Отсидит Варька три урока положенных, домой вернется, подхарчуется — и к колобку:

— Колобочек-колобок, покажи мне страны дальние, да планеты чудесные, да кукол живых, да королевичей прекрасных.

Придут подружки, сядут вокруг колобка, а он им все показывает. Понапустит вокруг пузырей — тут тебе и море, и пустыня, и города заморские, и леса чудесные. Токмо крамольное да греховное нельзя колобку показывать. Всем в семье колобок помогает: папане — цены правильные на древесный уголь подскажет да где лучше продать, мамане — где лучше ситца прикупить, дедуле с подагрой да с табаком подсобит. Когда корова Опиловых от стада отбилась, колобок сразу показал — в Мокрой балке она, бродяга, сочную траву лопает. Картошку сажать колобок помогал, до последней картошины все рассчитал, подсказал. И с самогоном подсказал, пропорцию рассчитал, первач папаня выгнал чистый, слеза, синим пламенем горит. А когда дедуля младшему братику Ване новые лапотки плести затеял, колобок указал, где лучше лыко драть. Да деда и удивил. Всю жизнь дед драл в Горелой роще, а колобок его в Панинскую падь направил. Чертыхнулся дед, но пошел — это ж на версту ближе, да токмо лип там сроду не росло, один ивняк да орешник. Пришел, глянул, ахнул: маленький островок из липок молоденьких подрос посередь кустарника. Надрал дед на радостях семь клубов, еле домой припер. А ввечеру напился, песни пел да с колобком стаканом чокался. Смеялись-веселились все над дедулей…

Зимой колобок кино про жаркие страны крутил, музыку веселую заводил да представления с разными голосами устраивал. Весело было!

Так и прожили Опиловы с колобком целый год.

А потом пришла беда. Ехали стороной китайские гимнасты, да и завернули на грех в Варькину деревню. Собрался народ на майдане на представление. Китайцы свои штуки-кренделя гнуть-вертеть стали, народ глазел да хлопал. И Варька со всеми глазела. А домой вернулись — нет колобка. Замки все целы, окна закрыты, а колобка — нет.

Папаня было в погоню за китайцами собрался, да куда там — на лошади разве самоход догонишь?

Проплакала Варька всю ночь. А поутру, когда еще кукушка не куковала, собралась, взяла семь рублей, краюху хлеба на дорогу и пошла из дому колобок искать. Слыхала она, что китайцы в Моршанск направлялись. А может, и врали нарочно, черт их ведает. Но делать-то нечего, надо колобок найти. Пошла Варька прямиком через лес к шоссе, чтоб потом до Моршанска доехать. Не прошла и полпути, вдруг видит — старичок маленький на пеньке сидит да трубочку покуривает. Варька маленьких людей видала редко, токмо на ярмарке в балагане. Подошла Варька к старичку, поклонилась:

— Здравствуйте, дедушка.

— Здравствуй, Варюха-горюха, — старичок ей отвечает.

Удивилась Варька, что старичок ее по имени знает.

— Не удивляйся, Варюха. Я много чего знаю, и не токмо про тебя, — говорит ей старичок. — Ты своего колобка умного ищешь?

— Ищу, дедушка.

— Дай мне хлебца поесть, а я тебе подскажу, где колобка найти.

Достала Варька краюху, старичку протянула.

А он глаза закрыл да стал краюху уписывать. Видать, сам-то давно не емши. Съел старичок краюху и говорит Варьке:

— Дойдешь до дороги, садись на автобус да поезжай в Башмаково. Там твой колобок обретается.

— Китайцы, стало быть, в Башмаково поехали?

— Китайцы сейчас в харчевне придорожной пьют-закусывают да вскорости там же и продадут твоего колобка большому мельнику. Он сам из Башмакова. Под городом у него мельница. Вернется туда к вечеру с колобком. Туда и поезжай, коли хочешь колобка вернуть.

Обомлела Варька:

— Дедушка, а вы откуда про то, что будет, ведаете? Али у вас сверхумница своя имеется?

— Вот она, сверхумница моя. — Дедушка шапочку свою валяную снял, голову наклонил.

А в голове у дедушке гвоздь блестящий торчит. Чудеса! Ничего не сказала Варька, поклонилась да и пошла своим путем. Дошла до дороги, дождалась автобуса на Башмаково, села, заплатила за билет три целковых и поехала. Полдня ехала и приехала. Вышла из автобуса, а рядом — рынок. Подошла к бабе одной, спросила, как на мельницу пройти. Показала та ей. И пошла Варька на мельницу. Прошла

весь городок, потом поле, перелесок, увидала издали мельницу. Подошла, а там полно подвод с зерном
в очереди стоят, мужики толпятся. Подошла Варька
ближе. Мельница огромная, из бревен здоровенных
сложена. И слышно, как внутри жернова крутятся-
скрежещут. Удивилась Варька — ни речки с колесом,
ни крыльев ветряных нет, ни дизеля, а жернова крутятся. Заглянула она в щель, а внутри огромадная
великанша жернова вертит. Сама ростом с дерево.
А мельника большого не видать. Подслушала Варька разговоры мужиков, поняла, что мельник еще
не вернулся, а эта бабища — жена его, мельничиха.
И решила Варька, пока жернова крутятся, пробрать-
ся в избу к мельнику, спрятаться, а ночью и вы-
красть колобок свой. Так и сделала. Пока мельничиха молола, пробралась в избу. А изба-то у мельника
огроменная, все в ней из бревен сделано — и стулья,
и стол, и шкаф платяной, и кровать. И все это боль-
шое-пребольшое. Страшно стало Варьке в этой из-
бище, но вспомнила она колобок свой, улыбку его
да глазки, переборола страх. Забралась под кровать
и стала ждать. Час прошел, другой, третий. Перестали жернова крутиться. Разъехались мужики на своих подводах восвояси. Вошла мельничиха в избу, выпила бочку воды, стала на стол накрывать. Вскорости земля затряслась, дверь распахнулась и вошел
в избу мельник. Облобызались они с женой, усадила
она его за стол, стала поить-кормить. Напился, наелся мельник, рыгнул, перднул и говорит:

— Я тебе, жена, дорогой подарочек принес.

Достал из кармана колобок — и на стол. Ахнула жена, взяла колобок, пальцем в него тыкнула, а он ей:

— Моя хозяйка — Варвара Петровна Опилова, ей одной подчиняюсь и служу.

Захохотали мельник с мельничихой так, что вся изба затряслась. А мельник и говорит:

— Завтра я из городу умельца позову, он ентого колоба перенастроит, будет он тебе служить. Будешь ты у меня царицей мира!

Захохотала мельничиха от радости. Завалились они с мельником на кровать, стали еться-бараться. Заходила ходуном кровать над Варькой. Страшно ей так стало, впору "караул" кричи. Но вспомнила своего колобка, сжала зубы. Набарались мельник с мельничихой и захрапели. Выбралась Варька из-под кровати, вскарабкалась на стол, схватила колобок, да и скорее из избищи страшной вон.

А на дворе — уже ночь темная, ничего не видать, токмо филин ухает. Прижала Варька колобок к груди, поцеловала, тронула пальцем.

— Здравствуй, Варвара Петровна, — колобок ей говорит.

— Здравствуй, колобочек мой дорогой! — Варька отвечает. — Помоги мне дорогу к дому найти.

— Будет исполнено, — колобок отвечает.

Засветился колобок, указал Варьке путь. И вывел ее прямиком на шоссе. А там как раз ночной автобус на Сердобск проезжал. Села Варька, заплатила три целковых за билет. И к утру была уже в Сердобске. А оттуда домой пехом пошла.

Идет полями, колобок подбрасывает, песенки поет. А колобок ей музыкой подыгрывает, радуги пускает. Пришла в свою деревню, а там уж ее всем народом ищут, уж папаня полицию озадачил. Увидали ее родные, обрадовались. А она им колобок показывает, хвалится, что у великанов его увела. Удивились папаня с маманей, не ожидали они, что дочка у них такой смелой уродилась.

А Варька колобок на полочку положила, салфеточкой расшитой накрыла и говорит:

— Теперь, колобок, я тебя никому не отдам — ни большим, ни малым, ни человекам, ни роботам.

И стали Опиловы жить-поживать да добра наживать.

· XXXV ·

С крестоносцев все и началось рано утром приехали к нам в Миттенвальд трое с кнехтами разбираться с убийством соседей разбирались разбирались да и забрали у фрау Шульце двадцать одного теленка трактор и два прицепа с картошкой будто это она их убила на трактор мне плевать и на картошку а телят жалко думаю куда они их на убой или на ферму отдадут в Фюссен или в Швангау а потом уже забьют и пришлось мне от фрау Шульце уйти а Ангелике крестоносцы присудили то что от убиенных соседей осталось перепало ей здорово холодильник три сырокопченых окорока скамейка маслобойка одежды куча и все и подошло и мне даже платье подошло и пальто хоть и с кровью замыла и все и кофта и боты и два колечка с бирюзой и платок с Парижем а штаны не подошли потолстела я за войну смешно как задницу разнесло пила молочко на ферме да хлеб ела да кнедли с соусом а штаны хорошие

не налезли ботинки плохие с каблуками как мне
в них ходить боты лучше и кувшин и часики и ком-
пьютер старый работает я теляток помыла а может
и не забили отдали в рост на говядину фрау Шульце
забивать не хотела кричала на крестоносцев а ей
умного развернули да показали папскую буллу с пе-
чатью она в плач ее вытолкали с фермы а главный
говорит скажи спасибо что мы тебя не арестовыва-
ем двадцать одного теленка и трактор с двумя при-
цепами с картофелем увели в Нойшванштайн
а я плакала теляток жалко картофель-то пусть берут
а теляток жалко растила как детей своих Ангелика
молчала дура могла бы и дать им я-то им с ослиными ушами да мордой волосатой зачем нужна а Ангелика грудастая молодая дала бы им на сеновале рядом ведь понравилась она им если ей присудили
скарб соседский а от троих бы чай не померла девка
глупая а теляток бы спасла я и мигала ей и знаки
пальцами и языком делала а она воротит морду будто не понимает да ведь не девочка парни у нее еще
до войны были а фрау Шульце плачет денег нет
чтоб откупиться вещи теперь крестоносцам не нужны хоть и вещи-то хорошие им предлагала одна шуба чего стоит сапог шесть пар туфли красивые двенадцать пар ботинки мужа покойного три пары кожаных штанов три шляпы с кистями хорошие
новые а сволочи носы воротят нам вещи не нужны
конечно не нужны вы за год награбили столько что
на десять лет хватит талдычат свое булла булла да-

вайте телят трактор и картофель нагрузили угнали
сволочи вон Урбан говорит что крестоносцы хуже
салафитов те хоть за игру в шахматы руку правую
резали за алкоголь и табак на площади пороли
но мясо всегда у населения покупали а эти просто
берут и все тащат по новой папской булле заняли
Нойшванштайн там говорят груды золота со всей
Европы только дракона Смауга не хватает а может
и не забили теляток сразу повезли в Фюссен там три
фермы большие а может и просто продали ведь крестоносцам может и мясо-то уже не нужно продадут
деньги возьмут а может в Швангау теперь телята наши там тоже есть большая ферма молочная и даже
три больших мерина на них лес возят поставят
в стойло хорошо бы рыженькие вместе встали а так
чего мне делать нечего стало у фрау Шульце она мне
сразу сказала что ослица видала как меня разорили
мне теперь скотница ни к чему а мне что делать
а ступай куда хочешь и куда я пойду-то а куда хочешь ступай к тем же крестоносцам в скотницы
да да а то у них своих нет у них вон одних кнехтов
шесть тысяч а уж скотниц сколько у них и все не-
бось красивые не то что я с ослиными ушами куда
идти не знаю фрау Шульце тоже не знает только
хнычет что делать я спросила Урбана а он говорит
есть место где большая ферма это в Швейцарии
в Асконе называется Монте Верита там живут языч-
ники которые Луне поклоняются голые по ночам
они никому не подчиняются у них свой гарнизон

и хозяйство большое они только молоко пьют потому что молоко это дар Луны молока им нужно много и только ручной дойки к ним католики в скотники не идут а ты зооморф так что ступай в Монте Вериту и наймись к ним в скотницы будет у тебя и кров и хлеба кусок будешь творог со сметаной есть каждый день и я пошла а что делать есть-то надо что-то даром никто не даст хоть я и ослица а милостыню просить негоже не в носильщики же наниматься надо работать по специальности собралась два чемодана набила на палку их через плечо повесила и пошла пехом а как же теперь на автобус деньги нужны и на поезд а мне платили едой деньги я только до войны видала всю войну только едой и платила мне фрау Шульце а живых денег так и не увидала а фрау Шульце и на дорогу ничего дать не смогла плачет что у нее нет ни одной марки лишней дала мне на дорогу хлеба картошки печеной яблок и пирога с ревенем что же поклонилась и пошла а что делать далеко зато там работа хорошая буду коров доить не привыкать с коровами я на ты все про них знаю иду иду иду пока шла все думала чтобы нескучно было да старалась ступать осторожно чтоб башмаки горные не стоптать они почти новые у меня за работу ими заплатил мне Урбан а это его старшего сына ботинки который не вернулся а у фрау Шульце я всегда ходила босой и летом и зимой ноги-то шерстяные не холодно а тут решила ботинки надеть чтоб ноги об камни не изодрать и чтоб не смеялись и так уж много надо мной смеются уши ослиные морда шерстяная ослица ослица мальчишки бывало бегут шишками швыряются ослица ослица а когда я в ботинках прилично так и смеху поменьше и уважения побольше да и на границе серьезней отнесутся если я в ботинках и правда пересекла границу без вопросов паспорт у меня зооморфный правильный а потом шла шла дошла до деревни а там солдаты австрийские и случилось это самое они как раз видно по всему отобедамши были сидят покуривают и иду я иду и как на грех подошла к фонтанчику напиться стала пить а один подошел спрашивает откуда идешь говорю из Баварии с Миттенвальда он смеется а тебе не тяжело с двумя чемоданами говорю не тяжело ты сильная сильная говорю а как тебя звать сильная ослица говорю как надо так и звать а он засмеялся и когда я пить опять стала сзади подошел схватил меня за задницу и кричит я ослиц еще никогда не трахал я отпихнула его и пошла дальше а они за мной впятером идут и говорят разные непристойности и про задницу и про уши и про то что у меня между ног наверно глубокий колодец и там прохладно а потом стали спорить про ноги мои шерстяные они или гладкие а один говорит сейчас проверим подбежал и юбку задрал и увидали они что ноги у меня шерстяные и стали улюлюкать а я иду внимания не обращаю а потом вдруг отстали думаю ну вот и хорошо пошла дальше из деревни вышла пошла по шос-

се вниз думаю вот солдаты да крестоносцы всегда
все бесплатно хотят а крестьяне честнее те обязательно если тебя попользуют что-то за это дадут если не денег то еды думаю так прошла недолго и слышу сзади машина едет посторонилась на обочину
а машина тормозит глянула джип военный а в нем
эти пятеро и повыпрыгивали схватили меня и поволокли в ельник и все молча без смеха ничего
не говорят стала пихаться они наседают повалили
меня навзничь юбку сорвали ноги мне задрали двое
за одну ногу держат двое за другую ноги-то у меня
сильные а пятый на меня ложится лег на меня
и стал насиловать а у меня на шее гвоздь теллуровый висел я его нашла в городе однажды на Аль-
берт-Шотт-штрассе валялся просто на мостовой тогда подняла и решила что буду им себе уши чистить
уши-то большие и серы много копится и мухи зале-
зают когда на ферме работаешь бывало в конце дня
обмотаю гвоздь ватой в уксусе намочу прочищу уши
и ложусь спать и стала носить его на шее на вере-
вочке чтоб не потерять а тут когда этот стал меня
насиловать схватила я гвоздь да ему прямо в шею
со всей силы он завопил да с меня свалился гвоздь
по шляпку в шее торчит а другие австрийцы к нему
а я в ельник кинулась они кричали а потом уехали
наверно в больницу а я потом вернулась юбку наде-
ла чемоданы взяла свои да и пошла вниз
но не по шоссе а напрямки через ельник шла шла
пока не стемнело потом вышла на дорогу пошла

двое суток шла до швейцарской границы а там в карантине посидеть пришлось проверяли меня на болезнь и на паразитов кормили два раза в день потом отпустили там грузовик попался с добрым человеком подвез меня до Швица потом в товарном поезде доехала до Беллинцоны потом шла шла и пришла в Аскону и нашла эту самую Монте Вериту она на горе и пускать не хотели меня у них там своя граница столбы с колючей проволокой пушки и пулеметы они от всех отгорожены я паспорт свой показала говорю скотница я профессиональная работать хочу пришла из Баварии пустили и сразу на скотный двор а там подходит женщина с белыми волосами и на груди у нее луна серебряная повела она меня к коровам молча а скотный у них большой там сто двадцать коров и лошади и телята и индюки и цесарки и утки в пруду с гусями и куры а время как раз дойки вечерней и уже начали доить коров ихние скотницы только вручную доят и говорит мне эта беловолосая ну покажи нам ослица баварская как ты доить умеешь и дают мне скамеечку и подойник к корове подвели я ей вымя подмыла говорю дайте вазелину соски смазать а они мне масла коровьего дают вот как живут богато смазала маслом да как стала доить подойник как колокол церковный загудел надоила полный в два счета говорит беловолосая хорошо я довольна тобою ослица меня зовут Джиотсана я твоя начальница будешь у нас жить и работать отвела меня сначала в душе-

вую там меня помыла одна женщина и продезин-
фицировала потом в столовую повели там накормили меня до отвала полентой с сыром и овощным салатом и отвели в спальню общую где скотницы
живут койку показали где я буду спать и сказали
чтобы я с дороги отдохнула я говорю я не устала могу еще доить сколько надо а они мне спи спи сегодня не будешь работать и ушли а я одна в спальне
осталась там тридцать две койки это только скотницы а есть еще и скотники я на скотном видала трех
парней с медвежьими головами навоз убирали
и еще лошадиноголовых красивые ребята и каба-
ниху одну с гусями и людей а ослиноголовых пока
не видала ну и посидела посидела я на койке да и завалилась и так сразу спать захотелось а когда засыпала подумала вот теперь из-за этих придурков ав-
стрийских на ночь нечем и в ухе почесать.

· XXXVI ·

Последней капле, как и первой, Анфиса упасть не дала — подхватила на ложку, слизнула ее, тепленькую, произнесла громко: "Чтоб не последняя!" — так, чтоб сидящие за перегородкой из простыней сохнущих муж и Марс услыхали, а для себя, шепотком тайным, — "сочись, туман, да нам в карман". И только после этого краник закрыла. Это был уже обычай трехлетний — первую каплю проглатывал муж, последнюю слизывала она. Первая капля, мужская, обжигала крепостью и чистотой — первачок, из паров сивушных зародившись, жидкую дорожку себе к желудкам подмосковным пролагает, а последняя, мутноватая, слабенькая, женская, на излете изнеможения завершает шестичасовую работу аппарата чудесного.

Муж с Марсом играли в шашки на щелбаны, расстелив умницу на кухонном столу в виде клетчатой доски. Умница мурлыкала да попискивала. Выигрывали и проигрывали с равным успехом.

— Анфис, скок накапало? — спросил муж, проводя шашку в дамки.

— Четырнадцать полных, — Анфиса ответила довольно, сноровисто последнюю бутылку укупоривая.

— Порядочно. — Муж провел дамку. — А мы во как устроим!

Умница прозвенела одобряюще феей Драже из "Щелкунчика", шашка просияла голубым.

— Вы-то устро-о-оите, а как же… вы нам такой кавардак устроите, хоть священников зови… — бородатый, плешеватый Марс замямлил, почесываясь.

— Четырнадцать, — Анфиса повторила, словно перед собой оправдывясь.

— Четырнадцать — это поря-а-адочно, а как же… — Марс мямлил, теряя третью шашку подрял.

— А вот и так таперича. — Муж тыкнул в светящуюся доску пальцем с прокуренным ногтем.

— Ну и чего ж мне делать тогда? — сгорбился Марс, руки к животу поджимая.

— А это я ума не приложу, чего вам делать-то… — двинул крайнюю шашку муж, безнадежно шашки Марса запирая.

— Чем ходить-то? — по-бабьи воскликнул Марс.

— А чем хочете, тем и ходите. — Муж с улыбкой победоносной над доской навис, усы подкручивая. — Токмо, сдается мне, не ходить вам, Марс Иваныч, надобно, а лобешник подставлять.

— Ах ты, террорист. — Марс языком прищелкнул,

на доску пятерню шлепнул. — Сдаюсь, мать твою через талибан!

— Кхем-кхем, — выпрямился муж, грудь по-моло-децки топыря, средний палец на деснице разминая. — Прикажете получить-с, Марс Иваныч?

— Получитя.

Зажмурился Марс, руками себя за бока обхватывая, лоб вперед вытягивая.

Муж сочно щелбан ему пробил. Марс ойкнул по-беззвучному, словно во сне губами муху отогнал.

С бутылкой теплого самогона в руке Анфиса нырнула под простыни к мужчинам:

— Ну чего, деловыя, обмоем припек?

Муж проницательно на бутылку мутную сощурился, потрогал:

— Никак опять последыша подсунуть тщишься?

Анфиса — со стуком сердитым бутылку на стол:

— Сашок, первача всего восемь вышло, заквасили мало!

— Так. Значит, заквасила ты мало, а наше с Марс Иванычем достоинство страдай? Непонятная у тебя философия, Анфиса Марковна.

— Сашок, ну не выйдем в плюс, коль вы первач выжрете!

— А мы не выжрем. — Муж с Марсом переглянулись рассудительно. — Мы с него начнем. Так, Марс Иваныч?

— Так! — Марс распрямился, бороденку огладив.

— Знаю я, как вы начнете! — замахала руками Анфиса, словно от чертей невидимых отбиваясь.

— Ты, чем лаяться, лучше закусь сообрази. — Муж умницу трубочкой свернул, в пивную кружку засунул, три стаканчика с полки снял, полотенцем нечистым протирать принялся.

— Сашок, ну давайте по стаканчику первачика, а потом последки? — Анфиса взмолилась, про себя бормоча: "Чтоб вам впредь токмо воду пить, будейросы".

— Об чем толковище?! — Муж не торопясь, как палач топор, стаканчики протирает, на лампу проглядывает. — Цзяошэ!

— На перваче свет клином не сошелся, — Марс резонно заключил. — Но начать с него надобно.

— Начать с него надобно, — повторил муж серьезно.

— Хос-споди… — В холодильник подоконный Анфиса полезла, стала метать на стол закусь: огурцы соленые, капусту, сало, тофу, грибы.

И, страдая, выставила мужчинам первача.

Муж одобрил:

— Другое дело, жена!

И стал разливать.

— Мне — последыша! — Анфиса уперлась.

— Ты, Анфиса Марковна, не нарушай субординаций. — Муж за задницу пухлявую Анфису ущипнул. — Работу правильную правильно и обмыть надобно, так, Марс Иваныч?

— Так!

— Последыша, последыша… — Анфиса хнычет.

— Не могу я позволить, чтоб такая женщина последки пила. — Берет муж Анфису за руку, от постирушек вываренную, в глаза заглядывает. — Не такая ты, Анфиса Марковна.

— Не такая! — Марс подтвердил, бороденку жуя.

— Садись! — Муж стул ногой подогнал, Анфису — за плечи вниз.

— Да ну тебя… — рассмеялась Анфиса устало, задом квелым на стул плюхаясь.

— За Государя. — Муж стаканчик поднял.

— За Государя, — Анфиса с Марсом повторили.

Выпили, на закуску навалились.

— Ты, Марс Иваныч, не торопись с продажею, — завела Анфиса старую песню свою. — У нас нынче копейка водится, торопиться некуда, лучше уж подороже продать, в Бутово съезди, пихни под станцией инвалидам…

— Как продам — так и продам, — Марс отрезал.

Муж по второй разлил. Первача.

— Ну Сашок? — Анфиса губы плаксиво скривила. — Обещал же!

— Вторая — чистая должна быть, ибо пьем за родную коммунистическую партию, — муж урезонил. — Вы с Марсом беспартийные, а я православный коммунист со стажем. И не могу позволить такого блядства.

Выпили Марс с мужем, Анфиса обиженно лишь пригубила.

— Эт-то что такое?! — Муж перестал капусту жевать, в стаканчик жены грозно пальцем тыча. — Идеологическая диверсия? Провокация хохляцких плутократов? Вылазка воинствующих атеистов?

— Терроризм! — Марс, пьянеющий быстро, бороденкой замотал по-козлиному.

— Не буду пить первач, — отрезала Анфиса, лицом каменея.

— Анфис… — Муж руками развел, чуть бутылку со стола не смахнув. — Ты нас уважаешь?

— Сашок, мы ж на новую печь копим, ты ж знаешь наши нужды! — с обидою Анфиса проныла.

— Накопим, — сурово муж пообещал. — Вот это выпьем и накопим.

И ногтем прокуренным по бутылке первача прищелкнул.

Анфиса выдохнула бессильно, взяла огурец, захрустела.

— Слава нашей партии родной! — Муж взял полный стаканчик в левую руку, встал, размашисто перекрестился и выпил одним духом.

Как беспартийные, Анфиса с Марсом выпили сидя.

Стали закусывать.

— Ты вот, Анфис Марковна, говоришь — под станцией, инвалидам, — хрустел Марс. — Год назад — без никаких продавал там. А нынче под станцию даже беглый китаец не сунется — не тот инвалид пошел. Зарежут, как собаку, самогон выпьют, а тобой закусят.

— Эт почему ж так?

— А потому, что от жизни отстаешь, кроме личного ничего не видишь, — укорил муж жену, капусту наворачивая. Социальные попечения. Общественная воля. Старые раны страна долго залечивает. Государь и партия делают все возможное. Но ди-а-лектика текущего момента оказывается сильнее.

— Год назад там, под платформой, кто сидел? — стал объяснять по-своему Марс, пальцы загибая. — Инвалид войны уральской. Их там оружием обычным глушили, ну, напалмом еще жгли. А нынче кто и откуда в Москву попер? Краснодарские ветераны. Их там салафиты глушили оружием новым, убойным.

— Вакуумно-паралитические бомбы, — подсказал муж.

— После них у солдата ум отшибает. По мне, лучше обе ноги потерять, чем разум.

— Стало быть, под платформу не полезешь больше? — с обидой растущей жевала Анфиса.

— Да я б полез, не побоялся, если б они хоть платили рублем. А то — вот чем под платформой нынче платят! — Марс сунул руку в карман, вытащил стопку перетянутых резинкой *пустых* теллуровых клиньев. — Гвоздями пустыми! Три гвоздя за бутыль. А что с ними я делать буду? Про указ слыхала?

— Указ нумер сорок, — самодовольно муж почесался. — Токмо через аптеку.

— Токмо через аптеку! — развел Марс руками, простынь задев. — Половину — государству.

— Новая политика, а как же… — Муж зачерпнул рукой квашеной капусты, запрокинулся, в рот сверху заправляя.

— И где ж ты теперь продавать будешь? — перестала жевать Анфиса.

— Потолкаюсь в Ясенево, в Битцу съезжу, к фабричным, — спрятал клинья Марс.

Анфиса недовольно вздохнула.

— Фабричные нынче мало берут, потому как сами гонят, — муж заключил.

— Не согласен. — Марс кулаками от стола оттолкнулся, словно к драке готовясь. — Гонят токмо земские, а на слободках покупают. Так я к земским в Медведково да в Сокольники никогда и не совался.

— И напрасно, — наставительно муж изрек.

— Чего ж — напрасно? — Марс бороденкой дернул.

— Щас выпьем, я тебе и растолкую.

Стаканчики наполняются первачом.

— За мирное небо. — Муж стаканчик взял, на лампу глянул. — Слеза!

Анфиса жевала обреченно: пропадай первач.

— Чтобы не было войны, — Марс добавил.

— Чтобы гроза военная ни-ког-да не покрыла московское небо, — муж произнес весомо, пальцем грозя.

Выпили. Закусили.

Муж вздыхает, закуривает, папироса в зубах, локти на столе.

— А таперича, Марс Иваныч, я тебе растолкую почему — напрасно. Ты у нас беспартийный?

— Ну.

— А почему?

— А на хрена мне это нужно?

— Вот, — муж жену — локтем в бок. — Слыхала? На хрена мне это нужно! Инфантильный аполитизм.

— Сашок, так и правда — на хрена это Марс Иванычу?

— Мне что, инвалиды доплотют за первач твой, ежели я им под платформой партейный билет покажу? — Марс хихикает, бороду мнет. — Им самогон нужен, а не билет партейный. Они этим билетом и закусить не смогут, разве что занюхают.

Смеется Анфиса.

Муж вздыхает, в потолок протекший глянув:

— М-да... Вот и дожили: на хрена это мне...

Марс руками победно развел:

— Да! На хрена это мне?

Анфиса встряла:

— Сашок, ну тебе ж партбилет с работой помог, тебя теперь ни одна собака не уволит, а Марс Иванычу чем же помочь может? Он же в захребетном статусе ходит и ходить будет.

— И ходить буду. — Марс вилкой в тофу тыкнул. — Так что, Саня, партия твоя мне на хрен не нужна. Я и без нее себе капусты на хлеб с маслом нарублю.

Муж — дымом ему в физию:

— А ты, Марс Иваныч, кто таков?

— Свободный человек! Вот кто я таков.

— Каковы твои у-беж-дения?

— Одно у меня убеждение, Саня: два рубля лучше, чем один. Вот и все убежения.

— Ты Государя уважаешь?

— А как же. Уважаю.

— А партию?

— А вот партия твоя мне на хрен не нужна. — Марс от стола отталкивается, встает. — Ладно, посидели, и будя. Анфис, давай твои бутылки.

— Куда? — Муж Марса за сюртук.

— Туда! — Марс мужа по руке.

— Сашок! — Анфиса мужа за плечо.

— Сво-бо-дный? — Муж Марса за грудки трясти.

— А ты — нет! — Марс мужа пих в грудь.

— Мужчины!! — Анфиса их за руки.

— Шланбой! — Муж Марса в зубы.

— Партей! — Марс мужа в ухо.

— Мужчины-ы-ы-ы!!!

Марс через простыни — к двери.

— Стоять! Стоять! — Муж — руками за Марсом, да жена поперек обхватила.

Марс с замком возится, сплюнул кровь на простынь.

— Приду я еще к вам, гады, попросите токмо...

— А ну, стоять!!

— Сашок! Сашо-о-ок!!

— Не дождетесь! — Марс дверью так хлопнул, что

умница в кружке пискнула тревожно-красным: "Возможность землетрясения".

— Зарекалась свинья жрать говно!! — Муж в простынь рявкнул, с женой борясь.

· XXXVII ·

Татьяна вышла из электрички на станции Соколовская. Часы на платформе показывали одиннадцать пополудни. Татьяна глянула на свои часики — 12:12.

"К чему бы это…" — подумалось ей.

Она заметила, что последнее время, взглядывая на часы, часто видит две одинаковые цифры.

"Симметрия… цифры все пригожие, на меня похожие…"

— А луна канула, — произнесла она, с удовольствием вдыхая весенний воздух.

На платформе было пустовато, две-три человеческие фигуры. Мокрый ветер пошевелил светлые волосы Татьяны, качнул пока еще голые прутья на обезглавленных тополях. Весна запаздывала; несмотря на конец апреля, еще лежал кое-где темный снег.

Татьяна спустилась с платформы по грязным ступеням. На привокзальной площади возвышался памятник Столыпину и шла вялая торговля семечками, кислой капустой, пряниками, дешевыми говорухами, живородящими валенками, *мягкими батарейками* и свечами. Площадь была сплошь покрыта шелухой от семечек.

— Дочка, подай на пропитание Христа ради, — протянула к Татьяне варежку согнувшаяся старушка.

Сунув ей пятачок, Татьяна быстро прошла мимо, пересекла площадь и бодро зашагала по улице Ленина в своих высоких, голубой кожи сапогах. На ней был короткий черный плащик, на плече висела сумочка в цвет сапог и такие же перчатки. Оправа узких очков Татьяны тоже была голубой.

Редкие прохожие были в основном пожилого возраста, четверо фабричных парней топтались с папиросками в зубах возле рюмочной.

Миновав продуктовый и скобяной магазины, Татьяна улыбнулась лохматой бездомной собаке, обошла два вросших в землю бетонных блока непонятного назначения и свернула на улицу Миклухо-Маклая.

"Похоже, недалеко…" — осмотрелась она, увидев впереди, в самом конце улицы, водонапорную башню.

— Совсем близко, — произнесла она вслух и, случайно оглянувшись, заметила, что за ней идут двое фабричных, которых она только что видела у рюмочной.

И идут быстро. Слишком быстро.

"Ну вот, здравствуйте…" — неприятно удивилась она, ускоряя шаг.

Под ее каблучками захрустела наледь неровной улицы. Впереди никого не было. Только башня торчала среди крыш и голых деревьев, перекликались галки да полаивала собака где-то за забором.

Распрямив плечи, Татьяна размашисто и скоро шла по улице.

"Что это я? Идут парни, что ж с того? — успокоила она себя. — Спешат по своим делам. Сейчас день, кругом светло".

Она глянула в небо. В прорехах облаков виднелась полинявшая синева.

"Где воздух синь, как узелок с бельем у выписавшегося из больницы…" — вспомнила она.

Сзади один из парней кашлянул.

"Где вечер пуст, как прерванный рассказ… вечер пуст… а сейчас день".

Татьяна поравнялась с глухим забором. За забором залаяла собака. И сразу же залаяли две — напротив и рядом.

"Дай, Джим, на счастье лапу мне… такую плаху, такую лапу не видал я сроду…"

В кармане парня звякнули ключи. Щелкнула зажигалка. Четыре галки сидели на липе и перекликались с вороной, усевшейся на макушку елки.

"Вечерние поля в росе… нет, в снегу… над ними вороны…"

Один из парней сплюнул и кашлянул.

"Благословляю вас на все, на все четыре стороны..."

Парни ускоряли шаги. Ворона снялась, полетела. Галки с карканьем полетели за ней.

"А над ним вороньё... ужас стужи уж и в них заронен..."

Татьяна побежала.

Парни бросились за ней. Придерживая слетающую с плеча сумочку, она бежала по улице Миклухо-Маклая. И услышала, как один из парней, поскользнувшись, упал, заматерился. Другой стал помогать ему подняться.

— На все четыре, все четыре... — забормотала Татьяна, отчаянно стараясь не поскользнуться.

До башни шла прямая дорога. Но было далековато. И дорога была скользкой, ухабистой, гадкой, мерзкой, подлой...

"Не успею!"

Направо показался проход, что-то вроде переулка. Татьяна кинулась туда, заметив краем глаза, что парни снова побежали за ней. На том, который падал, моталось, как черные крылья короткое, распахнутое пальто.

— Вороньё... — шепнула Татьяна.

Она побежала по переулку, собака, захлебываясь лаем, бежала рядом за штакетником. А переулок оказался тупикоммммМММ! У Татьяны все сжалось внутри. Но слева уааааааааахнулся спасительный проход. Она прыгнула туда, провалилась в грязный сугроб, стоная, размахивая руками, вырвалась из мокрого снега, побежала по узкой дорожке, свернула вправо, загрохотала по каким-то ржавым жестяным листам и увидела впереди старый сарай с разбитой дверью, а сквозь нее — другую дверь, распахнутую, ведущую на соседнюю улицу с новеньким столбом. Этот столб вселил надежду. Через сарай был путь на улицу.

Татьяна кинулась к сараю, вбежала, кроша каблучками гнилой пол, рванулась к полуоткрытой двери. Дверь сама распахнулась. С визгом.

И в проеме встал парень в распахнутом пальто.

— Куда? — прошипел он.

Его лицо было темным, страшным, в нем, как и в пальто, было что-то лесное, воронье. Задохнувшись, Татьяна попятилась.

Сзади грохнуло железом, затрещало — и:

— Куда?

Это спросили уже сзади. Татьяна обернулась. Тот, сзади, был рыжеватым, с широким губастым лицом. Лицо это имело добродушное выражение.

Стараясь прийти в себя, Татьяна выдохнула и спросила сдавленным голосом:

— Что вам нужно, молодые люди?

В ответ Ворона закрыл дверь с таким же противным визгом. Рыжий закрыл дверь свою. В сарае стало сумрачно, свет пробивался только из дыр в стенах и прорех в крыше.

— Куда ж ты так навострилась, а? — спросил Ворона, подходя.

Смуглое, небритое лицо его источало злобу, глаза нездорово блестели.

— Изволили в кошки-мышки с нами поиграться? — насмешливо-добродушно произнес рыжий.

— Что вам нужно?

Татьяне показалось, что это спросила не она, а какая-то далекая женщина с дальних островов в бескрайнем океане, полном таинственных глубин, затонувших кораблей, добрых дельфинов, мудрых китов и коралловых рифов с прекрасными, завораживающими, разноцветно-равнодушными рыбами.

Ворона вытащил свою смуглую руку из кармана пальто. В руке щелкнуло и выскочило короткое, но широкое лезвие ножа. Он поднес нож к лицу Татьяны:

— А вот токмо пикни, сука!

Сзади подошел рыжий.

Татьяна протянула Вороне сумочку. Ворона взял, подержал, глядя в глаза Татьяне, и резким движением швырнул сумочку в угол сарая.

— Нам твое барахло на хер не нужно, — процедил Ворона, приближаясь и беря Татьяну за лацкан плаща.

Рыжий обнял ее сзади за плечи, прижался, дохнул табаком, водкой, семечками:

— Мы вас, сударыня, чичас еть зачнем!

Сквозь одежду она почувствовала задом его напрягшийся член и похолодела. Удушливая волна сдавила горло.

— Я бе… ременна… — пролепетала она с огромным трудом.

— Беременна? — зло переспросил Ворона.

— Незаметно чтой-то… — Руки рыжего обхватили ее живот.

— Умо… ляю вас, умоляю, я все отдам… — лепетала она, холодея и цепенея.

— Мы твою беременность не тронем. — Ворона схватил ее за шею, нагнул.

Рыжий потянул ее вниз за бедра.

— Умо…ляю! — вскрикнула она сдавленно, падая на колени.

Рыжий, задрав ее коротенький плащ, схватил трусики, рванул, разрывая. Ворона, держа в одной руке нож, другой растегнул ширинку, выпуская длинный смуглый член.

Татьяна дернулась, порываясь встать. Но лезвия ножа коснулось ее щеки:

— Токмо дернись у меня.

Сильные руки рыжего приподняли ее, пальцы раздвинули ягодицы:

— Ишь, попка сахарная…

Его член толкнулся ей в анус.

— Умоляю! — вскрикнула она.

— Петюнь, заткни ей глотку, — приказал рыжий.

Ворона схватил ее за голову.

— Нет! Нет! Нет! — затрясла головой она.

— Зарежу, блядь! — зарычал он, склоняясь над ней.

И она поняла, что этот — зарежет. Рот ее беспоможно открылся. Член парня вошел ей в рот. Рыжий толчками входил в ее анус. Когда вошел, тело ее содрогнулось и затрепетало. Татьяна замычала.

— Ну вот, а ты боялася, — ощерился рыжий добродушно.

Парни стали молча двигаться. Рыжий держал Татьяну за бедра, Ворона — за руки. Голубой каблучок Татьяны беспомощно скреб и молотил по гнилому полу сарая, скреб и молотил, скреб и молотил, скреб и молотил, скреб и молотил, словно зажил своей, отдельной от тела Татьяны жизнью.

По приземистому телу рыжего прошла легкая судорога, голова его вздрогнула, словно он передернулся от холодного ветра.

— А, сука... — выдохнул он, и широкая улыбка его стала беспомощной.

Ворона, сгорбясь, двигался еще некоторое время, потом, выронив нож, застонал громко, схватился за Татьяну, скомкал, прижимаясь.

Они вышли из ее тела почти одновременно, и она бессильно рухнула на пол. Парни молча застегнулись. Татьяна лежала, жадно дыша и икая.

— Вот так... — Задыхаясь, Ворона поднял нож, сложил, сунул в карман.

Рыжий сплюнул, повернулся, нетвердым шагом подошел к двери, ударил ногой, вышел из сарая.

— Отдыхай... — обессиленно пробормотал Ворона и заспешил за рыжим.

Татьяна осталась лежать на грязном полу сарая.

Пролежав так несколько минут, она перевернулась на спину, приподнялась, оперевшись руками о пол. С ее лицом что-то произошло: не только узкие очки сбились на бок, но и черты лица как бы сошли со своих мест. Переведя дух, она вытерла рот тыльной стороной руки, сняла очки, отбросила. Затем подползла к сумочке, открыла, вынула сложенную конвертиком умницу, ткнула в нее тремя пальцами. Умница просияла и рассыпалась колокольчиками. Татьяна снова опрокинулась навзничь. В прорехах шиферной крыши сарая показалось солнце.

Татьяна бессильно улыбнулась. Губы ее произнесли еле слышно:

— Солнцу наступающего дня...

Со стороны улицы с новым столбом послышалась подъехавшая машина, захлопали дверцы, побежали люди. Дверь сарая, взвизгнув, распахнулась. Вошли двое рослых и сильных в черном, один сразу, как пушинку, подхватил Татьяну на руки, другой поднял сумочку и очки. Вбежал третий, в пальто и шляпе, черный передал ему очки с сумкой.

Татьяну быстро отнесли в большую черную машину, уложили на широкое кожаное сиденье в просторном белом салоне. Люди в черном сели в кабину, отделенную от салона непрозрачной перегородкой. Человек в пальто остался в салоне, усевшись напротив Татьяны.

— Ваше высочество, как вы себя чувствуете? — спросил он.

Лицо его было никаким.

— Прекрасно, — произнесла она слабым довольным голосом.

Он протянул ей мокрую антисептическую салфетку. Она вытерла руки, кинула салфетку на пол. Он протянул ей новую. Она наложила ее на свое *помятое* лицо, потянула. Маска из живородящего пластика отстала от лица. Человек принял ее и вместе с салфетками и очками бросил в мусорный контейнер. И протянул Татьяне горячее влажное полотенце.

Она с наслаждением прижала его к лицу, откинулась на спинку сиденья и замерла.

— Ваше высочество, — заговорил человек. — Я умоляю вас, заклинаю всеми святыми впредь не отклоняться от утвержденного маршрута. Почто вы пошли по Миклухо-Маклая, а не по Солнечной? Мы чуть вас не потеряли. И отчего так быстро? Вы всегда почему-то отклоняетесь от намеченного плана.

— А ты всегда говоришь мне одно и то же... — не снимая полотенца с лица, произнесла Татьяна.

— Но, ваше высочество, я лично несу перед государством ответственность за вас, я и...

— И никто другой, — подсказала она, сдергивая с лица полотенце. — Хватит, Николай Львович. Не будь однообразным.

Лицо Татьяны порозовело. Она вцепилась в свои светлые волосы, потянула, сняла парик. Под париком были ее прелестные, известные на всю Московию черные волосы, аккуратно обмотанные вокруг головы. Татьяна стянула с волос еле различимую пленку, и они красиво расспались по плечам. Не торопясь, она сняла плащ, грязные сапоги. Человек в пальто помог ей облачиться в длинный черный шелковый плащ с капюшоном, который она тут же накинула на голову. Затем он открыл бар, налил в стакан немного виски, положил льда. Татьяна приняла стакан, отпила и, взобравшись с ногами в угол сиденья, надолго замерла со стаканом на коленях.

Через сорок минут стремительной езды по красной государственной полосе машина въехала на территорию Кремля, подъехала к хоромам наследника, въехала в гараж. Выскользнув из машины с капюшоном на голове, Татьяна почти вбежала в дверь, открытую ее неизменной мамкой Степанидой. Полная, круглолицая, она пропустила Татьяну внутрь, закрыла и заперла дверь. Татьяна, шурша плащом, свернула направо, потом снова направо, нагнувшись вошла в сводчатую низкую дверь и стала подниматься по узкой каменной летнице. Степанида, закрыв за Татьяной древнюю дверь огромными кованными петлями, привалилась к ней спиной, скрестив руки на высокой груди.

Поднявшись наверх, Татьяна вошла в небольшую молельную комнату с богатым древним иконостасом. Здесь горели свечи и теплились две лампады перед темными ликами в дорогих окладах. Опустившись на колени, Татьяна сняла капюшон и помолилась, крестясь и кладя поклоны.

Потом встала, прошла темным коридорчиком, миновала две сводчатые комнаты и оказалась в такой же третьей, занимаемой большой треугольной ванной с подкрашенной розовым водою. Вынув из кармана плаща умницу, она кинула ее в воду. Затем сбросила с себя плащ, белье и легла в ванну.

На мраморном краю стоял стакан с яблочно-сельдереевым соком. Она взяла его, отпила.

Умница, почувствовав воду, стала маленьким пузатым корабликом.

Отпивая из стакана, левой рукой Татьяна ощупала свой анус, проникла туда средним пальцем, вынула руку из воды и внимательно осмотрела палец. На пальце ничего не было.

Она вспомнила сильные руки рыжего, обнявшие ее сперва за живот, а потом схватившие за ягодицы.

— Тотальная беспощадность желания, — произнесла она, зажмурилась, улыбнулась и покачала головой.

"А этот темный парень в рваном пальто... рваный парень... рваный ворон, черный ворон, черный вран, крал ты, ворон, иль ты врал... как он сжал меня, как сдавил запястья... и нож упал, ножик его выпал, уронил, милый, и застонал, словно заплакал, и злоба вся испарилась вмиг, все черное ушло, ушло, черное ушло в игольное ушко..."

— Потрясающая беспомощность наслаждения, — произнесла она, откидывая голову на пластиковый подголовник.

Сводчатый потолок был расписан древним русским орнаментом с сиринами, алконостами, осетрами и псами.

"Как они бежали по наледи, как спешили, тот упал, бедняга, торопились на роковое дело, на роковое и тайное, преступное, сладкое дельце…"

— Куда?! — произнесла она горомко, с интонацией Вороны.

Голос ее отразился эхом от сводчатого потолка.

— Куда? — произнесла она угрожающе-доброжелательно, как рыжий.

И рассмеялась, в восторге тряся головой, зашлепала ладонью по розовой воде.

Кораблик-умница дал гудок. Поставив стакан, Татьяна тронула умницу двумя пальцами. Над корабликом возникла голограмма с лицом княгини Апраксиной: бритая голова, красивое лицо, теллуровый гвоздь, торчащий из головы чуть повыше правого уха.

— Здравствуй, Танюша! — с улыбкой приветствовала Апраксина.

Татьяна делано наклонила голову и, глядя исподлобья, произнесла:

— А Марфинька сегодня опять это делала…

— Ой… — выдохнула Апраксина и покачала головой. — Танюш…

Татьяна прижала палец к голографическим губам Апраксиной:

— Ни стона из ее груди!

— Танюша, дорогая моя…

— Вечером появишься?

— Непременно, но, Танюша, милая, дорогая наша Танюша, ты заставляешь меня и всех твоих подруг страдать каждый раз, каждый раз!

Голос Апраксиной озабоченно зазвенел под потолком.

— Глаша, знала бы ты, как нынче хорошо все было. — Татьяна прикрыла глаза от удовольствия.

— Танюша, ты рискуешь каждый раз. И не только собой.

— Не пугай меня, подруга.

— Танечка, я не пугаю, но просто понять не могу, сердечная моя, на кой сдалась тебе эта шпана, немощь подмосковная?! Рядом — полк кремлевский, красавцы, парни — кровь с молоком, да каждый из них…

— Гвардейцы — это для Государыни. У меня, подруга, другой статус.

— Опять шуткуешь, Танюша, послушай…

— Ах, Глаша, как же было хорошо!

Зажмурившись, Татьяна откинулась на подголовник, сжала руками свои груди с маленькими сосками.

— А если случится что?

— Пока ничего не случилось.

— Танюша, тебе надобно от этого решительно отказаться.

— Как и тебе от теллура.

Апраксина вздохнула, выдержав паузу:

— Таня. Ты нас всех страдать заставляешь.

— Страдания очищают, вспомни Федора Михайловича.

— Танюша, это не шутки! Я так переживаю за тебя, так извожусь! Не знаю, что делать, ей-богу! Впору с тобой пойти!

Татьяна подняла голову, открыла глаза.

Мгновенье женщины молча смотрели в глаза друг дружке. И вдруг расхохотались. Татьяна брызнула водой на голограмму лица подруги. Брызги прошли сквозь это красивое круглое лицо, совершенно не повредив его.

— Возьму вдругорядь, непременно! — произнесла Татьяна, нахохотавшись. — Только без гвоздей, подруга. Чтобы парни не оцарапались.

— D'accord! — смахнула слезы смеха Апраксина.

Татьяна снова откинулась на подголовник, вздохнула:

— Ох, Глашенька, как это все же важно — давать народу своему. Как же это все-таки важно…

— Чтобы не изменил? — с похотливой усмешкой спросила Апраксина.

Глядя в расписной потолок, Татьяна подумала и ответила серьезно:

— Чтобы любил.

· XXXVIII ·

Анджей Поморац, двадцатичетырехлетний серб-
ский поляк, покинувший Софию сразу после так
называемой ваххабитской весны 18 ноября, позавтракав овсяными хлопьями с молоком, кофе и кру-
ассаном, вышел из своей маленькой квартирки
в пригороде Парижа Кремлин-Бисетр, прошел два
квартала, вошел в парикмахерскую мягконогого
Хоттаба и купил у него теллуровый гвоздь за 145 по-
слевоенных франков. Побрив голову у младшего сына Хоттаба Фаруха, Анджей прошел в подвал парикмахерской, лег на кушетку. Старший сын Хоттаба
Насрулла забил гвоздь в голову Анджея. Отблагода-
рив его двухсотграммовым куском умного теста, Анджей вышел из парикмахерской, купил в овощной
лавке Собэра яблок и бутылку чая каркаде, вернулся к себе в квартирку и набрал на умной бумаге следующий текст:

Живые шубы от торгового товарищества "Баргузинов и сыновья" согреют и порадуют ваших любимых в лютые морозы. Что может быть прелестней очаровательной женщины в живых мехах? Тысячелетия наши красавицы кутали свои прелести только в мертвые меха, содранные с убитых животных. Такой мех нес и хранил в себе вечные лептоны предсмертной скорби и кварки агонального страдания, дурно влиявшие на здоровье и характер каждой владелицы шубы. Мир новых технологий дал нам уникальную возможность одаривать жен, сестер и матерей наших живыми шубами, не связанными со смертоубийством бессловесных Божьих тварей. Кожаные протошубы, выращенные в лабораториях товарищества "Баргузинов и сыновья", продаются в наших магазинах по весьма сходным ценам, от 50 до 450 рублей. В первую же зиму они прорастают превосходным мехом уже до 2–3 сантиметров. Но какой же это мех, дорогие женщины! Разве может с ним равняться мех мертвый? Что вы носили раньше? Песца, лисицу, колонка, стриженую норку, в наилучшем случае — соболя. Но разве сравнится самый роскошный сибирский соболь с нашими живыми мехами, способными в процессе роста менять не только цвет, но и текстуру? Соболь от "Баргузинов и сыновья" может быть голубым, фиолетовым, огненно-красным, он способен расти активней на обшлагах и воротнике, меняя текстуру волоса. Это настоящее чудо! Причем заметьте, сударыня, на ваших плечах не искусственный мех прошлого века, а живой, тянущийся к свету организм, любящий и согревающий вас. Он питается светом и влагой, он поглощает снег, превращая молекулы воды в энергию роста. Поэтому ваша шуба всегда суха. И еще одно потрясающее качество присуще шубам от "Баргузинов и сыновья": они дружелюбно тактильны. Прикоснитесь ладонью к вашей меховой красавице, и она ответит нежным прибоем мехового океана. Через четыре года живая шуба линяет. Можно продолжать носить ее и после линьки, ибо мех будет расти снова, правда, не так быстро и эффективно. Недаром эти шубы прозваны в народе "живородящими". Но мы советуем вам прибегнуть к процессу генетического обновления. У нас, в Байкальской Республике, оно обойдется вам от 40 до 80 рублей. И роскошный мех снова четыре года будет играть и переливаться на ваших плечах!

Дорогие женщины! Уважаемые кавалеры! Приходите к нам! Покупайте живые шубы торгового товарищества "Баргузинов и сыновья"!

Закончив, он отослал текст в Байкальскую Республику. Затем выпил чаю, разделся, намазался кокосовым маслом, лег в камеру и включил программу.

· XXXIX ·

Ехали по хайвею часа два, потом в лес свернули. Бабуля сразу всполошилась, заволновалась: где мы? Я ей объяснил, она успокоилась. Вообще, бабуля наша при годах своих весьма достойно сохранилась внешне и внутренне. Про ее живой ум и житейскую смекалку я вообще умолчу — второй такой нет! Супербабушка у нас с Сонькой во всех смыслах. И теллур здесь вовсе ни при чем.

Проехали версты четыре по лесу, остановились, вышли. Лес вокруг старый, еловый, только руби да продавай. Бабуля сразу заметила, что тогда, когда это все здесь случилось, елки были чуть выше нас с сестрой. Круто! На это ершистая Сонька сразу возразила в абсурдистской своей манере: бабуль, это мы тогда были выше всех елок, но ты нас, голографических гостей из будущего, просто не заметила в лесу. Вот так!

Короче, налепил я на глаз навигатор, и пошли.

Лес вокруг густой, ельник нехоженый. Заплутаться в таком — раз плюнуть. Без навигатора — делать нечего, кричи "ау!". А так — следуем легко по нужному маршруту, углубляемся в бор, а бабуля все бормочет: ничего не узнаю, дескать, ничего не помню и не понимаю.

Соня всю дорогу веселила, отмораживала в своей манере: то лешим прикинется, то умницу себе на голову натянет, покраснеть заставит и Красной Шапочкой выходит к нам из-за ствола елового — ешьте меня, серые волки, только медленно! Я хохочу, бабуля улыбается.

В общем, топали к месту долго и весело, бабуля держалась молодцом.

И наконец дошли. Бор как бы малость расступился, типа полянка проглянула, а на ней — камень. Валун огромный, в два человеческих роста. В лесу такие только в северных странах встречаются. С ледникового периода его сюда закатило к чертовой матери. И бабуля сразу руками всплеснула: ребятки мои, вот он! Подошли ближе, обошли вокруг валуна, а в нем — ниша вроде пещеры. А в нише — три бюста, из этого валуна гранитного вырубленные. Мы с Сонькой просто рты открыли. Три бюста! Вырублены прямо из камня, как бы выступают из стены этой пещеры. Причем работа достаточно подробная, филигранная. Я сразу почему-то вспомнил статую фараона Хефрена, которая меня поразила мастерством исполнения, фараон тоже вырублен из гранита, и у него сзади на плечах сидит такой сокол и крыльями прикрывает его затылок от врагов. Мне бы нынче такого сокола! Мы с Сонькой стоим, как бы в легком обалдении, а бабуля наша сразу подошла к бюстам, поклонилась и произнесла громко: спасибо вам, Три Великих! Мы в себя пришли, подошли к бюстам, стали их трогать, рассматривать. А бабуля говорит: погодите, детки, я вам все расскажу по порядку. Внуки мои дорогие, это три изваяния трех роковых правителей России, перед вам Три Великих Лысых, три великих рыцаря, сокрушивших страну-дракона. Первый из них, говорит, вот этот лукавый такой, с бородкой, разрушил Российскую империю, второй, в очках и с пятном на лысине, развалил СССР, а этот, с маленьким подбородком, угробил страшную страну по имени Российская Федерация. И все три бюста вырубил шестьдесят лет тому назад мой покойный муж, демократ, пацифист, вегетарианец и профессиональный скульптор в то лето, когда дракон Россия окончательно издох и навсегда перестал пожирать своих граждан. И стала бабуля к каждому бюсту подходить и класть на плечи конфеты и пряники. И говорила: это тебе, Володюшка, это тебе, Мишенька, а это тебе, Вовочка. Мы с Сонькой стоим, смотрим, а она все это раскладывает, бормочет что-то ласковое. Необычно! Причем бабуля наша во все времена была атеисткой, ничему и никому не поклонялась. А это был просто храм с тремя божествами. Сонька умная, молчала. А я, конечно, с расспросами: бабуль, как да что? Та мне подробно все пересказывала, а потом как бы подвела черту. Говорит, Россия была страшным античеловеческим государством во все времена, но особенно зверствовало это чудовище в ХХ веке, тогда просто кровь лилась рекой и косточки человеческие хрустели в пасти этого дракона. И для сокрушения чудовища Господь послал трех рыцарей, отмеченных плешью. И они, каждый в свое время, совершили подвиги. Бородатый сокрушил первую голову дракона, очкастый — вторую, а тот, с маленьким подбородком, отрубил третью. Бородатому, говорит, это удалось за счет храбрости, очкастому — за счет слабости, а третьему — благодаря хитрости. И этого последнего из трех лысых бабуля, судя по всему, любила больше всего. Она бормотала что-то нежное такое, гладила его, много конфет на плечи ему положила. И все качала головой: как тяжело было этому третьему, последнему, тяжелее всех. Ибо, говорит, он делал дело свое тайно, мудро, жертвуя своей честью, репутацией, вызывая гнев на себя. Говорит, сколько же ты стерпел оскорблений, ненависти глупой народной, гнева тупого, злословия! И гладит его и целует и обнимает, называя журавликом, а сама — в слезы. Мы с Сонькой слегка обалдели. А она нам: детки, он много вытерпел и сделал великое дело.

Снять на умницу бабуля эту пещеру категорически запретила, говорит — святыни негоже фотографировать и размножать. А жаль! Договорились приехать сюда через год.

А на обратном пути заехали в наш облюбованный семейный Snowman и прекрасно, надо сказать, пообедали.

Quelle horreur! Родителей и родственников, как известно, не выбирают, но смириться с этим детерминизмом все же невероятно трудно. Речь идет не о бабушке Лизе, а о Павлике. Высшие силы подарили мне несказанную радость двухлетней разлуки с моим братом, но лишь вчера, при встрече с ним, я сумела до конца оценить подлинное величие этого подарка. Вчера состоялась наконец эпохальная поездка, о которой шла речь на протяжении последних тридцати (!!) лет. Под действием теллура бабушкино сознание, слава Космосу, просветлилось, и она вспомнила *место*. Павлик исследовал его навигатором и обнаружил в этом лесу камень соответствующего размера. Признаться, вся история, слышимая мною с раннего детства, за эти три десятилетия подобно тому валуну обросла мхом слухов и домыслов, в коих мы, семья Долматович, были обречены блуждать и путаться. И все из-за провалов в памя-

ти бабушки Лизы. Но все восстановилось, нейро-
новый пазл сложился, навигатор проложил дорогу
к мифу. Трудно артикулировать ощущение, с которым я садилась в машину брата: ожидание воплощения детской мечты всегда сопряжено с предчув-
ствием краха, и от него, как от сворачивающегося
в свиток неба Апокалипсиса, никуда не деться. Увы,
у всех нас всегда с собой наш маленький карман-
ный апокалипсис. Но то, с чем я столкнулась в кабине машины за сто тридцать две минуты нашей
поездки, оказалось страшнее и чувствительней всех
страхов, апокалипсисов и предчувствий. Пошлость
моего брата. Тошнотворная по своему гнусному раз-
нообразию и ужасающая по своей инфернальной
глубине. Дьявол, как известно, пошл. За всю дорогу
Павлик не подарил нам ни минуты молчания. Этот
толсторожий самодовольный ублюдок благополучно *propizdel* всю поездку. Его пошлость напомина-
ет мне большую жирную гусеницу, раскрашенную
законом обратной эволюции в омерзительные зе-
лено-розовые цвета. Это хищное животное невероятно активно и прожорливо — оно заползает вам
в мозг и последовательно выжирает его. Говоря
о погоде, о налогах, о преимуществах бензиновых
двигателей над картофельными, о своей *приколь-
ной* жене, о лечении геморроя, о хобби начальника
(собирание миг-*avok*), о третьем клонировании ко-
та Василия, мой брат практически полностью вы-
ел мой совершенный перламутровый мозг. Выйдя

с опустевшим черепом из его проклятой бензиновой машины, я ступила на хвоистый ковер елового бора в полнейшей прострации. И только лес, живой, великолепный, созданный Великим Демиургом, наполненный ароматами смол и голосами птиц, привел меня в чувство. Мы двинулись к месту. Мои надежды, что фонтан Павлика заглохнет в еловом бору, оказались тщетными — жвалы его розово-зеленого чудовища заработали здесь с новой силой. Дабы избежать полнейшего распада на молекулы, я решила обороняться старой доброй карнавализацией, хохоча, остраняясь и заумствуя. Этот многажды проверенный щит от внешних болванов помог и в этот раз: мы благополучно, без членовредительства и истерик, дошли до места. А там уже помог и сам камень, *камень* или, вернее, — Камень, размером и формой напоминающий коленопреклоненного элефанта. Павлик наконец заткнулся, когда увидел в брюхе этого спящего слона три изваяния. Они потрясли нас. Всплывшие детские воспоминания о бабушкином рассказе про затерянный в лесу таинственный монумент рассыпались при столкновении с гранитной реальностью, что случилось в моей жизни впервые, ибо обычно миф детских лет оказывался сильнее, и не только у меня, вспомнить хотя бы предпочтение поэтом в отрочестве толков о рождественской елке самой этой елке. Я ожидала увидеть трех каменных исполинов подобных вырубленным из камня горы Рашмор четырем американским президентам, но сила человеческого размера оказалась могущественней, когда из каменной ниши на меня взглянули три гранитных человека. От этих *немигающих* взглядов исполины моей детской памяти развалились на куски. Вместе с ними развалилась и моя оценка скульптурного дара моего деда, который всегда казался мне недостаточным. Здесь, в лесу, я поняла, *для чего* мой дед овладел профессией скульптора. Безуловно, это было главное его произведение, выполенное с поистине нерукотворным мастерством. Вершина деда. Эверест. Как надо было ценить то, что сделали эти трое, чтобы так их увековечить! Глядя на них, я потеряла чувство времени и желание спрашивать бабушку о чем-либо. Silentium! Я и так все знала… Зато бабуля держалась молодцом, словно совсем недавно побывала здесь, как бывают православные по субботам перед Троицей на кладбищах. Она ходила вокруг изваяний, кланялась, гладила их, бормотала нечто умилительное, всхлипывала, обкладывала их конфетами и пряниками, что, надо сказать, вовсе не выглядело смехотворным. Больше всего бабушкиного тепла и конфет досталось последнему правителю России. "Сколько же ты страданий перенес, сколько унижений, сколько осуждения и проклятий, но все стерпел, все вынес молча, милый мой, маленький мой, скромный мой…" — бормотала она, целуя гранитную лысину. Последним бабушкиным аккордом стал запрет на фотосъемку святилица. В отличие от недовольного экстраверта Павлика я полностью поддержала бабушку — все-таки есть ценностей незыблемая скала над скучными ошибками веков. В данном случае — над историей государства российского.

По дороге домой произошло чудо — Павлик молчал. Зато бабушка была возбуждена и словоохотлива и говорила без умолку о дедушке, об их любви и мытарствах, об умерших великих друзьях, о том лете, когда дедушка, уединившись в лесу на три месяца, вырубил этих трех рыцарей, о своей бессердечной матери и, конечно, о Москве, той Москве, которой мы с Павликом уже не застали, которая, "раздувшись на века злобной лягушкой, растянула свою кожу от Бреста до Тихого океана, а потом лопнула от трех уколов роковой иглы".

От бабушкиных речей, длинной дороги и увиденного я впала в такое приятное оцепенение, что даже позволила Павлику пригласить нас в его любимый Snowman, претенциозный и невкусный. Там я даже выпила белого вина.

В свою квартирку я вернулась поздно с единственной продуктивной идеей: спать. Без подушки, умницы и сновидений.

· XLI ·

12 июля

Сегодня с Павликом и Сонечкой съездили наконец к Троице. Сперва боялась, волновалась. Когда увидела — все страхи ушли. Осталась лишь благодарность всем Троим и моему Марику. И гвоздику, который помог мне все вспомнить.

Да будет всем им земля пухом: Володеньке, Мишеньке, Вовочке, Марику и гвоздику.

· XLII ·

Весе кентавро имеют тавро. Весе кентавро клеймли. Тавро став на два мисте. Перви мисте на пах. Втори мисте на плечець левою. Перви клейм исдело егда я быв три мисяць. Втори клейм исдело егда я быв десяць годов. И я быв продан княж гаврило гавриловиць. Княж купив мени в осень егда мени з племзаводець привозиць в воронеже на ярмонку. И я пвакав. Я не хоцець штоба мени забираць з племзаводець. На племзаводець быв множе кентавро. На племзаводе быв весцело. На племзаводе быв хорошие. На ярмонке быв плохие. На ярмонке все кричаць и все товкаць. И стояць лошадець маленьки и больши. И люди злы кричаць и ругаць. И я шибко боявсь. Княж смотрець мени. И княж купив мени за двэсць пияцьдесяць рублев. Княж коновал мени там клеймли на плеч левою. Егда мени клеймли я пвакав шибко. Потом мени на поезд увезець на яго имение. В поезд быв громко и страшни. Целу ноць ехаць в поездь. И я боявсь и пвакав шибко. Княж гаврило гавриловиць имал имение зело больш. В яго имение быв лужочець лесочець садець и прудець. Сперва мени помыць в бане. Потом мени кормиць а я исте не став. Потом мени становиць на конюшне княж. И я стояв спав и пвакав. Потом мени выводиць и вся родзина княж на мени глядець. И детки княж хлопаць в ладоше и кричаць шо я хорош. И жено княже мени трогаць да чесаць. И говориць слова хороше. И даваць мени яблоцек. А я исте не став. И гаврило гавриловиць казав шо я устав и боясць. Тогда детки став мени ласкаць и шептаць хороши слова. А я стояв да мовчав. И жено княж став гребешочець мени волсця чесаць. А детки даваць мени в рот яблоцек. И я исте яблоцек. И детки хлопаць в ладоше и говориць как я хороши. И повели мени гуляць в садець. И садець княже быв хороши. И я гуляць в садець. И детки ходиць со мною и кормиць мени яблоцек. А потом мени ставяць на конюшне. И даваць мени исте. И я став исте много много. А потом я став спаць. И я став жиць у княж. И кажды ден мени конюш выводиць гуляць. И я гуляць на лужочець и бегаць много. Потом мени поиць и кормиць хорошо. А на праздице мени наряжаць и одеваць и волоса злато посыпаць и заваць и даваць мени златы лук и стрелки и я скакаць и стреляць и я возиць детки и играць на лужочець. И все на меня глядець. И все делаць мени хорошо и даваць мне исте вкусно. И гаврило гавриловч гор-

дицця мени и говориць шо я такий драгой. И мени
стало хорошо жиць. И я жив у гаврило гавриловч два
года. И я став больше. И я быстро бегаць и стреляць
из лука и хорошо катаць детки. И однов быв празд-
ницек и быв много гости и много пив и исте и я катаць детки и стреляць стрелки очен метко и все мени кормиць и ласкаць. А потом быв ввечеру фойерверць. И много быв огонь и гвезды горець и падаць
на прудець и все стояць и глядець на фойерверць
и на гвезды яко гвезды на прудець падаць. И я стояць и глядець. И ко мни подойшла одна женшчин. Ее
назваць Коломбина. И она снимаць веночець со своей голови и мени на руце надеваць. А у голови ея быв
гвоздець. И я боявс что она умрець. А она смеялосць
и говориць что это гвоздець волшебни и делаць ей
хорошо. И смеялосць шибко и обнимаць мени и говориць мени в ухо кентавро кентавро покатаць мени. А я сказаць я катаць токмо детоцек. Взросли
мени катаць заброновано. А она сказаць ежли покатаць мени я тебе показываць невидимай мешочець.
А я спрасываць а что это за мешочець невидимай?
А Коломбина говориць что в невидимай мешочець
лежаць волшебни кюсхен. И я спрасываць а что это
за волшебни кюсхен? А Коломбина говориць когда
ты попробоваць волшебни кюсхен тебе буде большой щастья. И я хотець большой щастья. И я согла-
сицця. Коломбина садицця мени на спину и я скакав шибко и далеко и быв уже темно и я устав и став
возле дубочець. И Коломбина казав вот есть неви-

димай мешочець с волшебни кюсхен. И луцце этих кюсхен нет ничего на светце. И показываць мени мешочець. А я не увидаць тот мешочець и говориць где где мешочець? А Коломбина говориць и показываць вот вот мешочець. И Коломбина достав из мешочець волшебни кюсхен и налепиць мени на губи. И мени став страшно. И нози мои став дрожаць и я упав на колена. И я весць дрожаць. И я оцень бояцця кюсхен. А Коломбина мени гладець и говориць хороши слова. И я успокоивь. А потом она достав еще одзин кюсхен невидимай и налепиць мени на губы. И мени став хорошо. И Коломбина достаць еще одзин кюсхен невидимай и налепиць мени на губы. И мени став оцень хорошо. А потом став оцень оцень оцень хорошо. И став оцень оцень оцень оцень оцень оцень оцень оцень оцень оцень оцень оцень хорошо. И я скакав и радовацця и несць Коломбину а она на мени сидець и смеяцця и пець песню. И я скакав и скакав и несць Коломбину через лесчець и мени быв оцень оцень оцень оцень оцень оцень оцень оцень оцень оцень оцень оцень хорошо. И так быв хорошо хорошо хорошо хорошо хорошо хорошо что я устав упав и спав. А когда проснулсць Коломбины нет. Поскакав искаць Коломбину. А тут и меня все искаць и конюх на меня кричаць и биць меня кнучець и на повод браць. А я став пвакаць и зваць Коломбину. А меня наказываць и ставяць в конюшне без еды. И я стояв и пвакаць и кричаць Коломбину и ея мешочець невидимай и кюсхен. А младший конюх мени говориць Коломбина уже уехаць в санкпитербох. И я очень пвакаць и кричаць и зваць Коломбину. А мени наказываць и посадиць на чепочку. И я два дни не исте и не пив. И зваць Коломбину и пвакаць много. А потом ноць когда став я порваць чепочку ворота конюшни ломаць и бежаць в санкпитербох Коломбину искаць.

· XLIII ·

Поздняя осень. Поздний вечер. Однокомнатная квартира Алексея в подмосковной Коломне. Погасив свет, Алексей натягивает умницу на подушку, словно наволочку. Кладет подушку на полутораспальную кровать рядом со своей обычной подушкой, ложится рядом, трогает обтянутую умницей подушку четырьмя пальцами. Подушка начинает светиться. На подушке возникает изображение лица девушки, лежащей на своей подушке. Ее зовут Шан. Девушка улыбается Алексею.

ШАН. Привет.
АЛЕКСЕЙ. Привет.
ШАН. У тебя уже сильно за полночь?
АЛЕКСЕЙ (*волнуясь*). Да. Вообще… в ноябре быстро темнеет. Быстро. У тебя утро? Утро? Утро? (*Целует изображение Шан.*)
ШАН. Милый, подожди.

Алексей. Милая… *(целует)* … я весь… я просто заждался… очень…

Шан *(закрывая свое лицо ладонями)*. Алеша, милый, ну давай не будем… не спеши так…

Алексей *(целует изображение ее ладоней)*. Милая… милая моя…

Шан. Подожди, пожалуйста. Мы никуда не торопимся.

Алексей. Я… *(волнуясь)* я тебя…

Шан. И я тебя — тоже. *(Отводит ладони от своего лица, смотрит на Алексея.)* Поговори со мной.

Алексей *(сдерживая себя, трет свое раскрасневшееся лицо, трясет головой, громко выдыхает)*. Хао! Ни хао ма, Шан?

Шан. Хао цзила! У меня утро.

Алексей. Счастливая.

Шан. Но еще очень рано. Еще даже дворников нет.

Алексей. А у нас их уже нет.

Шан. Какое прекрасное начало беседы!

Алексей и Шан смеются.

Алексей. Шан, прости, я глупо веду себя, глупо спрашиваю и глупо отвечаю всегда, ну извини… я знаю. Это оттого, что я всегда волнуюсь в начале… всегда.

Шан. Я знаю. Уже привыкла.

Алексей. Просто… я очень хочу тебя.

Шан. Я тебя тоже, милый мой.

АЛЕКСЕЙ. Нет, ну ты всегда так спокойна. Так спокойна! Как ты спокойна и красива. Завидую твоему... ну, умению не волноваться.

ШАН. Это внешне. Только кажется, что я спокойная.
На самом деле мне неспокойно. Очень. Видишь,
я не сплю, хотя так рано еще.

АЛЕКСЕЙ. Это здорово, что ты не спишь. Я тоже не сплю. И вряд ли вообще засну сегодня. Я не сплю, ты не спишь, они не спят, оно
не спит. Ура!

Пауза. Алексей трогает рукой изображение Шан. Она
протягивает ему руку. Изображение ее руки встреча-
ется с его рукой.

АЛЕКСЕЙ. Мне вообще-то... плохо. Очень плохо.

ШАН. Милый, не надо.

АЛЕКСЕЙ. Что значит — не надо? Надо — не надо...
Мне плохо. Мне очень плохо без тебя.

ШАН. Милый. Я сейчас начну расстраиваться.

АЛЕКСЕЙ. Не надо, прошу тебя. *(Раздраженно.)*
Я не для этого говорю тебе, что мне плохо, чтобы тебе было плохо!

ШАН. Милый, я чувствую, что тебе плохо...

АЛЕКСЕЙ *(сильно волнуясь).* Мне плохо, но мне плохо
не потому, что я вот сейчас лег рядом с тобой,
улегся здесь как такое вот эгоистичное греховное бревно, только для того, чтобы промычать
вот так: Шан, мне-е-е пло-о-охо-о, помоги-и-

и-и мне-е-е-е. Не для этого я здесь, не надо думать про меня так!

ШАН. Алеша, я так совсем не думаю...

АЛЕКСЕЙ. И не надо так думать, Шан! Я просто говорю: мне плохо без тебя! Мне плохо без тебя! Мне пло-хо без те-бя!

ШАН. И мне очень плохо, милый.

Пауза.

АЛЕКСЕЙ. Ну вот... опять как-то по-дурацки все выходит... Получается, что нам только плохо. Бред! Шан, послушай, нет, это не так, все не так! Мне прекрасно, мне здорово, потому что вот ты сейчас здесь, рядом, я вижу тебя и чувствую.

ШАН. И я чувствую тебя. Я чувствую даже твой запах, хотя ни разу его реально не вдыхала в себя. Ты пил пиво?

АЛЕКСЕЙ (нервно смеется). Да! Немного... а как ты... а, бутылку увидела?

ШАН. Нет, не видела.

АЛЕКСЕЙ. Да, я выпил пива. Не знаю зачем... Ждал, когда ты проснешься, и выпил пива. Осуждаешь?

ШАН. Совсем нет.

АЛЕКСЕЙ. У вас ведь сухой закон для молодых?

ШАН. Да. До восемнадцати любой алкоголь запрещен.

АЛЕКСЕЙ. А у нас можно пиво, сухое вино и шампанское. Подмосква!

ШАН. Круто у вас в Подмоскве.

АЛЕКСЕЙ. У вас во Владике круче. У вас есть казино, ецзунхуй, игротеки. У нас это давно уже запретили. Еще при первом Государе.

ШАН. Ты хочешь поиграть в рулетку?

АЛЕКСЕЙ. Да нет, я так просто. У вас свободы больше, чем у нас.

ШАН. Зато у вас меньше преступность, я знаю. И люди вежливые.

АЛЕКСЕЙ. Толкаться любят... А у вас — океан. Я его никогда живьем не видел.

ШАН. Он красивый. Я купаюсь каждое лето.

АЛЕКСЕЙ. Круто. Скажи, а ты ходишь в ецзунхуй?

ШАН. Нет. Это дорого. Я хожу на дискотеку. И в школе тоже ходила.

АЛЕКСЕЙ. А у нас в школе западная музыка была запрещена. Это сейчас разрешено, не везде, правда. А тогда это называлось "развратные танцы".

ШАН. Смешно! Развратные танцы. Развратные танцы, раз, два три! Dance, dance, dance!

АЛЕКСЕЙ. Не могу сказать, что мне нравится, как у вас в ДР танцуют.

ШАН. Ну, у вас в Московии медленные танцы. Ты привык, конечно. И песни такие медленные, певучие. Грустных песен много у вас.

АЛЕКСЕЙ. Нет, ну у нас пляшут здорово. Русская пляска. Я в школе ходил в плясовой кружок, но недолго...

ШАН. Я видела русскую пляску много раз. Круто!

———

АЛЕКСЕЙ. А мама не пляшет у тебя?

ШАН. Нет как-то. Никогда не видела. Она песни помнит русские, поет часто, когда они с друзьями выпивают. Папа поет китайские песни, мама — русские. Вообще, у нас во Владике много разных песен, разной музыки — японцы поют свое, китайцы — свое, русские — свое. У всех свои праздники постоянно. Громкая жизнь! Такая получается дальневосточная симфония! *(Смеется.)*

АЛЕКСЕЙ. Шан, можно... я тебя поцелую?

ШАН. Можно.

Алексей целует изображение Шан на подушке. Она отвечает ему. Но потом выставляет ладони вперед с улыбкой, сдерживая его.

АЛЕКСЕЙ *(недовольно останавливается)*. Послушай... а может, нам встретиться в ДРУ?

ШАН. Мы же говорили об этом, милый. В Дурку пустят только через восемь месяцев, когда исполнится восемнадцать.

АЛЕКСЕЙ. А в Барабин не пустят меня.

ШАН. Да. Ужасно... Так глупо...

АЛЕКСЕЙ. Давай, давай помечтаем!

ШАН. Ну давай.

АЛЕКСЕЙ. А в Тартарию? Можно было там?

ШАН. Тоже говорили, ты забыл. Между Тартарией и ДР нет прямых рейсов. А на поезде опасно. "Красные разбойники Тартара", помнишь фильм?

АЛЕКСЕЙ. Крутая фильма, у нас она запрещена... Да, на поезде опасно. И долго. Через Барабин, ДРУ, Башкирию...

ШАН *(гладит рукой лицо Алексея)*. Придется подождать эти восемь месяцев.

АЛЕКСЕЙ. Да, я все помню. Восемь. Говорено уж... Ужас! *(Опускает свое лицо в ладони.)*

ШАН *(вздыхает)*. Ужас...

АЛЕКСЕЙ. Черт их всех побери... Где ж нам встретиться? *(Со злой усмешкой.)* В Теллурии, что ли?

ШАН. У ДР нет с ними дипотношений.

АЛЕКСЕЙ. У Московии есть. Наши знакомые были там.

ШАН. Пробировали?

АЛЕКСЕЙ. Один — да. Там теллур дешевый, не то что у нас.

ШАН. Я против наркотиков.

АЛЕКСЕЙ. Я — тоже. Хотя теллур — больше чем наркотик. Он помогает раскрыться человеку.

ШАН. Человек должен сам уметь раскрыться. Как цветок.

АЛЕКСЕЙ. Ты — мой цветок.

ШАН *(вздыхает)*. Теллурия — страна загадочная. Про нее у нас такое рассказывают. У них все бесплатно...

АЛЕКСЕЙ. Страна как страна. Просто им повезло.

Пауза.

Шан. Алеш, ну ты совсем грустный. Так не надо!

Алексей. Шан.

Шан. Что?

Алексей. Я не грустный. Просто… мне трудно говорить с тобой, когда я тебя хочу. Ты меня мучаешь.

Шан. Алеш, я не мучаю, я… просто мне хочется всегда это растянуть, как праздник. Родители еще долго будут спать, дверь заперта, я одна с тобой.

Алексей (обнимает подушку с изображением Шан). Я хочу тебя!

Шан. Хорошо, милый, как ты скажешь.

Изображение Шан гаснет. Алексей сбрасывает одеяло с кровати, стягивает умницу с подушки и натягивает ее на кровать как простыню. Быстро и нервно раздевается, опускается перед кроватью на колени, трогает кровать тремя пальцами. Во всю растянутую умницу возникает изображение лежащей на кровати голой Шан. Алексей начинает целовать ее тело, затем ложится на нее и овладевает изображением Шан. Они стонут.

Шан. Милый…

Алексей. Любимая…

Пауза.

Шан. Алеша…

Алексей. Люб…лю те…бя.

Шан. Я люблю тебя.

АЛЕКСЕЙ *(ворочается, приподнимаясь).* Я… ты… такая…

ШАН. Не вставай, подожди. Полежи на мне. Пожалуйста.

АЛЕКСЕЙ *(замирает).* Просто я… хочу тебя видеть…

ШАН. А я хочу тебя слышать. Твое сердце. Лежи. Чтобы вместе… *(Делает громче звук.)* Слышишь?

Звуки бьющихся сердец Шан и Алексея.

АЛЕКСЕЙ. Да.

ШАН. Твое бьется сильнее.

АЛЕКСЕЙ. А твое чаще.

Пауза.

АЛЕКСЕЙ. Хорошо. Тебе хорошо со мной? Это правда?

ШАН. Правда, милый мой.

АЛЕКСЕЙ. Мне ужасно… ужасно хорошо… *(С силой сжимает в объятиях кровать.)* Милая моя… самая… самая… моя…

Лежат, глядя изображения друг друга. Проходит время.

ШАН. Море, лес или горы?

АЛЕКСЕЙ. Море. Ты — мое море…

ШАН *(командует).* Гоа.

Вокруг кровати Алексея возникает голограмма морского прибоя и белого песка. Обнявшись, Алексей и Шан лежат как бы в морском прибое. Звучит песня Дорис Дэй "When I Fall In Love".

АЛЕКСЕЙ. Шан, что нам делать?

ШАН. Милый. Я что-то хочу сказать.

АЛЕКСЕЙ. Что?

ШАН. Только пойми меня правильно.

АЛЕКСЕЙ. Я тебя всегда пойму.

ШАН. Понимаешь, я очень люблю тебя. И буду любить. Но у меня есть…

АЛЕКСЕЙ. Кто-то?

ШАН. Да нет! У меня есть страх.

АЛЕКСЕЙ. Страх? Чего?

ШАН. Страх, что, когда мы встретимся по-настоящему, мы что-то потеряем.

АЛЕКСЕЙ. Почему?

ШАН. Не знаю, может, это глупость. Но так часто бывает у *vertu lovers*.

АЛЕКСЕЙ. Это чушь. Чушь! *(Смеется, глядя ее изображение.)* Наоборот. Мы станем любить другу друга еще сильнее.

ШАН. Я боюсь.

АЛЕКСЕЙ. Не смей. Не смей! Я вот сейчас сяду и буду любоваться твоей красотой. Чтобы вылечить тебя от всех страхов!

Алексей встает с кровати, берет стул, садится. Смотрит на обнаженную Шан. Легкий морской прибой прокатывается по ее телу.

ШАН. Ну вот. Зачем я, дура, тебе все сказала?

АЛЕКСЕЙ. Ты такая… с ума сойти…

ШАН. Я твоя.

АЛЕКСЕЙ. Хочу… *(Ложится на Шан.)*

ШАН. Милый.

Они целуются. Вдруг изображение Шан начинает колебаться.

ШАН. Ой, Алеш, у нас опять землетрясение… черт… надо же! Идиотство! Опять трясет… *(Слышен стук в дверь.)* Все, милый, мне родители стучат!

Изображение Шан исчезает, остается только голограмма пляжа с морским прибоем. Алексей лежит в этом прибое, приподнимается, садится. Сидит в напряженной позе. Морские волны ритмично проходят сквозь его тело.

· XLIV ·

Супруге околоточного надзирателя при нанорынке "Новослободской" Агафье Викторовне приснился сон, что она, забив себе в голову теллуровый гвоздь, конфискованный ее мужем у какого-то полупрозрачного индуса, превратилась в осу асмофилу. Превращение это доставило Агафье Викторовне большое удовольствие: тело ее, потеряв привычную пухлявость, сжалось, удлинилось, наполнилось невероятной силой и подвижностью, а на спине выросли и затрепетали мощные и легкие крылья. Замирая от восторга, жена околоточного вылетела в окно своей спальни и полетела по родному Замоскворечью. Ей захотелось сразу навестить подругу, супругу другого околоточного Зою Федоровну и похвастаться своим фантастическим преображением, но вдруг сердце торкнуло, и она почувствовала в себе некий высший долг: черно-желтый живот ее распирало от яиц. Ощущение это было вовсе не обременительно, а наоборот — наполнило душу Агафьи Викторовны еще большим восторгом. А самое главное, она почувствовала, что оплодотворили ее в самом Кремле, и не кто другой, как сам Государь. Всем своим новым телом она вдруг ощутила и поняла, что должна совершить нечто важное, высокое, государственное, что нужно Государю и всей стране, но одновременно и очень приятное, нежное, что доставит ей большое удовольствие. От предчувствия этого удовольствия у нее сладко засосало в сердце. Ревущие за спиной крылья сами понесли ее к цели — роддому на Лесной, где четыре года назад она благополучно разрешилась мальчиком. Влетев в форточку окна, она пролетела над головами пьющих чай акушерок, миновала молельную, пролетела по коридору и оказалась в просторной спальне со спящими грудничками. Трепеща от переполняющего ее умиления и восторга причастности к государственному делу, она стала опускаться на спящих грудничков и откладывать в их нежные тельца очаровательные бело-розовые личинки верноподданности. Личинки, словно жемчуг, переливались перламутром, выскакивая из длинного яйцеклада. Груднички все тихо и сладко спали, словно были внутренне готовы к этой процедуре. Красивые яйца исчезали в нежных спящих тельцах. И этот сладкий грудничковый сон, эта белая тишина спальни, этот мягкий жемчуг струящихся по яйцекладу яиц, это опьяняюще приятное чувство облегчения от каждого выложенного яйца наполнили упругое тело Агафьи Викторовны блаженством. Ее огромные фасеточные глаза, видящие все вокруг, заслезились от наслаждения. Она заметила, как в дверь спальни тихо вошли главврач роддома Равич, старшая акушерка и пожилая сестра-монахиня. Лица их благоговейно заулыбались, сестра перекрестилась. И она поняла, что они все знают, что все давно уже ждали ее прилета и все готово к этой важнейшей процедуре. И от осознания этого, от вида этих людей, которые лицезреют процесс кладки столь полезных яиц-личинок, из которых в будущем вылупится нечто яркое, большое, государственно полезное, возвышенно-верноподданное, Агафье Викторовне стало еще приятней. Захлебываясь слезами нежности и умиления, она несла, несла, несла яйца до тех пор, пока последнее яйцо, мучительно-сладко пройдя по длинному и узкому яйцекладу, не вошло в тельце грудничка по имени Арсений. Но едва это произошло и полосатый живот Агафьи Викторовны опустел, как лицо главрача Равича потемнело от ярости, он захлопнул дверь и угрожающе вынул из-за своей грузной спины руку с мухобойкой. В руках старшей акушерки оказалась швабра, сестра вытянула из рукава свернутую в трубку умницу. Молча, зловеще трое стали приближаться к Агафье Викторовне, еще переполняемой только что пережитым. Предчувствуя неладное, борясь с послеяйцекладовой истомой, она взлетела, направляясь к окнам, но они все были герметично и надежно закрыты. Над головой свистнула мухобойка, Агафья Викторовна метнулась в сторону, перед ней швабра рассекла воздух так, что турбулентные потоки воздуха сбили ее с пути, она метнулась к полу, заметила спасительную щель под дверью, в которую можно пролезть, но в эту секунду умница монахини с размаху сшибла ее на линолеум пола. Агафья Викторовна забилась на гадком гладком сером полу, силясь взлететь, но подошва сестры опустилась могильной плитой, давя и сокрушая.

Кр-р-рах-х-х!

Агафья Викторовна проснулась в поту, тяжело перевела дух. Была уже четверть десятого, муж давно ушел на службу, солнце просвечивало сквозь тюль. Из кухни доносились знакомые звуки: ее мать кормила ее сына.

— Господи… — пробормотала Агафья Викторовна, садясь.

Придя в себя, спустила ноги с постели, нашла ими тапочки, встала, перекрестилась на иконостас, потянулась, зевнула, подошла к окну, отвела слегка тюлевую занавеску.

Горлов тупик был, как всегда, заставлен самоходами торговцев, приехавших на "Новослободской". Летел противный тополиный пух.

— За что же они меня раздавили? — спросила Агафья Викторовна у тупика, повернулась и, почесываясь, зашаркала в уборную.

· XLV ·

Большие республики Берн!

Банда из китайского крылатого легиона окончательно узурпировала власть в столице. Выборы в парламент прошли с чудовищными фальсификациями и подтасовками. Ни один большой не стал сенатором. Нас бессовестно оттеснили от власти. Пять месяцев назад, когда китайские легионеры и армия Сопротивления вышибали из Берна салафитов, нас использовали как пушечное мясо. Это мы шли на танки на Нордринге, мы ломали ворота собора под пулеметным огнем, это нас жгли из огнеметов на Бубенбергплац. Тому виной наш врожденный героизм, доброта и отзывчивость. Теперь же мы стали обузой для Берна и его новых правителей. Китайцы при поддержке маленьких, а также прокитайски настроенных горожан провели большую подковерную работу, настроив граждан республики против нас. Оказывается, это большие виноваты в грабежах и мародерстве! На больших свалили не только унизительное разграбление винного магазина "Мёвенпик" и ничтожное похищение двадцати восьми сырных голов из "Хххэсбуэб", но и общеизвестное проникновение в золотохранилище Национального банка. Хотя все знают, что в банк через жидкие проломы пролезли маленькие из группы Бильбо Бешеного по наводке бандита, предателя родины и коллаборациониста плотника Вольпе, при помощи теллура вошедшего в контакт с казненным салафитами довоенным руководством банка. Похищенное этой бандой золото и пошло на подкуп избирателей в пользу китайских выдвиженцев. Теперь вся полнота власти в столице и республике у легионеров и их маленьких пособников, которые получили большинство мест в парламенте. Нам же, подлинным героям войны, нынче уготована участь граждан второго сорта. Как скотину, нас по-прежнему хотят использовать только на тяжелых работах. Не бывать тому! Пора начать Большой Поход больших на Берн! Большие! Мы собираемся завтра в 12:00 в Боллигене в бункере Федерального собрания. Просьба приходить только с дубинами, без холодного и огнестрельного оружия. Наш поход должен носить сугубо мирный характер.

Долой китайских узурпаторов
и их пособников!
Mutig, mutig, liebe Brüder!
Mir werde gwinne!

"Друг мой Надежда Васильевна, бросай ты своих кукол, бросай телевизию, садись на авион и прилетай ко мне. Ты даже вообразить себе не можешь, как замечательно у нас весною в Пошехонье!" — успела написать своим ровным, ясным, почти школьным почерком Елизавета Павловна, когда в дверь их дома позвонили.

— Кто бы это... — пробормотала она, подводя световое перо к новой строке, но вдруг с досадой вспомнила, что это пришел молочник, пропадающий уже вторую неделю из-за "болезни", а попросту из-за пьянства, и сейчас придется прерваться, отсчитывать деньги Варваре, говорить в сотый раз и ей, что творог не нужен вовсе, яйца не нужны, а топленого молока требуется всего одна бутылка.

"С утра сегодня что-то постоянно отвлекает, как морок какой-то..." — подумала Елизавета Павловна, откладывая перо и закрывая умницу, на которой она писала, как всегда от руки, все письма и теперь письмо Наденьке Суминой в далекую Медынь.

Она выпрямилась на скрипучем венском стуле, сцепила руки замком и принялась разминать их, словно готовясь к игре на фортепиано, за которым уже давно и, судя по звукам, безнадежно Рита с бабушкой разучивали "Веселого крестьянина".

Часы в гостиной пробили полдень.

"Двенадцать! — с досадой полумала Елизавета Павловна. — Ничего не успеваю, выходной проходит бездарно…"

Она встала и пошла в гостиную на мучительные звуки старого "Синьхая".

Там все было по-прежнему: Рита с бабушкой за фортепиано, Володенька с географией за столом, старая кошка на старой кушетке.

— Ритуля, золотце, не зевай, счет, счет. — Худая, слегка трясущаяся рука бабушки коснулась нот, словно вслепую ощупывая их.

— И-раз-и-два-и-три-и-четыре-и… — считала шестилетняя Рита, покачивая аккуратной светло-каштановой головкой с косичкой и стучала своею ножкой по ножке стула.

Елизавета Павловна опустилась на все такой же скрипучий венский стул, усаживаясь за круглый стол напротив Володеньки, раскрашивающего в своей растянутой на столе умнице остров Сахалин с двумя японскими иероглифами посередине. Не обращая внимания на мать, сын заливал контур острова желтым цветом. Лицо сына, как и всегда, когда он делал что-либо точное и серьезное, имело выражение болезненно-сосредоточенное, упрямый, с *TR*-спиралью вихор его торчал над смурым лбом, полные губы оттопырились почти плаксиво.

"Надо бы все-таки изловчиться и свозить их летом хотя бы на озера, если не получается с Черным морем... — Елизавета Павловна с нежностью смотрела на подростковый, упрямый, прыщеватый лоб сына. — Володенька даже не смотрит на меня... Я надоела ему со своими советами и наставлениями... Матери трудно стать авторитетом у подростка... почти невозможно... особенно такой, как я... Что я? кто я?.. Недоучившаяся медичка... неполучившаяся певица... женщина со слабым характером, с вечной своей непоследовательностью, бесхарактерностью, бесхребетностью..."

Она вспомнила про запойного молочника.

"Наверно, еще и языками сцепились с Варварой... это невыносимо... бред кругом нарастает, как корка ледяная, бред быта нашего подчас невыносим, он заполняет все вокруг, через него все труднее продираться, но надо смиряться, надо делать усилие, надо желать всем добра, всем, всем, и Варваре, и этому пьянице молочнику..."

— Бред быта, — произнесла она вслух.

Сын мельком взглянул на мать и снова опустил голову.

Дверь открылась. В проеме показалась грузная

фигура Варвары в сером длинном платье и бело-красном переднике.

— Молочник, — с ноткой раздражения опередила ее Елизавета Павловна.

Но Варвара сделала неуверенный жест назад своей распухшей от стирки, оголенной по локоть рукой:

— Лизавет Павловна, там к вам какой-то мужчина странный, они прямо это... ждать не хотят, лезут... говорят, что вы давно ждете его...

— Какой еще мужчина? — стала привставать Елизавета Павловна.

Но тут Варвару слегка отодвинули, и темная мужская фигура в чем-то грубом, сером, долгополом, забрызганном дорожной грязью шагнула из двери в гостиную. Человек с небритым, загорелым лицом, с болезненно блестящими, словно ничего не видящими, запавшими, бессонными глазами сделал два шага, снял маленькую затертую шапку со своей коротко остриженной головы, прижал к груди и встал.

Елизавета Павловна замерла, так и не встав. Бабушка поднесла пенсне к своему складчатому, всегда виновато-озабоченному и вечно помятому лицу, глянула и выдохнула:

— Господь Вседержитель...

Рита, перестав играть и отстукивать ножкой, исподлобья уставилась на вошедшего. Володенька, неприветливо окинув фигуру взглядом, задержался на этом обветренном, загорелом лице и вдруг беспомощно открыл рот, прошептал, меняясь лицом:

— Папа...

Елизавета Павловна встала, оттолкнулась руками от стола так, словно этот стол был ее жизнью все эти четыре последних года, тяжкой, измученной ожиданием жизнью, от которой никуда нельзя было ни убежать, ни спрятаться.

Она прижала ладони ко рту. Темно-блестящие глаза вошедшего встретились с ее глазами. Грязная, смуглая рука мужчины, сжимающая шапку, разжалась. Шапка упала на пол.

— Сереженька! — вскрикнула Елизавета Павловна страшным, сдавленным голосом.

Майский ветерок качнул ветви старой, цветущей, вероятно, уже в шестидесятый раз вишни, и пестрая тень тоже качнулась, поплыла и зарябила по подробной вышивке праздничной вологодской скатерти, по тарелкам, чашкам, самовару, по лицам взрослых и детей, сидящих здесь в саду за круглым столом, по лицу Сергея Венедиктовича Лукомского. Его худощавое, умное лицо было все так же беспокойно напряжено, хотя уже и побрито его старой электробритвой "Браун", прождавшей своего хозяина на полке в ванной комнате все эти четыре года, глаза, запавшие в глубоких темных глазницах, все так же безумно и бессонно блестели, словно еще не увидели самых родных и близких людей на свете, людей, о которых грезили ночью и наяву, теперь сидящих вокруг него в этом родном маленьком саду под этой родной старой вишней, дико разросшейся за это бесконечно долгое время.

Одетый в белую косоворотку, Сергей Венедиктович сидел, держась одной рукой за руку жены, другою — за руку сына, сжимая их подчас слишком сильно, словно стараясь удостовериться, что эти люди — уже не мучительные призраки, приходившие к нему по ночам все эти четыре года разлуки.

Он говорил. И родные слушали его.

— Тяга человечества к наркотическим веществам поистине неизмерима. Своими корнями она уходит в далекое прошлое, в каменный век, когда люди жили вместе с природой, вместе с животными, и даже тогда они жевали листья коки, они вдыхали дым, они пили сок корней, ели галлюциногенные грибы. Родные мои, я прекрасно вижу то далекое время, когда, окруженные девственной природой, ночью, у костра, одетые в шкуры убитых ими зверей, наши пращуры ели растения, дарующие им иллюзии. Казалось бы, в отличие от нас они должны были бы довольствоваться только миром материальным, миром видимым и осязаемым, быть всецело согласованными с миром природы, брать от него лишь необходимое для выживания и продления рода, только мясо животных, только сладкие корни растений, только шкуры, палки и камни, помогающие им охотиться, изготовлять одежду, согреваться в холод, делать орудия охоты и рыбной ловли, но их притягивали иллюзии уже тогда, ибо человек изгнан из рая, а посему он никогда не будет в согласии с миром окружающим, в случае древних людей — с миром природы. Пропасть между миром и человеком была фатальной уже тогда, когда еще мамонты и махайродусы оглашали своим ревом девственные леса, когда и сам человек больше походил на зверя. И тот косматый, закутанный в козлиную шкуру человек с маленьким лбом и сильными челюстями уже тогда брал в свою грубую руку гриб и подносил этот маленький гриб ко рту своему не как пищу, а как возможность обретения других миров.

Лукомский замолчал, обвел глазами заросший, запущенный сад, поднял взор вверх, туда, где в просветах кучевых облаков виднелось майское небо.

— Все меркнет, все бледнеет и гаснет рядом с божественным теллуром. Этому продукту нет равных в мире наркотических веществ. Героин, кокаин, кислота, амфетамины — убожество рядом с этим совершенством. Положите каменный топор рядом со скрипкой, и лишь тысячелетиями вы сможете измерить дистанцию между ними. Человек разумный развивается, его мир меняется, усложняется, обрастает все новыми суммами технологий, человек извлекает из веществ атомическую энергию. Меняются и вещества, помогающие человеку выживать в этом мире. Шар, куб, пирамида, цилиндр, конус, усеченный конус, тор, спираль — продукты нового времени, новых технологий. Одно время они казались нам суперпродуктами. Многие пробирующие говорили одно, их голоса сливались в хор звенящий: это вершина, совершенство, нам нечего больше желать, мы удо-влет-воре-ны! И так длилось почти двадцать лет. До открытия божественного теллура. Родные мои, сбросьте с этого стола тарелки, чашки, вилки, поставьте сюда большие весы, накройте их медные чаши черным бархатом, возложите на левую бархатную чашу все перечисленные мною продукты, а на правую — всего лишь один серебристый, блестящий теллуровый гвоздь. И вы узрите чудо — правая чаша победоносно вниз пойдет, ибо гвоздь теллуриевый перевесит всю геометрию современных наркотических технологий, все эти пирамиды, торы и шары бесславно вверх поплывут, ибо легкими оказались, ибо не ровня они великому теллуру, ибо рожами своими гранеными не вышли!

Почти выкрикнув последнюю фразу, он замер на минуту, успокаиваясь, затем продолжил:

— А вместе с ними поплывут вверх подобно шарикам воздушным и все лаборатории, напичканные техникой, людьми и препаратами, полетят, надутые собственным бесславием, ученые со своими формулами, маги и алхимики, создавшие все эти убогенькие пирамидки, кубики, цилиндрики, надеющиеся, что человечество подобно дитяти заиграется в эти кубики-пирамидки, заагукает, запукает радосто и пустит благодарную слюну: слава вам, кудесники новых чудес! Но человечество — не ребенок. Человек — это то, что жаждет истины. Человек — это то, что должно не преодолеть, но преодолевать. Ежедневно, ежечасно, ежеминутно, ежесекундно...

Сергей Венедиктович смолк, повернул свою коротко остриженную голову, показывая правую часть, где над ухом виднелся крошечный шрам.

— Потрогайте, — произнес он.

Родные протянули свои руки и по очереди ощупали шрам.

— Мое путешествие к божественному теллуру затянулось на четыре года, — продолжал Лукомский. — Но я ни минуты не жалею об этих годах, хотя понимаю, как страдали вы все это время. Я тоже страдал от разлуки с вами, страдал ужасно, чудовищно. Сколько бессонных ночей провел я, думая о вас, мои родные люди! Хоть бы один радиопоцелуй от вас, хоть бы одну занозинку... Но я не только страдал от разлуки. Я и радовался, что, вернувшись, смогу рассказать вам о таком чуде, которое сделает вашу жизнь осмысленной, полноценной, возвышенной. И осознание этого помогло мне перенести бесконечно долгую и трудную дорогу, разлуку, лишения, вытерпеть все то, что выпало испытать, все, с чем столкнулся на долгом пути к теллуру. О, этот путь, эта дорога к мечте...

Лукомский закрыл бессонные глаза свои и замер, словно мысленно снова двинулся по той дороге. Он заговорил, не открывая своих глаз:

— Я проехал Рязань в лошадином вагоне, откупался кровью и спермой от тартарских бандитов, работал грузчиком в Башкирии, воровал на Урале, унижался и побирался в Барабине, провел три месяца в фильтрационном лагере в Теллурии, где меня четыре раза изнасиловали. И перенес все это только ради того, чтобы мне девятнадцать раз забили в голову теллуровые гвозди. И это произошло.

Он открыл глаза.

— Вы знаете, в чем мощь теллура. Он возбуждает в мозгу нашем самые сокровенные желания, самые лелеемые мечты. Причем — мечты осознанные, глубокие, выношенные, не просто импульсивные позывы. Все известные наркотические вещества всегда вели нас за собой, навязывая свои желания, свою волю и свое представление об удовольствии. Помню, когда я впервые попробовал обыкновенную кислоту, мне было всего одиннадцать лет. Я увидел картины, которые меня поразили, но и испугали одновременно. Это вам знакомо, родные мои. Впоследствии мы научились с этим справляться, получать почти всегда только удовольствие. Другие, более совершенные продукты действовали по тому же принципу. Но теллур… божественный теллур дает не эйфорию, не спазм удовольствия, не кайф и не банальный радужный торч. Теллур дарует вам целый мир. Основательный, правдоподобный, живой. И я оказался в мире, о котором грезил с раннего детства. Я стал одним из учеников Господа нашего Иисуса Христа.

Казалось, что глаза Лукомского наполняются слезами, но они лишь заблестели новым, особенно глубоким и сильным блеском.

— Все мои детские и юношеские грезы, все размышление про жизнь Господа, про Его деяния и подвиг воплотились. Я стал одним из апостолов. Я был с Ним, я ходил по Палестине, слышал Нагорную проповедь, пил вино в Кане Галилейской, плавал по Генисаретскому озеру, видел выходящего из пещеры ожившего Лазаря, очистившихся прокаженных и стадо свиней, бросившихся с обрыва в море, спал в Гефсиманском саду, рыдал в бессилии на Голгофе, когда римлянин проткнул распятого на кресте Спасителя копием своим…

Он замолчал. Молчала и семья его.

— Я видел все, — произнес Лукомский так, что жена и сын вздрогнули. Лицо матери жены Лукомского исказилось беспомощной гримасой, и слезы потоком хлынули из старческих оплывших глаз. Но она не подняла своих рук, чтобы отереть слезы. Жена держала мужа за руку и смотрела на него в упор так, словно была вместе с ним и в Кане, и на Голгофе. Раскрасневшееся лицо готового разрыдаться сына дышало горьким упреком: почему я не был с тобою, отец? И только шестилетняя Рита сидела по-прежнему неподвижно, оцепенев, широко открыв голубые глаза свои и глядя как бы сквозь отца.

— Родные мои, — продолжил Лукомский. — Теперь у всех нас есть цель в жизни. Мы знаем, что делать. Мы знаем, как нам жить дальше. И ради чего жить.

Он резко встал, опрокинув стул, который неожиданно бесшумно упал на молодую майскую траву, взял свою дочь под мышки и поставил ее на стол. Девочка, совершенно не удивившись этому, все так же смотрела перед собой широко открытыми глазами.

— Дочь моя, скажи то, что горит в сердцах наших, — произнес Лукомский и опустился на колени.

Жена, сын и мать жены тоже опустились на колени.

Дочь Лукомского подняла лицо свое и, глядя сквозь ветви цветущей вишни на солнце, заговорила:

— Отче наш, сущий на небесах. Да святится имя Твое, да приидет царствие Твое, да будет воля Твоя и на земле, как на небе. Хлеб наш насущный дай нам сегодня. И прости нам долги наши, как и мы прощаем должникам нашим. Не введи нас в искушение, но избави нас от лжи и неприязни.

— Аминь, — произнес Лукомский.

И облегченно улыбнулся впервые за этот бесконечно долгий и трудный день.

· XLVII ·

Ширится степь. Покорно предо мною расстилается.

Под копыта белой кобылицы моей стелется бескрайняя степь. Кто измерит степь? Чем измерить простор ее? Только стрелой верного арбалета моего да разбегом неистовым кобылицы моей. Да полетом желаний моих.

Хэйя!

Неси меня, кобылица, по пути моих желаний. Расстилайся, степь, ковром бескрайним подо мною. Свисти, ветер. Звени в моем клине теллуровом.

Хэйя!

Свободной живу я. Не удержали свободу мою ни город, ни люди. Родилась я в темном городе, в каменном гробе зачали меня отец и мать моя. В каменном гробе родила меня мать. В каменных гробах живут городские. Рождаются в гробах каменных, живут и умирают в них. И перекладываются умершими в гробы деревянные, чтобы навсегда земля поглотила их. Стоит ли жить, чтобы из одного гроба в другой переложили? Стоит ли жить, чтобы медленными каменногробовыми желаниями удовлетворяться? Стоит ли жить, чтобы глохли желания в каменных гробах городов?

Хэйя!

Открыл мне теллур простую истину. Бежала я из темного города, из каменного гроба. Променяла я скорбную мать мою и медленного отца моего на кобылицу и арбалет. Кобылица — мать моя. Арбалет — отец мой. Нет у меня никого ближе кобылицы да арбалета. Только их люблю я, только им доверяю, только им верность храню.

Хэйя!

Ветер, звезды да степь — друзья мои. Дорожу я дружбой их, берегу ее. Дорог мне совет друзей моих, не променяю его ни на что другое. Ветер поет мне попутную песню, звенит в клине, шепчет в ухо верные слова. Звезды указывают дорогу, предостерегают и берегут, направляют и предупреждают. Степь стелется под ноги кобылицы моей, дает мне постель, баюкает травами. Поют мне травы степные песни ночи.

Хэйя!

Мир мой — простор степной. Следить и прятаться, скрываться и нападать, догонять и преследовать, любить и убивать — вот желания мои. Зорок глаз мой, чутко ухо, верна рука. Увижу я и услышу, догоню и настигну, подчиню и поражу.

Хэйя!

Быстрее ветра летит стрела моя. Не знает она промаха, не ведает пощады. Еще быстрее — желание мое. Несет оно меня к цели, помогает избежать стальной пули.

Уворачиваюсь я от пуль человеческих, ибо я — быстра, а люди из каменных гробов — медленны. Медленны их мысли, медленны желания, медленны их стальные кони, медленны и пули их. Сколько пуль этих прожужжало мимо быстрого тела моего сонным трутням подобно? Сколько стальных коней тщились догнать белую кобылицу мою? Сколько охотников, вышедших на меня поохотиться, превратила я в дичь?

Хэйя!

Звенит тетива арбалета моего, летят стрелы к медленным телам. Падают, пронзенные стрелами моими, рушатся удивленно на степную землю. Быстрая смерть настигает медленные тела. И остаются они в степи. Похищает быстрая смерть медленных людей из гробов городских. В степи остаются они, свободные. Вместо гроба — ветер да звезды, вместо священника — орел степной, вместо дьяка — черный ворон. Травы отпевают убитых мною.

Хэйя!

Убиваю я охотящихся на меня. Похищаю тех, кого хочу. Хочу мужчин, хочу женщин. Мужчин люблю я сильно горячим удом моим. Женщин люблю я нежно горячим моим языком. Холодеют сердца их от любовной ярости моей. Но мимолетна эта любовь. Оставляю я мужчин и женщин, вылюбив их до изнеможения. В степи остаются уставшие от моей любви тела их. Будут помнить они жар желаний моих. Вряд ли кто из медленных людей может так любить, как я. На тоску и плач обрекаю я этих мужчин и женщин. Будут тосковать по горячему телу моему, будут плакать ночами в городских гробах своих. Но некому помочь любовью в каменном городе. А мой путь — дальше в степь, к новым целям и желаниям.

Хэйя!

Поет мне ветер попутную песню. Гудит степь под копытами кобылицы моей. Указывают звезды мне верный путь, направляют и предостерегают. Умерло время в сердце моем. Есть лишь пространство и жажда желаний. Я счастлива вечно.

Хэйя!

· XLVIII ·

Итак, Патрик и Энгельберт решили-таки провести свой медовый месяц в путешествии по экзотическим странам. И первой из них стала СССР — Сталинская Советская Социалистическая республика.

Сама идея начать путешествия с СССР пришла в голову Патрику, а кому иначе? Только его быстрый, поверхностный, ни в чем не сомневающийся ум мог придумать такое. Впрочем, флегматичный Энгельберт не стал противиться, ему было просто все равно. По сути, лишь одно приводило его в трепет: Патрик, его соломенно-жесткие волосы, его худой, вечно подростковый торс с ребрами, готовыми прорвать нежную кожу, его вечно надтреснутый голос. А где, в каких странах, на каких континентах и планетах можно видеть, целовать и трогать Патрика — все равно.

— СССР! — произносил Патрик по-русски и смеялся, щелкая самого себя по сережке-птеродактилю.

По правде сказать, особого смысла не было в идее Патрика, но был личный мотив: его дедушка родился в Санкт-Петербурге в день распада СССР. Этот же дедушка потом эмигрировал из путинской России во Францию, женившись на студентке-француженке, ставшей бабушкой Патрика. От русского языка у Патрика осталось три десятка слов да смутные воспоминания о чтении дедушкой довольно странных русских сказок про какого-то дурака, разъезжающего на печке и умеющего говорить на рыбьем языке.

Спокойного и обстоятельного Энгельберта интересовал лишь вопрос их безопасности в этой необычной стране. Но безопасность туристам гарантировали.

Первого июня они прилетели из Вены чартерным рейсом в единственный аэропорт СССР, носящий имя Сталина, впрочем, как и все в этой крошечной стране.

— On y est, Babar! — сказал Патрик Энгельберту, когда самолет сел под хлопки туристов-сталинистов.

— Willkommen, mein Kitz, — ответил Энгельберт Патрику.

Они поцеловались.

Впрочем, между собой они старались общаться на снова вошедшем в моду английском. Любовникам пришлось делать языковой выбор. Надо признаться, выбирать было из чего. Родители увезли двенадцатилетнего Патрика из Франции, охваченной ваххабитской революцией, в безопасную Швецию, где он вырос и поступил в технический университет, дабы по окончании заниматься *холодными машинами*. Дома у Патрика говорили преимущественно по-испански, его отец родился в Кордове и юношей сбежал во Францию от печально известной испанской Черной Пятницы, обрушившей все надежды испанской экономики. Устроился официантом в парижском пригороде и через пару лет женился на матери Патрика, полурусской-полуфранцуженке, в то время горничной в отеле "Ватерлоо".

Энгельберт родился в Мюнхене в интеллигентной семье с богатой историей. Его прадед был известным баварским филологом-германистом, одна бабушка пела в опере, другая преподавала историю Средних веков, один дед, теолог, покончил собой в Индии, бросившись с любовницей со знаменитой скалы, другой всю жизнь занимался орнитологией и концептуальным искусством. Отец Энгельберта, химик по образованию, бежал с семьей из охваченного ваххабитской смутой Мюнхена в горы, к своему чудаковатому брату, решившему после самоубийства отца жениться на албанской крестьянке, поселиться в деревеньке Обербухбихль и слиться навсегда с природой. Брат променял профессию экономиста на фермерский труд и удивительным образом в нем преуспел. Отец Энгельберта, вынужденно присоединившись к брату со своим семейством, вовсе не собирался задерживаться в живописных Альпах, но после подавления смуты Бавария вдруг отделилась от Германии, став самостоятельным государством, что почему-то ввело отца в продолжительную депрессию. Брат же его, анархист и пантеист, ликовал. Отец Энгельберта, мать и оба брата так и не вернулись в город, оставшись в Обербухбихле. Энгельберт же решил уехать учиться в Мюнхен на философа, хотя все отрочество говорил про пластическую хирургию и генную инженерию. Рационально объяснить свое желание он не смог.

— Я хочу осмыслить, — произнес он на семейном совете.

На депрессивного, уже подружившегося с алкоголем отца эти слова подействовали гипнотически, он сразу согласился. В выборе странной по нынешним временам профессии отцу померещился знак благополучия, наступающего после смутного времени. Он без разговоров оплачивал учебу и карманные расходы сына, лишив его необходимости подрабатывать официантом. Уже четыре года Энгельберт был занят только философией. И занятие это доставляло ему удовольствие.

С Патриком они познакомились на ярмарке технических достижений во Франкфурте. Поехать туда Энгельберта заставила не любовь к технике, к которой он был равнодушен, а модная книга философа Су Чжэня "Машина из Бога", сокрушившая европейских неодеконструктивистов и метнувшая дюжину увесистых булыжников в *Nichtsein und Postzeit* Гектора Мортимеско. Энгельберт искал визуального подтверждения сногсшибательным идеям Су Чжэня.

Патрика он приметил возле пятой модели известной машины по превращению слов в гастрономические блюда, кои при желании могли получить и отведать посетители ярмарки. Любознательный Патрик, заплатив небольшую сумму, произнес в словозаборник русское слово "пиздец", и машина, слегка поурчав, выдавила из себя нечто овально-зеленовато-розовое, с оранжеватыми протуберанцами и бордовым полушарием посередине. Блюдо пахло неопределенностью.

— Вы будете это есть? — поинтересовался Энгельберт, наблюдая.

— Обязательно! — тряхнул своей лохматой головой Патрик так, что его серьга-птеродактиль открыла клюв и каркнула.

Патрик и его птеродактиль сразу понравились Энгельберту. Он тоже заплатил машине и произнес: Dasein. Из полупрозрачного раструба машины выполз красивый кубик цвета слоновой кости.

Стоя рядом и запивая свои произведения горьким франкфуртским пивом, они познакомились. Для Энгельберта образ Патрика навсегда соединился со вкусом куба: легкое рыбное суфле, приятно тающее на языке.

Вкус своего "пиздеца" Патрик так и не разобрал. Но мужественно съел все. В Энгельберте ему понравилась массивность, спокойствие и основательность, он сразу окрестил его Слоном и интуитивно почувствовал, что у Слона большой хобот. Что оказалось правдой.

Проведя ночь в паршивой гостинице, днем они были вынуждены расстаться, отправляясь каждый восвояси. Шесть раз они занимались любовью виртуально. И решили летом встретиться по-настоящему и съездить "в крутое место".

Теперь это случилось.

Из аэропорта с пятиметровым хрустальным Сталиным их забрал молоденький голубой (как и заказали) гид и повез в столицу СССР, тарахтя на хорошем английском.

История этого государства сама по себе была крутой экзотикой: сразу после распада постсоветской России и возникновения на ее пространствах полутора десятков новых стран трое московских олигархов-сталинистов выкупили кусок пустующей земли в сто двадцать шесть квадратных километров у Барабина и Уральской Демократической Республики. На этот остров сталинской мечты хлынули состоятельные поклонники усатого вождя. Бедным же сталинистам путь был закрыт. Довольно быстро новое государство провозгласило себя, отгородившись от окружающего постимперского мира внушительным забором с электричеством и пулеметными гнездами. Строительство сталинского рая в отдельно взятой стране шло стахановско-голливудскими темпами, и уже через шесть лет страна распахнула свои двери для туристов. Они не заставили себя ждать: чартерные рейсы не успевали доставлять желающих взглянуть на "самое справедливое государство в мире", население которого исповедовало новую религию — сталинизм.

Олигархи, надо признаться, воплощали свою мечту творчески и с железной сталинской неумолимостью. Помимо грандиозного строительства ими были выкуплены почти все атрибуты, оставшиеся от правления советского диктатора, включая и останки его самого. В столице СССР, Сталинграде, был возведен огромный мраморный храм, где под толщей пуленепробиваемого стекла обрели покой мощи "вождя всего прогрессивного человечества". Была создана новая религия, обоснованием и толкованием которой занимались не последние интеллектуалы и богословы.

Каких только туристов не повидал СССР за эти годы! Здесь были левые радикалы, троцкисты, анархисты всех мастей, бунтари с *живыми* татуировками Че Гевары, ветераны партизанских войн, модные писатели, уставшие и не уставшие от жизни толстосумы, мазохисты, фетишисты, сумасшедшие и, наконец, просто туристы, неутомимые глотатели информации и изображений.

Сталинисты же собирались здесь сугубо по делу на свой регулярный съезд, проходивший в специально построенном Дворце Советов — в пять раз уменьшенной копии циклопического трехсотметрового оригинала, так и не воплощенного в Москве при жизни вождя.

"Сталинисты всего мира, соединяйтесь!" — под этим лозунгом проходил каждый съезд.

И они соединялись каждые пять лет, делясь пережитым, читая доклады, извергая проклятия капитализму, монархизму, ревизионизму и оппортунизму, рапортуя об очередной сталинской пятилетке, сливаясь в коллективном оргазме оваций и здравиц в честь своего бессмертного усатого бога...

Дорога из аэропорта в столицу проходила через сопки, покрытые мелколесьем и добротными особняками.

— Это дачи или дома? — спросил Энгельберт гида, привычно теребя тонкие пальцы Патрика.

— Здесь живет наша творческая интеллигенция, — пояснил юноша. — В Сталинграде в основном проживают те, кто занят в сфере услуг.

— А какое население столицы? — спросил Патрик.

— Триста тысяч, — прошептал в ухо Патрику основательный Энгельберт.

— Триста сорок две тысячи шестьсот четыре человека, — с обворожительной улыбкой поправил гид.

— И все — только в сфере услуг? Круто! — Патрик щелкнул по птеродактилю и коснулся пальцем кончика маленького носа Энгельберта.

— Храмы, Дворец Советов, музеи, кинотеатры, рестораны, магазины, бани, бассейны, спортзалы, дома терпимости — все требует постоянной заботы, — пояснил гид.

— И никакого промышленного производства, — глубокомысленно кивал Энгельгарт.

— СССР производит только сталинистские атрибуты, книги и фильмы. У нас чрезвычайно чистый воздух.

Воздух и впрямь бодрил и радовал свежестью. Любовникам повезло с погодой — солнце сияло, небо синело.

Программа была насыщенной. После ланча путешественников ждал поход в главный храм СССР — к мощам Сталина. Величественное пирамидальное здание внутри блистало и лучилось дорогим убранством и поражало симбиозом православия, конструктивизма и классицизма. Мраморные колонны уходили ввысь, сияли паникадила, слепили золотом громадные серп и молот. По центру храма высился алтарь с иконостасом, отображающим житие божества. Перед алтарем покоился стеклянный супрематический гроб с мощами. Боковые грани храмовой пирамиды украшали внушительного размера иконы сподвижников, написанные в строго классической манере. Патрику понравился Ежов в красной тоге и с раскаленными щипцами в руках, Энгельберту запомнился благообразный белобородый Калинин в березовой роще с крестьянами и животными, а также Вышинский в судейской мантии и с сияющими весами в руке. Первый напомнил ему о Баварии, коровах и родителях, второй — об университете и несданной курсовой работе по новой антропологии.

В храме, как в кинотеатре, рядами стояли мягкие глубокие кресла, позволяющие даже полулежать. Это было удобно. Из разложенного кресла прекрасно обозревался потолок, расписанный в стиле Микеланджело: бородатый, укутанный облаками и похожий на Маркса Саваоф протягивал длань возносящемуся обнаженному, красивому и молодому Сталину, окруженному серафимами.

В храме подавались освежающие напитки, разносимые маленькими людьми. Гид на время их оставил. На храмовых пилонах светились тексты главной молитвы новому святому на трех языках — русском, китайском и английском.

"Святый Сталин, святый Стальной, святый Совершенный, помилуй нас…" — так начиналась молитва.

Полулежа в кресле и почитывая молитву, Энгельберт запустил свою длань в ширинку Патрика.

— Легкий петтинг, Слон? — спросил Патрик, принимая от снующего меж кресел малорослика стакан с яблочным шотом.

— Не повредит, — прихлебывал безалкогольное пиво Энгельберт.

Во время ласк он был неизменно неразговорчив.

Из храма их повезли в музей, полный голограмм, макетов, экспонатов и документов. В отдельном зале были выставлены подарки Сталину, полученные им еще при жизни. Патрика позабавило (круто! круто!) рисовое зерно с портретом Сталина, вырезанным китайскими коммунистами. Энгельберту запомнился телефон от рабочих польского города Лодзь: земной шар, трубка в виде молота, рычаг в виде серпа.

После музея Энгельберт, как всегда, устал, а Патрик возбудился и захотел искупаться. Возник гид, они поехали на городской пляж, уставленный скульптурами пловчих. На пляже громко звучали сталинские песни, по водоему плавали лодки с нарядно одетыми молодыми людьми.

Несмотря на жаркое сибирское лето, вода все-таки оказалась прохладноватой, Патрик быстро вылез из нее, а упорный Энгельберт все же поплавал, преодолевая себя. Сидя в шезлонгах, друзья потягивали вполне приличное местное пиво.

— Господа, не забывайте, вечером у вас встреча с самим, — подсказал гид.

— Как же можно это забыть? — расслабленно пробормотал Энгельберт.

— Круто! — Патрик хлопнул по ладони Энгельберта. — Слон, ты готов к встрече с оригиналом?

— Naturlich… — Энгельберт сощурился на белые лодки. В каждой из них сидел юноша и девушка с букетиком.

Он сосчитал лодки. Их оказалось восемнадцать.

Пляж и вода возбудили у путешествующих аппетит, и вскоре они уже сидели в грузинском ресторане "Гори", пили киндзмараули, пробовали богатые белком, зеленью, перцем и жирами грузинские блюда и слушали любимые песни Сталина в исполнении ансамбля в национальных одеждах.

После обеда потянуло в постель.

Непродолжительная близость любовников закончилась сном. Который был прерван через полтора часа звонком гида, сообщившего, что настало время встречи.

Приняв душ и выпив по чашечке густого грузинского кофе, друзья оделись и спустились в вестибюль, где их ждали гид и автомобиль "эмка" с улыбчивым шофером, одетым по моде 30-х годов прошлого века.

— Господа, вас ждет удивительное путешествие, — артистично затараторил гид, провожая их к машине. — Наше государство дает возможность туристам совершить бесплатный теллуровый трип, оказаться в великой, грозной и героической эпохе развитого сталинизма и встретиться лично с товарищем Сталиным. Вам, просвещенным европейцам, известна, надеюсь, книга знаменитого европейского интеллектуала Светония Ликуидаса "Мои семь встреч со Сталиным", повествующая о семи его путешествиях в Советский Союз, которые он совершил здесь, в течение трехмесячного пребывания в нашем государстве. Эта книга стала мировым бестселлером, ее уже успели экранизировать, а диалоги Ликуидаса с вождем разошлись у левой европейской интеллигенции на цитаты.

— "Нет человека — нет проблемы, товарищ Ликуидас, — вспомнил Энгельберт. — Есть робот — есть проблема".

Гид радостно засмеялся красивым ртом.

— Круто! — заметил Патрик, ничего не слышавший про Ликуидаса.

— Уверен, вам встречались и другие воспоминания, например, актрисы Хлое Робинс, ставшей любовницей вождя и узнавшей удивительные свойства его скрытной, измученной, одинокой и богатой на глубокие чувства души, медиамагната Бухвайцена, открывшего после трипа суперуспешный телеканал Stalingrad, автомобильного короля Хопкинса, сумевшего после общения с вождем спасти от банкротства одну из своих компаний...

— Вот это я знаю! — перебил Патрик, хватая Энгельберта за ухо. — Представь, Слон, этот чувак, после того как ему здесь забили гвоздь, решил модернизировать два своих убыточных автомобильных завода. Он это сделал, и прибыль выросла сразу на сорок процентов. Но самое крутое — никто толком не знает, что он сделал конкретно! Заводы выпускают те же самые машины, но почему-то их стали покупать активней!

— Мистика? — спросил Энгельберт, глядя в окно машины, медленно ползущей по проспекту Сталина.

— Черт знает, может, у него просто мозги заработали лучше, как обычно после теллура. Я говорил тебе, что у меня открылись способности к воздухоплаванию и к плаванию. Я легко получил права летяги и стал лучше плавать, реально! Раньше я охренительно побаивался воды.

— Да, я помню... — Энгельберт погладил пальцы Патрика.

Год назад он сам тоже попробовал теллур, поднакопив присланных отцом денег. Это было сильно: он провел незабываемое время в великой Афинской школе и узнал много нового. С великим Платоном он не нашел общего языка, а просто долго и мучительно-бессловесно целовался, замирая от восторга, а затем позволил богатырского сложения философу делать с собой все, что тот захотел. Пифагор ему показался скучнейшим занудой, старик Плотин почему-то вызвал у Энгельберта мистический ужас, а вот с бодрым и толерантным Парменидом удалось наладить продуктивный диалог, в результате которого посланник двадцать первого века сумел доказать древнему греку — не без помощи Гегеля, Хайдеггера и Сартра, — что небытие так же реально, как и бытие, следовательно, оно такое же чистое настоящее, а значит, бытие не вечно, ибо порождено небытием.

Но способностей от этого трипа не прибавилось, а память сохранила лишь вкус властного и настойчивого языка Платона.

Гид тараторил про европейских политиков, хлынувших в СССР за "идеологической поддержкой после удара ваххабитского молота". Французский президент и берлинский курфюрст якобы тоже побывали здесь и общались со Сталиным по национальному вопросу.

Энгельберт не очень верил гиду. Да и вообще, его не очень интересовало это туристическое, придуманное, насквозь искусственное государство, в котором они оказались по воле Патрика. Сталин его тоже не интересовал. Но модного Ликуидаса он читал, а как иначе? Его *Dochsein und Postzeit*, полемизирующую с *Nichtsein und Postzeit* великого Мортимеско, прочли все студенты философского факультета. Но побывать в 37-м году, коли уж оказался в СССР, все-таки надо было. В своей книге Ликуидас посвятил этому году две главы, так как побывал там дважды — сперва как палач НКВД, допрашивающий театрального режиссера Мейерхольда, потом уже как сам Мейерхольд, которого следователь мучил бессонницей и избивал резиновой дубинкой. У Ликуидаса получился энергичный экзистенциально-философский очерк "Машина вынужденно- и не вынужденно-желанного насилия", в котором он делился своими переживаниями и восторгами от трипа, "проапгрейдившего психосоматику, отформатировавшего телесность и перезагрузившего экзистенцию" так, что в следующем трипе, уже став одним из членов сталинского Политбюро, он опустился перед вождем на колени и поцеловал ему руку. На что вождь пробурчал: "Не валяй дурака, Калиныч".

— Чистая голова… — задумчиво произнес Энгельберт.

— А я давно свою не мыл! — со смехом признался Патрик.

В просторном храме Встречи их ждали прелестные девушки в белом, раздели, обрили головы, усадили в мраморную ванну, вымыли, растерли алтайскими маслами и облачили в белые одежды с деликатно вышитой сталинской символикой. Напившись горноалтайского травяного чая, туристы подписали традиционный контракт об отсутствии претензий в случае ущерба здоровью, после чего их передали в руки седобородого теллурийца с выразительно-спокойным лицом. Усадив их в специальные кресла и проведя необходимые манипуляции, он забил в их гладкие, ароматные головы два теллуровых клина.

Патрик умер через восемь минут. Мозг Энгельберта боролся со смертью почти четыре часа.

Любопытно, что в СССР до них было всего два летальных исхода от теллурового трипа: первый раз ушла в иные миры тридцатилетняя англичанка, приехавшая в сталинское государство со своими родителями-коммунистами, вторым скончался девятнадцатилетний биорэпер из Анголы, мечтавший встретиться с советским джаз-пианистом Цфасманом и записать с ним трек в 30-м году. Эти погибшие, равно как и Патрик с Энгельбертом, не были сталинистами. Зато многочисленное племя поклонников усатого Отца Народов никоим образом не страдало: все они возвращались из путешествия довольными и помолодевшими, даже одна девяностотрехлетняя чеченка, выпустившая впоследствии книгу под громким названием "Я плюнула Сталину в морду".

А Патрику и Энгельберту почему-то не повезло. Почему? Никто не знает…

Их замороженные тела были доставлены родным за счет СССР.

Вот такая история.

· XLIX ·

Я видел худшие умы своего поколения, вырванные теллуром из черного безумия, умы

преодолевших повседневную трясину болота заурядной жизни,

сбросивших со своих душ бетонную корку мещанской самоуверенности и тупого самодовольства,

растоптавших в одночасье химер земной предопределенности,

стряхнувших со своих глаз пепельно-мохнатую плесень усталости восприятия мира,

раздробивших новыми руками своими липкую скорлупу депрессии,

плюнувших горячей магмой полноценности в унылую морду тысячелетнего сплина,

дохнувших новым дыханием жизни в пустые глазницы пыльных библиотек

пустивших на ветер тысячи книг шизофренической безнадежности, доводящей читателей до психушки и самоубийства,

забивших сверкающий теллуровый кол в могилу земной неприкаянности,

сломавших хребет мрачному дракону человеческого разочарования в самом себе,

восставших навсегда из пепла слабости предыдущих поколений и вознесших светящиеся тела свои на вершины Новой Реальности,

разорвавших ржавые от крови, пота и слез цепи Времени,

Времени, белоглазого палача надежд и ожиданий,

Времени, колесовавшего своей адской машиной миллиарды униженных в ожидании и оскорбленных в крахе надежд,

Времени, заливающего поколения, словно мошек, беспощадным янтарем невозможного,

Времени, оседлавшего человека и рвущего ему рот стальною уздой вечной жажды невозвратного,

Времени, пришпоривающего двуногих в галопе призрачного успеха до их последнего вздоха, до отпущения грехов, до газовых горелок крематория, до горящего носа и плавящихся пуговиц, до теплого пепла в холодной урне.

Что за металл вошел в ваш сонный мозг и наполнил его воображением?

Теллур! Воплощенные мечты! Мысли, ставшие реальностью! Детские фантазии! Рождественский шепот в оттаявшее морозное стекло! Слезы и слюни на подушке! Добрые волшебники! Оживающая царевна! Прекрасный принц! Сказки! Мольбы! Невозможное!

Теллур! Воспоминания о давно ушедших! Умершие любимые, входящие в ваши спальни! Призраки прошлого, обнимающие нас! Запахи пропавших без вести!

Теллур! Мощь воплощения! Мучительные мечтания некрасивых женщин! Мечты калек! Сокровенное нищих и идиотов! Еженощные молитвы одиночек! Упования и просьбы! Параллельные миры, потеснившие реальность!

Теллур! Новые горизонты надежд!

Теллур, сияющий, как облачение ангелов!

Теллур, блистающий, как молнии пророка!

Теллур, божественным скальпелем погружающийся в мозги миллионов!

Теллур, раздвигающий пределы человеческого!

Теллур, наполнивший людей уверенностью в прошлом, настоящем и будущем! Уверенность! Счастье! Радость! До краев! До исступления! До закипания крови! До Великого Успокоения Души!

Теллур, чье имя — Преодоление Времени и Пространства!

Теллур, сделавший нас совершенными!

Теллур!

Ты сверкаешь в ночи прошлых веков человечества! Ты разгоняешь мрак Истории! Ты — путеводная звезда Polaris! Ты раскрываешь могилы! Ты оживляешь солдат, самоубийц и наркоманов, умерших от ран, от бомб, от отравляющих веществ, от передоза, от разочарованности в недостижимом! Ты собираешь их гниющие останки, лепишь их! Ты ведешь их к родным и любимым. Погибших! Захлебнувшихся своей кровью и блевотиной! Потерявших глаза, яйца и головы! Раздавленных танками! Растворившихся в компьютерном тесте электронных иллюзий! Сгоревших на быстром огне войны и на медленном огне безумия! Выпустивших кровь свою в тысячи переполненных ванн! Расплющенных о предрассветный асфальт своего неверия в чудо!

Теллур!

Ты соскребаешь их останки блестящими руками! С асфальта! С заблеванных мостовых! Со стенок ванн! Ты лепишь их новые тела, здоровее прежних! Метемпсихоз гниющих в могилах наркоманов! Реинкарнация испепеленных солдат! Воскресение съеденных собаками нищих! Мощь возвращенной телесности!

Теллуровый колокол собирает вас! Возвращение отлетевших душ! Новые губы! Новые глаза! Они смеются радостно и победно!

Теллур возвратил их к жизни! Они обнимают нас! Мы вместе! Смерти нет! Мы веселы, сильны и счастливы! Мы обнимаемся с нашими мечтами! Мы дождались! Мы отталкиваемся от плоской земли! Мы прыгаем, прыгаем, прыгаем вверх! вверх!

вверх! с грязного асфальта! с мостовых! из черви-
вых склепов! из горящих домов! из моргов! из тю-
рем и лагерей! из братских могил! из взорванных
казарм! из неудавшихся биографий! из тошнотвор-
ных офисов! из искореженных танков! из отеля "Им-
периал"! из руин городов! из осточертевших вилл!
из фитнесов и бассейнов! из кризиса самоидентич-
ности! из-под обломков бетона и любви! из рестора-
нов и китотеатров! из теплых семейных постелей!
вверх, вверх, собранные теллуром! вверх! вверх!
к реальной надежде! к воссоединению с несбыточ-
ным! к родным и близким! к любимым! к запретно
желанным! к невозможно обожаемым! к преступно
лелеемым! к великим! к Моцарту и Платону! к Ницше и Достоевскому! к Будде и Христу! Мао и Гитлеру!
к новым симбиозам! к победе над Временем! к живым богам! к победе над смертью! вверх! на крыши!
над улицами! над рекой! над радугой! вверх, на облака, о теллуровая катапульта! вверх, к пламенным
серафимам, к мудрым херувимам, к строгим анге-
лам, на Престолы и Господства, на Силы и Власти,
вверх, вверх, вверх!

· L ·

Картоха кончилася. Все. Как рассвело, проснулся, солнышку поклонился, салом с хлебом закусил, завелся. Проехал тридцать четыре версты по лесу на двух мешках. Последнюю картофелину у мотор закинул, вывози, милая. Проехали, почихал мотор, и встали. Вот так-то. Дальше переть не на чем. Да и не надобно. И встал на нужном месте. Хорошее оно, как нарочно: поляна впереди, дубы-березы в обстоянии, ельник недалеча, прогалки. Слез с самохода, огляделся. Место хорошее. Походил, подумал да и решил. Поклонился солнышку: спасибо тебе, Ярило, что согрело-взрастило для меня место сие. Здесь и обустроимся. Присел, разложил огонь, конины поджарил, перекусил малость, посерил в орешине. Опосля огляделся: в место сие мине само Ярило направило. Ручей рядом! Счастье великое это. Сперва думал — кто ворчит, быдто барсук? Подошел, глянул — лужица, а в ней — ключик бьет. Напился —

вода вкусная, лесовая. А это значит — колодезь уже есть. А ежли есть колодезь — тут мне и дом ставить. И вся недолга. Раскрыл короб, достал мешки, топор, пилу, долото, бурав. Разложил на дерюгу, на колены опустился, поклонился солнышку и говорю: Ярило-свет, пошли мне силы сруб поставить да не ушибиться. И сразу за дело принялся. Руки-то по работе плотницкой стосковались, поди. Шесть годков у княгини самокатил. Много. Да делать неча было, податься было некуда. Работа не чижолая была, хоть и хлопотливая. Кормили порядочно. А все одно — чужой кусок в глотке колом стоит. Ну и ладно, проехали. Поработал на тетю, таперича и на себя можно попахать. Ежли плотником родился — ямщиком не помрешь! Первым делом справил себе струмент: черенок в лопату, вертень в бурав, долбешку, клинья, запасное топорище. Папаша покойный говаривал: струмент завсегда справным быть обязан. Наточил топор, пилу, долото, бурав. А потом рубаху скинул, топор с пилою взял — и шасть в ельник. Токмо щепы полетели! Во как по работе стосковался! Елки выбирал, да валил, да чистил, да обтесывал. Хоть и в глуши лесной жить буду, а сруб себе белый поставлю! Красивай. К закату четыре венца приуготовил. Глянул — сам себе удивился: ну, Гаврила Романыч, силен ты! Попрощался с солнышком, набрал водицы в котелок, сварил кулеш с салом, натрескался с устатку. И сразу в самокат спать завалился. С птицами проснулся, хлебца с кониной пожевал, восхода дождался, солнышку поклонился — и за топор. До заката еще пять венцов вытесал. И на третий день — еще четыре. Не успевал топор точить. Потом взялся за стулья: дуб свалил, нарезал четыре стула в един обхват. На поляне ямы вырыл, камней туда понакидал, стулья угнездил. И стал потихонь на стулья сруб класть. Готовые венцы вязать — радость душевная! Мху тутова достаточно, а что еще надо? Мох мягкай, духмянай, быдто совиный пух. Кладу мох, вяжу венцы, а сам пою, птиц пугаю. Лепота! Стоят березки, мне ветвями машут: будь здоров, Гаврила Романыч, на новом месте! Сложил сруб в обло, окошки прорезал, живородным стеклом позатянул. Дверь сделал. Нарезал стропил, нарубил лозовины, накопал дерну. Крышу себе обустроил толстую, правильную. Наложил на нее бульников. Пол из полбревен сплотил, щели живородом позаделал, чтоб зимой в ширинку не задуло. Отошел, глянул — хороша избушка получилась! И дал себе продых. Прошелся с ружьишком по окрестностям. Крупную дичину не встретил. Но кабаньи порывки видал, да и лосиный след, стало быть, водятся они здеся. По тетерке промазал, зато трех дроздов накрыл одним выстрелом. Чудо! Вот и приварочек к кулешу. И все лето обживался, обустраивался. Раскопал ручей, выложил колодезь бульниками. Пожег поляну, раскопал, огородил от кабанов пряслом: по весне посажу картошку-скороспелку, семена-то я припас, а как поспеет — накопаю, заложу в самокат и —

поедет у меня железный конь! А с железным конем мне тут и черт не брат. По лесу раскатаюся. И на охоту куда надобно доеду, кабана-лося завалю, домой привезу, на пушного зверя капканы поставлю, сошью себе одежу ладную. Соли у меня три пуда, покамест хватит, засолю лосятины, сооружу коптильню, буду грудинку кабанью коптить. Сперва очаг черный обустрою, а на будущий год за глиной съезжу на реку, нарублю кирпичей из бульников, сложу печь, обмажу глиною. А там и круг гончарный поставлю, буду крынки-махотки скуделить да обжигать. Наполню их барсучьим жиром, кабаньим салом, орехами, ягодами сушеными, облепихою, грибами солеными. Погребок просторнай вырою, с ледником. Рожь посею, чай, семян прихватил. Буду хлеб печь, пиво варить да на печи греться. Мож, зверушку какую лохматую заведу себе для дружбы, чтоб не скучать. Нам лишнего не надобно, ни баб, ни кина, ни пузырей, ни пирамидок, ни гвоздей, ни войны, ни денег, ни начальства вашего. Так и доживу свой век. Дом есть, крыша не текет, пожрать есть что. На работу ходить не надобно, паши знай на себя любимого. Спи, когда тебе вздумается. Кланяйся токмо солнышку. Ласкай токмо зверушку лохматую. Пререкайся токмо с птицами лесными. Что еще человеку надо?

ПРИМЕЧАНИЯ И ПЕРЕВОД
НЕКОТОРЫХ ИНОСТРАННЫХ ТЕРМИНОВ

ГЛАВА II

My sweet, most venerable boy — Мой сладостный, предосточтимый мальчик (*англ.*).

ГЛАВА IV

Байчи — идиот, идиотка (*кит.*).
Юйван — идиотизм (*кит.*).
"ВЗ" — Восточное Замоскворечье, школьный региональный значок.

ГЛАВА V

РВТВ — Рейнско-вестфальское телевидение.
"Сербест Эль" — "Свободная рука" (*турецк.*).
Кёльш — кельнский диалект.
"Райсдорф" — сорт пива.
Нато — забродившие соевые бобы (*японск.*).

ГЛАВА VII

Ordo ab chao — К порядку через хаос (*лат.*).

ГЛАВА X

Чжуанши — богатырь (кит.).

ГЛАВА XIII

Tepel-tapel — подвижная игра крепостных удов, напоминающая чехарду.

Bleib' stehen, du, Scheißkugel! — Стой, говенный шарик! (нем.)

Halt! Halt, Miststückchen! — Стоять! Стоять, говнюшка! (нем.)

Nun, komm' schon, Duratschjok! — Ну давай же, дурачок! (нем.)

Vagina avida — ненасытная вагина (лат.).

Ach, du kleine Sau! — Ах ты, свиненок! (нем.)

Dorothea, Feinsliebchen, wo bist du denn? — Доротея, любимая, где ты? (нем.)

Ashes to ashes — прах к праху (англ.).

Pass auf du, kleine russkij Zwolatsch, das hast du dir selbst eingebrockt! — Слушай, маленькая русская сволочь, ты сам себя подставил! (нем.)

Verdammt noch mal — Черт побери (нем.).

Saatgut — интернат-лаборатория по забору спермы в восточной части Берлина.

ГЛАВА XV

¡Suelo! — Лежать! (исп.)

¡Olé, mi niño, me has dejao planchá! — Малыш, ты меня укатал в доску! (исп.)

Чаваль (*chaval*) — парень (исп.).

ГЛАВА XVIII

Blixtnedslag — молния (швед.).

ГЛАВА XXI

Dominus vobiscum — Господь с вами (лат.).

Et cum spiritu tuo — И с духом твоим (*лат.*).

ГЛАВА XXII

Pacta sunt servanda — Договор должен исполняться (*лат.*).

Per aspera ad astra — Через тернии к звездам (*лат.*).

Morti proximus — близок к смерти (*лат.*).

ГЛАВА XXIII

L'Edelweiss Noir — Черный Эдельвейс (*фр.*).

Кадын-Бажы (алтайск.) — наивысшая точка Горного Алтая (4509 м).

Улала — столица Республики Теллурия, бывший Ойрот-Тура, Туулу Алтай, Горно-Алтайск.

Très beau — очень красиво (*фр.*).

Très bien — очень хорошо (*фр.*).

Très bon — очень даже (*фр.*).

Oh non, Monsieur le Président, très proche! Juste une demi-heure en vélo! — О нет, господин президент, очень близко! Всего полчаса на велосипеде! (*фр.*)

Мал аман — скот здоров (*казах.*).

ГЛАВА XXVIII

Ку би ле! — Круто! (*кит.*)

Schlafen ist die beste Medizin — Сон — лучшее лекарство (*нем.*).

Оро — яма (*алтайск.*).

Noblesse oblige — Воспитание обязывает (*фр.*).

Wouldn't you like a bite to eat after your trip? — Не желаете ли закусить с дороги? (*англ.*)

With pleasure, sir — С удовольствием, сэр (*англ.*).

Bosorogos — термин плотников, означающий благоприятное проникновение теллурового гвоздя в мозг клиента.

Tornado — неблагоприятное проникновение теллурового гвоздя в мозг.

Естен тану — потеря сознания (*казах.*).

Журектын токтауы — остановка сердца (*казах.*).

Тебене — длинная игла, предназначенная для прямой инъекции в сердце (*алтайск.*).

Argada — термин плотников, означающий помещение головы спасаемого в специальное приспособление, напоминающее шлем.

I'm waiting for you in the photon stream, my son — Жду тебя в потоке фотонов, сын мой (*англ.*).

Чирик жалан — гнилое поле (*алтайск.*).

Алсыз — слабак (*казах.*).

Тартык каду — кривой гвоздь (*алтайск.*).

Ак соргы — белый насос (*казах.*).

Чаклы — капкан (*алтайск.*).

Уп — мастер (*алтайск.*).

Торсок — мозоль (*алтайск.*).

Мее — мозг (*алтайск.*).

Синь — душа (*кит.*).

Genau — точно (*нем.*).

Нема Бога — Бога нет (*сербск.*).

ГЛАВА XXXII

Zum Teufel — к черту (*нем.*).

Sois sage, ô ma Douleur, et tiens-toi plus tranquille — "Будь мудрой, Скорбь моя, И подчинись Терпенью" (*фр.*). Строфа из "Цветов Зла" Шарля Бодлера. Перевод М. Донского.

ГЛАВА XXXVI

Цзяошэ! — Договорились! (*кит.*)

ГЛАВА XXXVII

D'accord! — Договорились! (*фр.*)

ГЛАВА XL

Quelle horreur! — Какой ужас! *(фр.)*

ГЛАВА XLIII

Хао! — Хорошо! *(кит.)*

Ни хао ма? — Как поживаешь? *(кит.)*

Хао цзила! — Отлично! *(кит.)*

Ецзунхуй — ночной клуб *(кит.)*.

ГЛАВА XLV

Mutig, mutig, liebe Brüder! — Мужайтесь, братцы! *(нем.)*. Строка из старой солдатской песни швейцарского легиона, принимавшего участие в походе Наполеона на Россию 1812 г.

Mir werde gwinne! — Мы победим! *(швейц. диалект)*

ГЛАВА XLVIII

On y est, Babar! — С прибытием, Бабар! *(фр.)*

Willkommen, mein Kitz — Добро пожаловать, олененок *(нем.)*.

Dasein — здесь-бытие, вот-бытие, се-бытие, сиюбытность, бытие присутствия, здесь существующее, сущее-в-бытии; философское понятие, введенное в философский дискурс Мартином Хайдеггером.

"Эмка" — советский автомобиль ГАЗ-М-1, производившийся в 1936–1943 гг.

Dochsein und Postzeit — все-таки-бытие и послевременность.

Nichtsein und Postzeit — не-бытие и послевременность.

ЛИТЕРАТУРНО-ХУДОЖЕСТВЕННОЕ ИЗДАНИЕ

Владимир Сорокин

Теллурия

Роман

18+

Главный редактор ВАРВАРА ГОРНОСТАЕВА
Художник АНДРЕЙ БОНДАРЕНКО
Ведущий редактор ЕВГЕНИЯ ЛАВУТ
Ответственный за выпуск АННА САМОЙЛОВА
Технический редактор ТАТЬЯНА ТИМОШИНА
Корректоры ОЛЬГА ИВАНОВА, ЕКАТЕРИНА КОМАРОВА
Верстка МАРАТ ЗИНУЛЛИН

Общероссийский классификатор продукции ОК-005-93, том 2;
953000 — книги брошюры. Санитарно-эпидемиологическое
заключение № 77.99.60.9.53.Д.009937.09.08 от 15.09.2008

Подписано в печать 28.11.2014. Формат 84×108/32
Бумага офсетная. Гарнитура "Swift"
Печать офсетная. Усл. печ. л. 23,52
Доп. тираж 3000 экз. Заказ № 8544.

ООО «Издательство АСТ»
129085 г. Москва, Звездный бульвар, д. 21, строение 3, комната 5
Наш электронный адрес: www.ast.ru; e-mail: astpub@aha.ru

"Баспа Аста" деген ООО
129085 г. Мәскеу, Жұлдызды гүлзар, д. 21, 3 құрылым, 5 бөлме
Біздің электрондық мекенжайымыз: www.ast.ru; e-mail: astpub@aha.ru

По вопросам оптовой покупки книг обращаться по адресу:
123317, г. Москва, Пресненская наб., д. 6, стр. 2, БЦ "Империя", а/я № 5
Тел.: (499) 951 6000, доб. 574

Қазақстан Республикасында дистрибьютор және өнім бойынша арыз-талаптарды қабылдау-
шының өкілі «РДЦ-Алматы» ЖШС, Алматы қ., Домбровский көш., 3«а», литер Б, офис 1.
Тел.: 8(727) 2 51 59 89,90,91,92, факс: 8 (727) 251 58 12 вн. 107; E-mail: RDC-Almaty@eksmo.kz
Өнімнің жарамдылық мерзімі шектелмеген.

Отпечатано в полном соответствии с качеством предоставленного оригинал-макета
в ОАО «Первая Образцовая типография», Филиал «УЛЬЯНОВСКИЙ ДОМ ПЕЧАТИ»
432980, г. Ульяновск, ул. Гончарова, 14